PÁLIDA COMO LA LUNA

Mary Higgins Clark

PÁLIDA COMO LA LUNA

Título original: *Moonlight Becomes You*

Obra cedida para esta colección por Plaza y Janés Editores, S. A.

Pérez Galdós, 36 bis, 08012 Barcelona

Proyecto gráfico y diseño de la cubierta: Joan Batallé
Fotografía de la cubierta: © Getty One

ISBN: 84-473-1722-6
Depósito Legal: B-34.639-2000

Impresión y encuadernación:
Cayfosa-Quebecor
Carretera de Caldes, km 3
Santa Perpètua de Mogoda (Barcelona)

Impreso en España - Printed in Spain

Para Lisl Cade
y
Eugene H. Winick
—mi publicista y agente literario—,
amigos muy queridos.

AGRADECIMIENTOS

¿Cómo puedo agradeceros...? Veamos.

No hay palabras para expresar mi gratitud a mi viejo editor Michael Korda y su socio Chuck Adams. Una historia, como un hijo, se desarrolla mejor en un ambiente de sensatez y cariño cuando hay estímulo, ayuda y orientación. De nuevo y siempre, *sine qua non*, os quiero, chicos.

Gypsy da Silva, la correctora de muchos de mis manuscritos sigue siendo una candidata a la santidad por su ojo de águila y su paciencia. Muchas gracias, Gypsy.

Felicitaciones para mi compañera, la autora Judith Kelman, que ha entrado repetidamente en Internet, cuyos misterios aún no he desentrañado, para conseguirme información que necesitaba con urgencia.

Mil gracias a Catherine L. Forment, vicepresidenta de Merrill Lynch, por sus respuestas amables y expertas a muchas preguntas sobre inversiones en bolsa y procedimientos financieros.

Me quito el sombrero agradecida ante R. Patrick Thompson, presidente del New York Mercantile Exchange, que interrumpió una reunión para contestar a mis preguntas sobre órdenes judiciales de abstención.

Cuando decidí que sería interesante que las costumbres funerarias formaran parte de este relato, leí libros fascinantes sobre el tema. En especial, *Consolatory Rhetoric* de Donovan J. Octs, *Down to Earth* de Mariane Barnes y *Celebrations of Death* de Metcalf Huntington.

El departamento de policía de Newport respondió con gran cortesía a todas mis llamadas telefónicas. Agradezco la amabilidad de todos los policías y espero que el procedimiento policial incluido en estas páginas pase la inspección.

Y por último, un agradecimiento cariñoso a mi hija Carol Higgins Clark por su infalible habilidad para captar mis manías inconscientes. «¿Sabes cuántas veces has usado la palabra "decente"?» «Ninguna persona de treinta y dos años diría que...»

Y ahora, felizmente, puedo citar las palabras escritas en la pared de un monasterio medieval: «El libro está terminado. Oigamos al escritor».

MARTES 8 DE OCTUBRE

Maggie trató de abrir los ojos, pero el esfuerzo era demasiado grande. Le dolía mucho la cabeza. ¿Dónde estaba? ¿Qué había pasado? Levantó la mano, pero la detuvo a pocos centímetros del cuerpo, incapaz de seguir.

Empujó instintivamente la barrera que tenía encima, pero no se movió. ¿Qué era? Parecía suave, como de satén, y estaba fría.

Deslizó los dedos por el costado, hacia abajo; la superficie cambió: era ondulada. ¿Una colcha? ¿Estaba en una especie de cama?

Estiró la otra mano a un lado y la hizo retroceder inmediatamente cuando se encontró con las mismas ondulaciones heladas. Estaban a ambos lados de su estrecho recinto.

¿Qué era eso que le tironeaba del anillo cuando movía la mano izquierda? Se tocó el anular con el pulgar y palpó una cuerda o un hilo. Pero... ¿por qué?

Entonces recobró la memoria repentinamente.

Abrió los ojos y miró aterrorizada la oscuridad.

Sus pensamientos se aceleraron frenéticamente mientras trataba de reconstruir lo ocurrido. Lo había oído llegar justo a tiempo de volverse en el momento en que algo la golpeaba en la cabeza.

Volvió a verlo inclinado sobre ella mientras murmuraba: «Maggie, piensa en las campanas». Pero no recordaba nada más.

Desorientada y aterrada, se esforzó por comprender. Y entonces se acordó: ¡las campanas! Los victorianos tenían tanto miedo de que los sepultaran vivos que se convirtió en una tradición atarles una cuerda a los dedos antes del entierro. Una cuerda que pasaba por un agujero del ataúd hasta la superficie de la tumba. Una cuerda atada a una campana.

Un guardia patrullaba durante siete días por la sepultura y oía si sonaba la campana, señal de que el difunto, después de todo, no estaba muerto...

Pero Maggie sabía que no había ningún guardia atento. Estaba realmente sola. Trató de gritar, pero no consiguió emitir sonido alguno. Tiró de la cuerda frenéticamente y escuchó con la esperanza de oír en lo alto un sonido débil, un repiqueteo. Pero no había más que silencio. Oscuridad y silencio.

Tenía que mantener la calma. Tenía que concentrarse. ¿Cómo había llegado allí? No podía permitir que el pánico se apoderara de ella. Pero ¿cómo...? ¿Cómo?

Entonces recordó. El museo funerario. Había vuelto sola. Después había retomado la investigación que Nuala había empezado. Luego había venido él, y...

¡Dios mío! ¡La habían enterrado viva! Golpeó con los puños la tapa del ataúd, pero el grueso forro de satén amortiguaba el ruido. Por fin gritó. Gritó hasta quedarse ronca, hasta que no pudo gritar más. Sin embargo, seguía sola.

¡La campana! Tironeó de la cuerda una y otra vez... una y otra vez. Seguro que sonaba. Ella no la oía, pero alguien la oiría. ¡Debían oírla!

En la superficie, a la luz de la luna llena brillaba un montículo de tierra húmeda. Lo único que se movía era una campana de bronce atada a un tubo que emergía de la tierra. La campana subía y bajaba en una danza arrítmica de muerte. Alrededor, todo era silencio. Le habían quitado el badajo.

VIERNES 20 DE SEPTIEMBRE

1

Detesto las fiestas, pensó Maggie irónicamente mientras se preguntaba por qué siempre se sentía como una extraterrestre cuando iba a algún cóctel. En realidad soy demasiado dura. La verdad es que detesto las fiestas en las que sólo conozco al hombre al que se supone que acompaño y que me abandona en cuanto pasamos por la puerta.

Dirigió una mirada al amplio salón y suspiró. Cuando Liam Moore Payne la había invitado a esa reunión del clan Moore, Maggie tendría que haber supuesto que él iba a estar más interesado en sus primos que en ocuparse de ella. Liam, un hombre con el que salía ocasionalmente, cuando iba de Boston a la ciudad, por lo general muy atento, esa noche demostraba una fe ilimitada en que ella se las arreglara sola. Bueno, razonó, era una fiesta grande; seguramente encontraría alguien con quien hablar.

Lo había acompañado a la fiesta por lo que él le había contado sobre los Moore, recordó mientras bebía un sorbo de vino blanco y se abría paso hacia el salón del restaurante Four Seasons de la calle 52 Este de Manhattan. El patriarca fundador de la familia, o al menos el fundador de la riqueza original de la familia, había sido el difunto Squire Desmond Moore, elemento permanente de la sociedad de Newport de otra época. El motivo de la fiesta de esa noche era el 115 aniversario del gran hombre. Habían decidido reunirse en Nueva York en lugar de en Newport, por pura comodidad.

Liam, al entrar en detalles divertidos sobre muchos miembros del clan, le había explicado que estarían presentes más de cien descendientes, directos y colaterales, así como algunos ex favoritos. Le había contado anécdotas de aquel inmigrante quinceañero procedente de Dingle que no se consideraba uno más de esa masa que se aglutinaba ansiosa de libertad, sino, más bien, uno más de esa masa de pobres que ansiaban ser ricos. La leyenda afirmaba que mientras el barco pasaba delante de la estatua de la Libertad, Squire anunció a sus compañeros de viaje, los pasajeros de tercera clase: «Muy pronto voy a ser suficientemente rico para comprar esa vieja estatua. En caso de que el gobierno decida venderla, claro». Liam había imitado la declaración de su antepasado con un acento irlandés maravilloso.

Sin duda había Moore de todas las formas y tamaños, pensó Maggie mientras miraba alrededor. Observó a dos octogenarios conversar animadamente, y frunció las cejas tratando de encuadrar mentalmente la cámara que ojalá hubiera traído. El pelo plateado del hombre, la sonrisa coqueta de la anciana, el placer que obviamente les producía la mutua compañía... hubiera sido una foto maravillosa.

—El Four Seasons no volverá a ser el mismo una vez los Moore hayan acabado con el lugar —dijo Liam, que apareció de repente a su lado—. ¿Te diviertes? —preguntó, pero sin esperar respuesta le presentó otro primo. Earl Bateman, que, como Maggie notó divertida, se demoró estudiándola con evidente interés.

Maggie estimó que tenía poco menos de cuarenta años, como Liam. Era media cabeza más bajo que su primo, o sea, media menos de un metro ochenta. Rezumaba cierto aire intelectual: cara delgada y expresión pensativa —aunque unos ojos azul claro proyectaban una sombra vagamente desconcertante—, cabello rubio oscuro y tez cetrina. No era apuesto y varonil como Liam, cuyos ojos eran más verdes y tenía el pelo oscuro con atractivas hebras grises.

Maggie esperó mientras el primo seguía mirándola.

—Disculpa, no soy muy bueno para los nombres. Estoy tratando de ubicarte. Eres del clan, ¿no?

—No. Tengo raíces irlandesas que se remontan a tres o cuatro generaciones, pero me temo que ninguna relación con este clan. De todos modos, no parece que necesitéis más parientes.

—En eso tienes razón. Lo malo es que la mayoría no sea tan atractiva como tú. Esos ojos azules, la piel blanca como el mármol y los huesos delicados te convierten en una auténtica celta. El pelo casi negro te coloca en el segmento de los «irlandeses morenos» de la familia, los que deben parte de su herencia genética a la breve pero significativa visita de los sobrevivientes de la Armada Invencible española.

—¡Liam! ¡Earl! Vaya, por el amor de Dios, me alegro de haber podido venir.

Los dos hombres, olvidándose de Meg, se volvieron para saludar con entusiasmo a un hombre rubicundo que se acercaba a ellos.

Maggie se encogió de hombros. Que les vaya bien, pensó mientras se retiraba a un rincón. Entonces recordó un artículo que había leído hacía poco y que recomendaba a la gente que se sentía aislada en acontecimientos sociales que buscara a alguien que pareciera más desesperado aún y entablara conversación.

Rió entre dientes y decidió darle una oportunidad al artículo; si al final terminaba hablando consigo misma se escabulliría y se iría a casa. En aquel momento, la perspectiva de su agradable apartamento en la calle 56, cerca de East River, era muy tentadora. Sabía que aquella noche tendría que haberse quedado en casa. Había vuelto hacía poco de una sesión fotográfica en Milán y anhelaba una noche tranquila con los pies en alto.

Echó un vistazo alrededor. Al parecer no había ningún descendiente de Squire Moore ni pariente político que no luchase para que lo escucharan.

Cuenta atrás hacia la salida, decidió. Entonces oyó una voz cerca, una voz melódica y familiar que evocaba recuerdos agradables. Se volvió. La voz pertenecía a una mujer que subía por la pequeña escalera que daba a la terraza del restaurante y se había detenido para llamar a alguien que estaba debajo. Maggie se quedó boquiabierta. ¡Qué locura! ¿Era posible que fuera Nuala? Hacía tanto tiempo... Y sin embargo tenía la misma voz de la mujer que había sido su madrastra desde los cinco hasta los diez años. Tras el divorcio, el padre le había prohibido incluso mencionar el nombre de Nuala.

Maggie vio a Liam pasar a su lado para ir a saludar a otro pariente, y lo cogió del brazo.

—Liam, ¿conoces a esa mujer de la escalera?

Él entrecerró los ojos.

—Ah, es Nuala. Es la viuda de mi tío. Supongo que es mi tía, pero como era su segunda mujer nunca la consideré así. Es todo un personaje y muy divertida. ¿Por qué?

Maggie no esperó a responder y empezó a abrirse paso entre los grupos de Moore. Cuando llegó a la escalera Nuala estaba charlando en la terraza. Maggie empezó a subir, pero antes de llegar arriba se detuvo a estudiarla.

Cuando Nuala se había marchado intempestivamente Maggie rezaba para que le escribiera. Pero nunca lo hizo, y ese silencio había sido especialmente doloroso. Durante los cinco años que había durado el matrimonio Maggie había estado muy cerca de Nuala. Su madre había muerto en un accidente de coche cuando ella era un bebé. Después de la muerte de su padre, Maggie se enteró por un amigo de la familia que aquél había destruido todas las cartas y devuelto los regalos que Nuala le había estado enviando.

Maggie se quedó mirando la diminuta figura de vivaces ojos

azules y cabello sedoso, color miel. Vio la red de arrugas que no desmerecían ni un poco su maravilloso cutis. Y mientras la observaba, los recuerdos afluyeron a su corazón. Recuerdos de su infancia, quizá los más felices.

Nuala, que siempre se ponía de su parte en las discusiones, le protestaba a su padre: «Owen, por el amor de Dios, es sólo una niña. Deja de corregirla a cada momento.» Así era Nuala, la que siempre decía: «Owen, todos los niños de su edad van en tejanos y camiseta». «Owen, ¿y qué si ha gastado tres carretes? Le encanta hacer fotos, y es buena.» «Owen, no está jugando con barro. ¿No te das cuenta de que trata de modelar algo con arcilla? Por el amor de Dios, aunque no te gusten mis pinturas, ¿por qué no reconoces que tu hija es muy creativa?»

Nuala... siempre tan bonita, siempre tan divertida, siempre tan paciente con las preguntas de Maggie. Gracias a ella había aprendido a amar y comprender el arte.

Nuala, muy propio en ella, iba vestida con un traje de cóctel azul celeste a juego con unos zapatos de tacón. Los recuerdos que Maggie tenía de ella estaban teñidos de tono pastel.

Nuala se había casado con su padre a los cuarenta y tantos años, pensó Maggie tratando de calcular su edad. Habían estado cinco años juntos, y lo había dejado hacía veintidós.

Se asombró al darse cuenta de que debía de tener alrededor de setenta y cinco. Indudablemente no los aparentaba.

Las miradas de ambas se encontraron. Nuala frunció el entrecejo, intrigada.

Ella le había contado que su nombre verdadero era Finnuala, por el legendario celta Finn MacCool que había acabado con un gigante. Maggie recordó que de pequeña le encantaba tratar de pronunciar *Finn-u-ala*.

—¿Fin-u-ala? —dijo con voz insegura.

Una expresión de sorpresa cruzó el rostro de la anciana, un grito de alegría silenció el murmullo de las conversaciones, y Maggie volvió a hallarse otra vez entre aquellos cariñosos brazos. Nuala llevaba el delicado perfume que se había quedado grabado en el olfato de Maggie todos esos años. A los dieciocho, había descubierto que se trataba de *Joy*. *Joy*, dicha, qué nombre tan apropiado para esta noche, pensó.

—¡Deja que te mire! —exclamó mientras daba un paso atrás sin soltarla, como si temiera que Maggie se alejara—. Pensaba que no volvería a verte. ¡Ay, Maggie! ¿Cómo está tu padre, ese espanto de hombre?

—Murió hace tres años.

—Lo lamento, querida, pero era un hombre imposible, de eso no hay duda.

—Nunca fue fácil —admitió Maggie.

—Lo sé, querida, ¿has olvidado que estuve casada con él? ¡Sé muy bien cómo era! Siempre tan mojigato, severo, ácido, petulante, rezongón. Bueno, no sirve de nada seguir. El pobre está muerto y que descanse en paz. Pero era tan chapado a la antigua, tan duro... Vaya, podría haber posado para un vitral medieval.

Nuala, que de repente se dio cuenta de que todos estaban escuchando, cogió a Maggie por la cintura y anunció:

—¡Ésta es mi hija! No la he parido, por supuesto, pero eso carece de importancia.

Maggie advirtió que Nuala contenía las lágrimas.

Ansiosas las dos por hablar y escapar del bullicio del restaurante repleto, se escabulleron juntas. Maggie no encontró a Liam para despedirse, pero estaba segura de que no la echaría en falta.

Maggie y Nuala subieron cogidas del brazo por Park Avenue, en medio de la luz crepuscular de septiembre, giraron por la calle Cincuenta y seis y se instalaron en Il Tinello. Frente a una botella de Chanti y unos calabacines gratinados, se pusieron al día con sus respectivas vidas.

Para Maggie fue sencillo.

—Cuando te marchaste, me mandaron a un internado. Después fui a Carnegie-Mellon, y por último hice un *master* en artes visuales en la Universidad de Nueva York. Me gano bien la vida como fotógrafa.

—Es maravilloso. Siempre pensé que te dedicarías a eso o a la escultura.

—Tienes buena memoria —sonrió Maggie—. Me encanta esculpir, pero sólo como pasatiempo. Ser fotógrafa es mucho más práctico, y, con toda franqueza, creo que soy bastante buena. Tengo algunos clientes excelentes. Ahora cuéntame de ti, Nuala.

—Primero terminemos contigo —repuso la anciana—. Vives en Nueva York, tienes un trabajo que te gusta y has seguido desarrollando un talento natural. Eres tan guapa como imaginaba que serías y has cumplido treinta y dos años. ¿Y qué hay del amor, o de alguna persona significativa, o comoquiera que lo llaméis los jóvenes de hoy en día?

Maggie sintió la conocida punzada de dolor mientras decía:

—Estuve casada tres años. Se llamaba Paul, y había estudiado en la Academia de la Fuerza Aérea. Se mató en un vuelo de prácticas cuando acababan de seleccionarlo para un programa de la NASA. Hace cinco años. Creo que fue un golpe que nunca superaré. En fin, aún me cuesta hablar de él.

—Pobre Maggie. —Había todo un mundo de comprensión en su voz.

Maggie recordó que, cuando Nuala se casó con su padre, era viuda.

—¿Por qué tienen que pasar esas cosas? —murmuró Nuala mientras sacudía la cabeza—. ¿Pedimos la cena? —añadió con tono más alegre.

Mientras comían acabaron de ponerse al día. Habían pasado veinte años. Nuala, después de divorciarse del padre de Maggie, se había trasladado a Nueva York. Fue de visita a Newport, se encontró con Timothy Moore —alguien con el que ya había salido cuando era adolescente— y se casó con él.

—Mi tercer y último marido —dijo—, un hombre absolutamente maravilloso. Tim murió el año pasado. ¡Lo echo tanto de menos! No era uno de los Moore más ricos, pero tengo una casa agradable en un barrio muy bonito de Newport, unos buenos ingresos y todavía sigo con mi afición a la pintura. Así que estoy bien.

Pero Maggie vio un breve parpadeo de inseguridad en su rostro y se dio cuenta de que, sin la expresión enérgica y alegre, aparentaba cada día de su edad.

—Nuala, toda la noche me has parecido muy preocupada.

—No; estoy bien, es sólo... Verás, el mes pasado cumplí setenta y cinco años. Hace años, alguien me dijo que a los sesenta uno empieza a despedir a los amigos o los amigos se despiden de ti, pero cuando se llega a los setenta sucede sin parar. Créeme, es verdad. Últimamente he perdido muchos amigos, y cada pérdida duele más que la anterior. Empiezo a sentirme un poco sola en Newport, pero hay una residencia magnífica (odio la palabra geriátrico) y estoy pensando en trasladarme allí. Acaba de quedar libre el tipo de apartamento que me interesa.

Después, mientras el camarero les servía el café, pidió con vehemencia:

—Maggie, ven a visitarme, por favor. Está sólo a tres horas de coche de Nueva York.

—Me encantaría —respondió Maggie.

—¿ De veras ?

—Por supuesto. Ahora que te he encontrado, no voy a dejarte

escapar otra vez. Además, siempre he querido ir a Newport. Por lo que sé, es el paraíso de los fotógrafos. En realidad...

Estaba a punto de comentar que la semana siguiente tenía tiempo libre y podía tomarse unas merecidas vacaciones, cuando oyó a alguien decir:

—Sabía que os encontraría aquí.

De pie, junto a ellas, estaban Liam y su primo Earl Bateman.

—Te has escapado de mí —dijo Liam.

Earl se agachó para besar a Nuala.

—Te has llevado a su chica; estás metida en un lío. ¿De dónde os conocéis?

—Es una larga historia —sonrió Nuala—. Earl también vive en Newport —le explicó a Maggie—. Da clases de antropología en el Hutchinson College de Providence.

Maggie pensó que no se había equivocado con lo del aire de intelectual.

Liam acercó una silla de la mesa de al lado y se sentó.

—Tenéis que permitirnos tomar una copa de sobremesa con vosotras —sonrió a Earl. No os preocupéis en cuanto a Earl, es raro pero inofensivo. Su rama de la familia está en el negocio de pompas fúnebres desde hace cien años. Ellos entierran a la gente y él los desentierra. Es un demonio necrófago. Hasta gana dinero hablando de ello.

Maggie abrió los ojos mientras los demás reían.

—Doy conferencias sobre ritos funerarios de diferentes épocas —explicó Earl Bateman con una leve sonrisa—. A algunos les parece macabro, pero a mí me encanta.

VIERNES 27 DE SEPTIEMBRE

2

Caminó con presteza por el paseo Cliff, con el cabello agitado por el recio viento marino que se había levantado a última hora de la tarde. El sol, que había derramado una maravillosa tibieza durante su cenit, ahora era insuficiente contra el viento frío. El cambio en el aire pareció un reflejo del cambio de su propio humor.

Hasta entonces había tenido éxito con su plan de acción, pero con la perspectiva de la fiesta de Nuala, para la que faltaban dos horas, una premonición empezaba a inquietarle. Nuala comenzaba a sospechar y se lo diría a su hijastra. Todo podía empezar a deshacerse.

Los turistas aún no se habían ido de Newport. En realidad había muchos, gente de fuera de temporada que iba a pasar el día, ansiosa de asaltar las mansiones regentadas por la Sociedad de Conservación, la mayoría de las cuales iba a estar cerrada hasta la próxima primavera, para quedarse boquiabierta ante las reliquias del pasado.

Sumido en sus pensamientos se detuvo al llegar a The Breakers, esa joya de la ostentación más maravillosa, ese palacio americano, ejemplo pasmoso de lo que el dinero, la imaginación y el empuje de la ambición podían lograr. Cornelius Vanderbilt II y su esposa Alice lo habían hecho construir alrededor de 1890. El propietario, que quedó paralítico por una trombosis en 1895 y murió en 1899, apenas lo había disfrutado.

Se demoró un buen rato delante de The Breakers y sonrió. Era la historia de los Vanderbilt lo que le había dado la idea.

Pero ahora tenía que actuar rápidamente. Se dio prisa y pasó delante de la Universidad Salve Regina, conocida anteriormente como Ochre Court, un despilfarro de cientos de habitaciones cuya silueta se recortaba espléndida sobre el horizonte, con muros de piedra y tejado abuhardillado muy bien conservado. Cinco minutos después se topó con Latham Manor, un edificio suntuoso, toda una réplica en valor y buen gusto a la vulgaridad de The Breakers. La propiedad había caído en el descuido cuando aún vivía el último miembro de la excéntrica familia Latham. Después de recuperarla de la ruina y devolverle gran parte de su magnificencia original, la habían convertido en una residencia para ancianos pudientes que terminaban su vida rodeados de opulencia.

Se detuvo y se deleitó con el majestuoso exterior de mármol blanco de la mansión Latham. Metió la mano en el bolsillo del anorak y sacó un teléfono móvil. Marcó rápidamente y sonrió mientras respondía la voz que esperaba oír. Era una cosa menos de la que tendría que preocuparse más adelante.

—Esta noche no —se limitó a decir.

—Entonces ¿cuándo? —respondió una voz distante, sin comprometerse, tras una breve pausa.

—Todavía no estoy seguro. Tengo que ocuparme de otra cosa —replicó con un tono tajante que no permitía preguntas sobre sus decisiones.

—Sí, por supuesto. Lo siento.

Colgó sin más comentarios, se dio la vuelta y echó a andar deprisa. Era hora de prepararse para la cena de Nuala.

3

Nuala Moore canturreaba mientras cortaba tomates sobre el mármol de su desordenada y alegre cocina con movimientos rápidos y seguros. El sol de la tarde estaba a punto de ponerse y un viento recio hacía vibrar el cristal de la ventana, sobre el fregadero. Casi sentía el frío que se filtraba por la pared mal aislada del fondo.

Aun así, sabía que la cocina era cálida y acogedora con el empapelado colonial rojo y blanco, el gastado linóleo rojo ladrillo y los estantes y armarios de pino. Cuando terminó con los tomates, cogió las cebollas. Una ensalada de tomate y cebolla aliñada con aceite y vinagre, y espolvoreada generosamente con orégano era el acompañamiento perfecto para una pata de cordero asada. Cuando era pequeña, era uno de sus platos favoritos. Quizá debía preguntárselo, pensó Nuala, pero quiero sorprenderla. Al menos sabía que Maggie no era vegetariana porque había pedido ternera la noche que cenaron juntas en Manhattan.

Las patatas ya hervían en la cacerola grande; cuando estuvieran hechas las escurriría pero no prepararía el puré hasta el último momento. Una bandeja de galletas estaba lista para hornear. Los guisantes y las zanahorias estaban preparados, listos para cocer al vapor antes de que se sentaran los invitados.

Nuala se asomó al comedor para dar un repaso. La mesa estaba puesta. Era lo primero que había hecho, por la mañana. Maggie se sentaría en la cabecera, frente a ella. Un gesto simbólico. Esa noche serían coanfitrionas, como madre e hija.

Se quedó un rato pensando, apoyada contra el marco de la puerta. Sería maravilloso tener alguien con quien compartir, al fin, la terrible preocupación que la embargaba. Esperaría un día o dos, y después diría: «Maggie, tengo que hablar contigo de algo importante. Tienes razón, estoy preocupada. A lo mejor estoy loca o sólo soy una vieja tonta y desconfiada, pero...».

Sería un alivio explicarle sus sospechas a Maggie, que ya de pequeña tenía una mente clara y analítica. «Finn-u-ala», solía empezar cuando quería hacerle una confidencia. Era su manera de decirme que tendríamos una conversación muy seria, recordó.

Tendría que haber esperado a mañana para hacer la fiesta, dejar que Maggie descansara un poco. Bueno... típico de mí: siempre actúo primero y pienso después.

Pero, tras haber hablado tanto de Maggie, quería que sus amigos la conocieran. Además, cuando los había invitado a cenar, pensaba que Maggie iba a llegar un día antes.

Pero el día anterior la telefoneó para decirle que había tenido un problema con un trabajo y que tardaría un día más de lo previsto. «El director artístico es un pesado y está desesperado por las fotos —le había explicado—, así que no puedo salir hasta mañana al mediodía. Pero llegaré a eso de las cuatro o cuatro y media.»

Maggie había vuelto a llamarla a las cuatro.

—Nuala, traté de llamar antes pero comunicabas. Acabo de terminar. Ahora mismo salgo.

—Perfecto.

—Espero llegar antes que los invitados para tener tiempo de cambiarme.

—No te preocupes, conduce con cuidado que yo los entretendré con unos cócteles hasta que llegues.

—De acuerdo. Ahora mismo salgo.

Mientras pensaba en la conversación, sonrió. Habría sido espantoso que Maggie retrasara el viaje un día. Ahora debía de estar en Bridgeport, pensó, atascada con el tráfico de los que volvían del trabajo. Pero al menos está en camino. Dios mío, Maggie viene a verme.

Como no tenía nada más que hacer, decidió sentarse a ver las noticias de la tarde. Aún tendría tiempo para relajarse con un buen baño antes de que llegaran los invitados.

Estaba a punto de salir de la cocina cuando llamaron a la puerta trasera. Antes de que pudiera mirar por la ventana para ver quién era, alguien acciono el pomo de la puerta. Por un instante se sobresaltó, pero en cuanto se abrió la puerta y vio quién era, sonrió.

—Hola —dijo Nuala—, me alegro de verte, pero no te quedes mucho porque tienes que volver dentro de unas horas.

—No pienso quedarme mucho —dijo el visitante en voz baja.

4

Después de que su madre se mudara a Florida y vendiera la casa que había sido el regalo de bodas del viejo Squire a la abuela de Liam, Liam Moore Payne había comprado un apartamento en una urbanización de la calle Willow. Lo usaba habitualmente durante el verano, pero incluso fuera de temporada, cuando el velero ya estaba guardado, solía venir de Boston los fines de semana para escaparse del frenético mundo de las finanzas internacionales.

La casa, una espaciosa vivienda de cuatro habitaciones, techos altos y una terraza que daba a la bahía Narragansett, tenía los selectos muebles del hogar familiar. Cuando su madre se había trasladado a Florida, le había dicho: «Estas cosas no pegan en Florida; además, a mí nunca me importaron. Quédatelas. Eres igual a tu padre, como a él te encantan todas estas antigüedades». Mientras Liam salía de la ducha y cogía una toalla, pensó en su padre. ¿De veras se parecía tanto?, se preguntó. Su padre, cuando llegaba a casa tras un día de trabajo en el voluble mundo de las finanzas, iba al bar de su despacho y se preparaba un martini muy seco y muy frío. Se lo bebía lentamente, y después, relajado, subía a bañarse y vestirse para la noche.

Liam se secó vigorosamente mientras sonreía a medias pensando en lo mucho que se parecía a su padre, aunque diferían en los detalles. A él lo ponían nervioso los baños de inmersión casi rituales de su padre; prefería una ducha fortalecedora. Además, le gustaba el martini después de ducharse, no antes.

Al cabo de diez minutos, Liam estaba en el bar del estudio vertiendo vodka finlandés en una coctelera llena de hielo y agitándola. Se sirvió la bebida en una delicada copa de cristal traslúcido, le puso una oliva, dudó y suspiró aprobadoramente al probar el primer sorbo.

—Amén —dijo.

Eran las ocho menos diez. En diez minutos lo esperaban en casa de Nuala, y, aunque sabía que tardaría al menos nueve minutos en llegar, no le preocupaba llegar a la hora exacta. Cualquiera que conociera a Nuala sabía que el aperitivo duraba por lo menos hasta las nueve, o más.

Liam decidió permitirse un pequeño respiro. Se sentó en el agradable sofá tapizado de piel marrón y puso los pies sobre una mesilla de café antigua, que tenía forma de pila de viejos libros de contabilidad.

Cerró los ojos. Había sido una semana larga y estresante, pero el fin de semana prometía ser interesante.

La cara de Maggie flotaba en su mente. Era una coincidencia notable que tuviera lazos con Newport, y un lazo muy fuerte por lo visto. Se había quedado muy asombrado al enterarse de su relación con Nuala.

Recordó cómo le había fastidiado ver que Maggie se marchaba de la fiesta del Four Seasons sin decírselo. Estaba enfadado consigo mismo por haberla descuidado. Cuando se enteró de que se había ido con Nuala antes de la cena, tuvo el pálpito de que estaban en Il Tinello. Para ser una mujer joven, Maggie tenía costumbres fijas.

Maggie. Se la imaginó durante un momento, su hermosa cara, la inteligencia y energía que irradiaba.

Liam se acabó el martini y, con un suspiro, se levantó del cómodo sofá. Es hora de irse, pensó. Se miró en el espejo de la entrada. Vio que la corbata Hermes roja y azul que su madre le había mandado por su cumpleaños combinaba bastante bien con la chaqueta azul marino, aunque una rayada clásica iría mejor. Se encogió de hombros y decidió dejarlo como estaba.

Cogió el llavero, cerró la puerta a sus espaldas y partió hacia la cena de Nuala.

5

Earl Bateman estaba tumbado sobre el sofá con un vaso de vino en la mano y el libro que acababa de terminar en la mesilla de al lado. Sabía que era hora de cambiarse para la cena de Nuala, pero disfrutaba de la sensación de ocio mientras reflexionaba sobre los acontecimientos de la semana anterior.

Antes de marcharse de Providence, había terminado de calificar los trabajos de los alumnos admitidos en su clase de antropología y se había sentido satisfecho de ver que casi todos habían sacado buenas notas. Pensó que trabajar con ellos durante el semestre iba a ser muy interesante y quizá todo un desafío.

Y ahora lo esperaban fines de semana en Newport, que por fortuna se había librado del gentío que abarrotaba los restaurantes y colapsaba el tráfico en la temporada estival.

Earl vivía en el ala de invitados de la casa de la familia, Squire Hall, la que había hecho construir Squire Moore para su hija menor cuando se casó con Gordon Bateman, «el demonio necrófago» como lo llamaba el suegro, porque los Bateman estaban en el negocio de pompas fúnebres desde hacía cuatro generaciones.

De las casas que les había regalado a sus siete hijos, ésta era, con diferencia, la más pequeña, reflejo de su oposición a la boda. Nada personal, pero Squire tenía pánico de morir y hasta había prohibido que se mencionara la palabra «muerte» en su presencia. Aceptar en el seno de la familia al hombre que indudablemente asistiría en los ritos que rodearan a su propia muerte era un recordatorio continuo de la palabra prohibida.

La reacción de Gordon Bateman había sido convencer a su mujer de que bautizaran la casa como Squire Hall, un tributo burlón a su suegro y una forma de recordarle sutilmente que ninguno de sus otros hijos le habían hecho semejante honor.

Earl siempre había pensado que su nombre también era otra estocada a Squire, puesto que el anciano trataba de dar la impresión de que su nombre provenía de generaciones de Moore que ostentaban el título de hacendados en el condado de Dingle. Un hacendado en Dingle tenía que inclinarse ante un conde.[1]

Cuando Earl convenció finalmente a sus padres de que no pensaba ser el siguiente director de la funeraria Bateman, éstos vendieron el negocio a una empresa que conservó el nombre y contrató a un nuevo director.

1. *Earl:* conde; *squire:* hacendado. *(N. de la T.)*

Ahora pasaban nueve meses al año en Carolina del Sur, cerca de las hijas casadas. Le habían ofrecido a Earl que ocupara el resto de la casa durante ese período, pero él había rechazado. El ala de invitados estaba decorada a su gusto, con sus libros y objetos guardados en armarios con puertas vidrieras para que no los deteriorara el polvo. También tenía una vista maravillosa al Atlántico. El mar, para Earl, era infinitamente tranquilizador.

Tranquilidad. Ésa era la palabra que más valoraba.

En la bulliciosa reunión de descendientes de Squire Moore en Nueva York, se había mantenido al margen mientras observaba al resto de la gente. Trataba de no ser muy crítico, pero no participaba en el «¿a ver si me superas?» de las historias de los demás. Sus primos parecían muy dados a presumir de lo bien que les iba, y a todos, como a Liam, les encantaba contarse anécdotas inverosímiles sobre el excéntrico —y de vez en cuando grosero— antepasado común.

Earl también sabía con qué alegría se metían con los orígenes de su padre, dueños de una funeraria durante cuatro generaciones. En la reunión, había oído de lejos a dos que lo despreciaban y hacían chistes sarcásticos sobre los directores de funerarias y su profesión.

¡Que se vayan a la porra!, pensó mientras bajaba los pies y se levantaba. Eran las ocho menos diez, hora de ponerse en marcha. No tenía ganas de ir a la cena de Nuala, pero estaría Maggie Holloway, y era muy atractiva...

Sí, su presencia era una garantía de que no sería una velada aburrida.

6

El doctor William Lane, director de la Residencia Latham Manor miró su reloj por tercera vez en cinco minutos. Su esposa y él estaban invitados a casa de Nuala Moore a las ocho, y eran las ocho menos diez. El doctor Lane, un cincuentón corpulento y calvo, tenía un trato tranquilizador con sus pacientes, una actitud tolerante que no hacía extensiva a su mujer de treinta y nueve anos.

—Odile —la llamó—, por el amor de Dios, tenemos que irnos.

—Ahora mismo estoy.

La voz, entrecortada y melodiosa, flotó por la escalera de la casa, un ala que en otra época había albergado las cocheras de Latham Manor. Al cabo de un momento, Odile entró premurosa en la sala mientras terminaba de abrocharse un pendiente.

—Tuve que leerle un poco a la señora Patterson —dijo—. Ya sabes, William, todavía no se ha acostumbrado a la residencia y está resentida por el hecho de que su hijo la obligara a vender la casa.

—Se adaptará —dijo Lane sin darle importancia—. Todos los demás se las arreglan para estar bastante contentos.

—Lo sé, pero a veces hace falta tiempo. Un poco de cariño mientras un huésped nuevo se acostumbra es muy importante. —Odile se acercó al espejo que había sobre la chimenea de mármol—. ¿Qué tal estoy? —preguntó mientras sonreía a su imagen rubia de ojos grandes.

—Preciosa, como siempre —dijo Lane con seguridad—. ¿Qué sabes de la hijastra de Nuala?

—La semana pasada, cuando Nuala vino a visitar a Greta Shipley, me habló mucho de ella. Se llama Maggie. Nuala estuvo casada con su padre hace muchos años. Va a quedarse dos semanas. Nuala parece muy contenta. ¿No es maravilloso que hayan vuelto a encontrarse?

El doctor Lane, sin responder, abrió la puerta y se quedó esperando. Estás de excelente humor, pensó Odile mientras pasaba a su lado y bajaba la escalinata en dirección al coche. Se detuvo un momento para mirar la mansión Latham, con su fachada de mármol que brillaba a la luz de la luna.

—Quería decirte —sugirió con tono vacilante— que cuando fui a ver a la señora Hammond, la encontré agitada y muy pálida. Quizá deberías echarle un vistazo antes de irnos.

—No; llegaremos tarde —respondió el doctor Lane impaciente mientras abría la puerta del coche—. Si me necesitan, puedo volver en diez minutos. Pero te aseguro que esta noche no le pasará nada a la señora Hammond.

7

Malcolm Norton no tenía ganas de ir a la cena. Era un hombre de cabello plateado y postura rígida y militar que le daba una apariencia imponente, pero que ocultaba una mente atribulada.

La llamada de Nuala de hacía tres días para invitarlo a la cena de esa noche para presentarle a su hijastra había sido un golpe, no por la invitación en sí, sino por la inesperada noticia de que Nuala tenía una hijastra.

Norton, un abogado con bufete que trabajaba solo, había visto cómo se reducía drásticamente su lista de clientes en los últimos años, en parte por las bajas —se había convertido casi en un experto en sucesiones—, pero además, estaba seguro, por la llegada a la región de varios abogados jóvenes y emprendedores.

Nuala Moore, una de las pocas clientas que le quedaban, jamás había mencionado la existencia de una hijastra.

Hacía tiempo que Malcolm Norton le aconsejaba que vendiera la casa y se instalara en la Residencia Latham Manor. Nuala parecía de acuerdo y pensaba que era lo adecuado. Admitía que desde que Tim, su marido, había muerto, se sentía muy sola en la casa y las reparaciones cada vez eran mas caras.

—Sé que hay que cambiar el tejado, que el sistema de calefacción está anticuado y que si alguien la compra querrá poner aire acondicionado central —le había dicho—. ¿Crees que me darán doscientos mil dólares por ella?

—Nuala, el mercado inmobiliario de Newport cae en picado a partir de septiembre —le había respondido él con cautela—. Quizá el verano próximo los sacaríamos, pero si quieres mudarte a Latham Manor ahora, yo te la compraría por ese precio y haría algunas obras básicas. Tú no tendrías más gastos con la casa y yo más adelante puedo recuperar el dinero. Con el seguro de Tim y la venta de la casa, puedes tener un apartamento de primera en la residencia, e incluso convertir una habitación en un taller para ti.

—Ah, eso me gustaría. Lo pondré en la solicitud —le había dicho Nuala en aquel momento, antes de darle un beso en la mejilla—. Eres un buen amigo, Malcolm.

—Prepararé los papeles. Has tomado una buena decisión.

Lo que Malcolm no le había dicho era un dato que le había pasado un amigo de Washington. Iba a aprobarse un cambio en la legislación de protección del medio ambiente, lo que significaba que algunas propiedades protegidas por el Acta de Conservación de Wetlands, perderían esa calificación y se podría urbanizar en el lugar. Entre otras, toda la parte trasera del terreno de Nuala. Si se drenaba el estanque y se talaban unos árboles, la vista al mar sería espectacular, razonó Malcolm. La gente de dinero quería ese tipo de vistas. Pagarían mucho por el terreno y probablemente echarían abajo la casa para construir una tres veces más grande que diera al océano. Según sus cálculos, el solar solo costaría un millón de dólares, lo que le dejaría unos beneficios de ochocientos mil dólares al cabo de uno o dos años.

Después podría seguir adelante con su vida. Con lo que ganara con la venta, tendría dinero suficiente para arreglar cuentas con su mujer, Janice, retirarse y trasladarse a Florida con Barbara.

¡Cómo había cambiado su vida desde que Barbara había empezado a trabajar para él de secretaria! Era una viuda muy guapa de cincuenta y seis años, siete menos que él, con hijos mayores que ya vivían por su cuenta. Había cogido el empleo en el bufete para tener alguna ocupación. Sin embargo, no pasó mucho tiempo sin que la atracción mutua se hiciera palpable. Tenía toda la calidez que Janice nunca le había brindado.

Pero no era el tipo de mujer para tener una aventura de oficina... eso se lo había dejado muy claro. Si él la deseaba, tenía que relacionarse con ella como un hombre sin compromisos. Y lo único que necesitaba para eso era dinero, se dijo. Entonces...

—Bueno, ¿estás listo?

Malcolm levantó la mirada. Su esposa, con la que estaba casado desde hacía treinta y cinco años, estaba delante de él con los brazos cruzados.

—Si tú lo estás —respondió.

Malcolm había llegado tarde a casa y había ido directamente a su cuarto. No había visto a Janice desde la mañana.

—¿Cómo has pasado el día? —le preguntó.

—¿Cómo crees que paso los días llevando la contabilidad de una residencia de ancianos? —le soltó ella—. Pero al menos alguien se ocupa de traer un poco de dinero a casa.

8

A las 19.50 horas, Neil Stephens, director de Carson y Parker Inversiones, se puso de pie y se desperezó. Era el único que quedaba en la oficina del World Trade Center, además del personal de limpieza que pasaba la aspiradora por el corredor.

Como socio principal de la empresa, tenía un despacho amplio de esquina con vistas panorámicas de Manhattan, paisaje que, desgraciadamente, tenía poco tiempo para disfrutar.

El mercado había estado de lo más volátil durante los últimos días, y los beneficios de algunas acciones «altamente recomendables» de la lista de Carson y Parker habían resultado decepcionantes. Los valores eran sólidos, la mayoría acciones de primera categoría, y una pequeña bajada en el precio no era grave. Pero el problema era que muchos pequeños inversores se habían puesto ansiosos y querían vender; el trabajo de él y su equipo era ocuparse de convencerlos de que tuvieran paciencia.

Bueno, suficiente por hoy, pensó Neil. Ya es hora de que me vaya. Se volvió para coger la chaqueta y la vio en uno de los sillones de la «zona de conversación», un conjunto de muebles cómodos que le daba al despacho lo que el decorador llamaba «una atmósfera agradable para el cliente».

Mientras se ponía la chaqueta, sonrió al ver lo arrugada que estaba. Neil era un hombre corpulento, que, a los treinta y siete años, se mantenía musculoso y evitaba engordar con un disciplinado programa de ejercicios que incluía jugar squash dos noches por semana. Los resultados de sus esfuerzos estaban a la vista; era un hombre atractivo, de penetrantes ojos castaños, conversación inteligente y una sonrisa que inspiraba confianza. De hecho, esa confianza era merecida, porque como sus socios y amigos sabían, a Neil Stephens no se le escapaba casi nada.

Se sacudió las mangas y se acordó de que Trish, su secretaria, la había colgado esa mañana, pero después, cuando Neil regresó de almorzar y volvió a arrojarla en una silla, la había dejado a propósito donde estaba.

«Las otras secretarias se enfadan conmigo si lo cuido demasiado —le había dicho—. Además, ya tengo bastante con mi marido. ¿No le parece que es mucho para una mujer?»

Neil sonrió al recordarlo, pero la sonrisa se le borró al darse cuenta de que se había olvidado de llamar a Maggie para pedirle su número de Newport. Esa mañana, Neil había decidido pasar el fin de semana en Portsmouth, para celebrar el cumpleaños de su madre; estaría muy cerca de Newport. Maggie le había dicho que pasaría dos semanas con su madrastra y a él se le ocurrió que podían verse allí.

Salían sin mayor compromiso desde que, a principios de primavera, se habían conocido en una panadería de la Segunda Avenida, en la esquina de unos bloques de apartamentos de la calle 56 Este. Conversaban cada vez que se cruzaban, hasta que un día se encontraron por casualidad en el cine. Se sentaron juntos y después fueron a cenar al pub Neary.

Al principio, a Neil le gustaba que Maggie se tomara la relación tan informalmente como él. Por parte de ella, no había indicios de que lo considerara más que un amigo con quien compartía el interés por el cine. Parecía tan ocupada como Neil con su trabajo.

Sin embargo, al cabo de seis meses de citas informales, el hecho de que Maggie siguiera tan poco interesada en él, como no fuera para una película agradable o una cena, empezaba a fastidiarlo. Sin darse cuenta de lo que pasaba, descubrió que cada vez tenía más ganas de verla, de saber todo sobre ella. Estaba al tanto de que había enviudado hacía cinco años, algo que ella había mencionado de pasada, con un tono que indicaba que era un capítulo de su vida que había dejado atrás. Pero ahora, Neil empezaba a preguntarse si habría otro hombre en su vida, alguien importante. A preguntárselo y a preocuparse.

Después de cavilar un rato, decidió comprobar si Maggie había dejado el número de Newport en el contestador automático. Volvió a su escritorio y escuchó el mensaje grabado: «Hola, soy Maggie Holloway. Estaré fuera de la ciudad hasta el trece de octubre. Gracias por llamar», y la máquina se desconectó. Era obvio que no le interesaba recibir mensajes.

Fantástico, pensó apesadumbrado mientras colgaba el auricular. Se acercó a la ventana. Manhattan se extendía delante de él, brillante de luces. Miró los puentes del East River y recordó que al comentarle a Maggie que su despacho estaba en el piso 42 del World Trade Center, ella le había contado sobre la primera vez que tomó una copa en el bar del último piso. «Empezaba a ponerse el sol. Se encendieron las luces de los puentes y después las de todos los edificios y calles. Era como ver a una dama victoriana de alta cuna ponerse todas sus joyas: collar, pulsera, anillos y hasta una diadema.»

A Neil se le había quedado grabada esa vívida imagen.

También tenía grabada otra imagen de Maggie, pero ésta era más perturbadora. Hacía tres semanas había ido al cine a ver *Un hombre y una mujer,* un clásico francés de hacía treinta años. La sala no estaba llena, y, a media película, se dio cuenta de que Maggie estaba sentada sola unas cuatro filas más adelante. Neil estaba a punto de acercarse cuando la vio llorar. Unas lágrimas silenciosas le resbalaban por la mejilla mientras Maggie se tapaba la boca para evitar los sollozos que le producía la historia de una joven viuda que no podía aceptar la muerte de su marido.

Neil había salido deprisa antes de que acabaran los créditos para que ella no lo viera y no se sintiera turbada de mostrarse tan vulnerable emocionalmente.

Esa misma noche, Maggie entró en Neary mientras él cenaba con unos amigos. Se detuvo junto a la mesa para saludarlo y después se unió a un grupo de la mesa del rincón. Nada en su cara indicaba que unas horas antes se había identificado con la joven viuda de la película.

¡Maldición!, pensó Neil, se ha ido por dos semanas y no tengo manera de localizarla. Ni siquiera sé el nombre de su madrastra.

9

Salvo por ese director de arte maniático, había sido una buena semana, pensó Maggie mientras salía de la carretera 38 a la altura de Newport. Las dos sesiones fotográficas habían salido excepcionalmente bien, especialmente la de *Vogue*.

Pero tras la meticulosa atención que tenía que poner para que la cámara capturara cada pliegue de los vestidos de noche astronómicamente caros que fotografiaba, era un placer ponerse unos tejanos y una camisa sencilla. De hecho, toda la ropa que llevaba para esas vacaciones era bastante informal, salvo una blusa estampada de seda azul y una falda larga a juego que pensaba ponerse en la cena de Nuala de esa noche.

Nos vamos a divertir mucho, pensó. ¡Dos semanas enteras! Nuala y yo tendremos ocasión de ponernos al día. Sonrió ante la perspectiva.

La sorprendió que Liam la llamara para decirle que él también asistiría a la cena, aunque tendría que haberlo supuesto porque pasaba mucho tiempo en Newport.

—En coche no se tarda mucho desde Boston —le había dicho—. Voy muy a menudo, especialmente los fines de semana fuera de temporada.

—No lo sabía.

—Hay muchas cosas que no sabes de mí, Maggie. Si no pasaras tanto tiempo de viaje, quizá...

—Y si tú no vivieras en Boston y fueras tan poco a tu apartamento de Nueva York, quizá...

Maggie volvió a sonreír. Liam es divertido aunque se toma demasiado en serio casi todo el tiempo. Se paró en un semáforo y volvió a comprobar las indicaciones. Nuala vivía cerca del legendario Ocean Drive, en la avenida Garrison. «Desde el segundo piso hasta se ve el mar —le había dicho—. Ya verás qué bonito es mi estudio.»

Esa semana la había llamado tres veces para asegurarse de que no había cambios de planes.

—¿Vendrás, Maggie? No me desilusiones.

—Claro que no —la había tranquilizado ella.

Sin embargo, Maggie se había preguntado si era sólo su imaginación o había algo en la voz de Nuala, quizá la misma inquietud que había detectado la noche de la cena en Manhattan. En aquel momento lo había justificado pensando que el marido de Nuala había muerto hacía apenas un año y que ella empezaba a perder a sus amigos, una de las desgracias de vivir lo suficiente para envejecer. Es natural que se piense en la muerte, razonó.

El año anterior, había visto esa misma expresión en las caras que había fotografiado en la residencia de ancianos para la revista *Life*. «A veces me molesta mucho que no quede nadie que me recuerde de joven», le había dicho una mujer melancólicamente.

Maggie tuvo un escalofrío y se dio cuenta de que la temperatura en el coche había descendido. Apagó el aire acondicionado, abrió un poco la ventanilla e inhaló el fuerte olor a mar. Cuando una se ha criado en el Oeste Medio, pensó, nunca se harta del mar.

Miró el reloj y se dio cuenta de que eran las ocho menos diez. Casi no tendría tiempo de ducharse y cambiarse antes de que llegara el resto de los invitados. Al menos había llamado a Nuala para decirle que saldría un poco tarde y que llegaría más o menos a esta hora.

Giró en la avenida Garrison y vio el océano delante. Disminuyó la velocidad y se detuvo frente a una bonita casa de madera. Tenía que ser la de Nuala, pensó, aunque estaba muy oscura. Fuera, no había ninguna luz encendida, salvo la que se filtraba tenuemente por las ventanas de la fachada.

Entró por el camino, bajó del coche sin molestarse en abrir el maletero para sacar el equipaje y subió la escalinata corriendo. Llamó al timbre ansiosa y oyó el débil repiqueteo.

Mientras esperaba, percibió un fuerte olor a quemado que salía por las ventanas abiertas que daban a la calle. Volvió a pulsar el timbre una y otra vez, mientras el repiqueteo vibraba por toda la casa.

Nadie atendía y no se oían pasos. Algo pasaba, pensó. ¿Dónde estaba Nuala? Maggie se acercó a la ventana y se agachó esforzándose por ver en la oscuridad a través de los visillos semicerrados.

En ese momento se le secó la boca. Lo poco que veía de la habitación en sombras indicaba un desorden salvaje. El contenido de un cajón estaba desparramado sobre la alfombra; y el cajón, tirado sobre el sofá. Dos armarios que flanqueaban la chimenea estaban abiertos de par en par. La escasa luz procedía de un par de apliques que había sobre la repisa de la chimenea. Maggie logró divisar un zapato de tacón de lado delante de la chimenea.

Entornó los ojos, se pegó más al cristal y vio un pie con un calcetín que asomaba detrás de un sofá confidente, cerca de donde estaba el zapato. Se lanzó hacia la puerta y accionó el pomo frenéticamente, pero estaba cerrada con llave.

Se precipitó hacia el coche, cogió el teléfono y marcó el 911 de la policía. Se detuvo y trató de recordar. El teléfono de su coche estaba programado para el prefijo de Nueva York, y ahora estaba en Rhode Island; el prefijo de Nuala era el 401. Con manos temblorosas marcó el 401-911.

Cuando la atendieron logró decir incoherentemente:

—Estoy en la avenida Garrison de Newport. No puedo entrar. Hay alguien en el suelo. Creo que es Nuala.

Estás balbuceando, pensó. Pero mientras le iban haciendo preguntas tranquilamente, la mente de Maggie, con absoluta certeza, gritaba tres palabras: Nuala está muerta.

10

Chet Brower, comisario de policía de Newport, estaba de pie mientras el fotógrafo hacía su trabajo de la escena del crimen. Además del hecho de que alguien había sido salvajemente asesinado en su jurisdicción —Nuala Moore había sufrido múltiples golpes en la cabeza—, había algo que le preocupaba.

Hacía meses que nadie denunciaba robos en la zona. Ese tipo de delitos se disparaba cuando se cerraban las casas en invierno y se convertían en blanco favorito de los desvalijadores. Era asombroso cuántas casas no tenían aún alarma, pensó Brower. Y era asombroso, también, cuántas personas no se molestaban en colocar en las puertas cerrojos de seguridad.

El comisario había acudido en el primer coche patrulla que atendió la llamada. Al llegar, la mujer que se identificó como hijastra de la señora Moore señaló la ventana de la fachada. Brower miró dentro y vio la misma escena. Antes de forzar la puerta principal, él y el detective Jim Haggerty fueron hacia la parte trasera de la casa. Con cuidado de no tocar el pomo para no borrar posibles huellas dactilares, comprobaron que la puerta estaba abierta y entraron.

Debajo de la cacerola, completamente quemada, seguía encendido el fuego. El olor acre de patatas calcinadas tapaba uno más agradable: cordero asado, según registró la mente de Chet Brower. Apagó los fogones de la cocina antes de pasar a la sala, a través del comedor.

No se había dado cuenta de que la hijastra los seguía hasta que llegaron al cuerpo y oyó un gemido.

—Oh, Nuala, Finn... u... ala... —dijo Maggie antes de caer de rodillas y tender la mano hacia el cuerpo, pero él se la cogió.

—¡No la toque!

En ese momento sonó el timbre y el comisario recordó que la mesa estaba puesta para una cena con invitados. A los pocos minutos, los agentes llevaron a la hijastra y los otros invitados a la casa de un vecino y les pidieron que permanecieran allí hasta que Brower hablara con ellos.

—Comisario.

Brower levantó la vista. Era Eddie Sousa, un policía novato.

—Algunos de los que esperan para hablar con usted empiezan a ponerse nerviosos.

El hábito de Brower de fruncir el entrecejo, tanto cuando pensaba como cuando algo lo fastidiaba, hizo que la frente se le arrugara. Esta vez por fastidio.

—Iré dentro de diez minutos —respondió irritado.

Antes de salir, recorrió una vez más la casa. Estaba toda revuelta, hasta habían puesto patas arriba el taller del segundo piso. Los materiales de pintura estaban en el suelo, como si, tras examinarlos, los hubieran desechado; cajones y armarios vacíos. No muchos intrusos que acabaran de cometer un asesinato se hubieran tomado la molestia de registrarlo todo tan meticulosamente, razonó. Además, por el aspecto general de la casa, se notaba que hacía tiempo que no se invertía dinero en ella. ¿Qué podían robar?, se preguntó.

Los dormitorios del segundo piso habían sido sometidos al mismo registro. Uno de ellos estaba bastante ordenado, excepto por los cajones y el armario. Habían quitado la ropa de cama y era evidente que las sábanas estaban recién cambiadas. Brower supuso que era la habitación que la víctima había preparado para la hijastra.

Todas las cosas del dormitorio principal estaban desparramadas. El joyero de piel rosa, igual al que él le había regalado a su mujer en una ocasión, estaba abierto y las joyas, obviamente de fantasía, diseminadas sobre la cómoda de arce.

Browen tomó nota mental de preguntar a los amigos de Nuala Moore si ésta poseía alguna joya valiosa.

Se quedó un rato estudiando el desorden del cuarto. Quienquiera que lo hubiera hecho, no era un vulgar ladrón ni un drogadicto, decidió. El asesino, o la asesina, buscaba algo. Por lo que se veía, Nuala Moore se había dado cuenta de que su vida estaba en peligro, porque había corrido intentando escapar y la habían golpeado por detrás. Podía haberlo hecho tanto un hombre como una mujer. No hacía falta mucha fuerza.

También notó algo más: Nuala estaba en la cocina preparando la cena cuando el intruso llegó. Trató de escapar de su agresor por el comedor, lo que significaba que éste le bloqueaba la puerta de la cocina. La puerta por la que había entrado el asesino seguramente estaba abierta, porque no parecía forzada. A menos que la señora Moore le hubiese franqueado el paso. Brower tomó nota de revisar si era el tipo de cerradura que se cerraba con el pestillo o había que echarle llave.

Dejó al detective Haggerty para que esperara al juez de instrucción y fue a hablar con los invitados.

11

—No, gracias —dijo Maggie mientras se masajeaba las sienes. Se dio cuenta vagamente de que no había probado bocado desde el mediodía, hacía diez horas, pero la sola idea de comer le cerraba la garganta.

—¿Ni siquiera una taza de té, Maggie?

Levantó la mirada y vio la cara amable y bondadosa de Irma Woods, la vecina de al lado. Era más fácil aceptar que seguir rechazando la oferta. Y, para su sorpresa, la taza le calentó los dedos y el té caliente le resultó agradable.

Estaban en la sala de la familia Woods, una casa más grande que la de Nuala. Había fotos de la familia sobre las mesas y la repisa de la chimenea: hijos y nietos, supuso. Los Woods parecían coetáneos de Nuala.

A pesar de la tensión y la confusión, observó perfectamente al resto de invitados a la cena. Ahí estaba el doctor William Lane, director de Latham Manor, que, por lo que sabía, era una residencia de ancianos. Un hombre calvo y corpulento de más de cincuenta años que le dio el pésame con tono tranquilizador. También le había ofrecido un sedante suave, que Maggie rechazó. Sabía que hasta el sedante más suave podía hacerla dormir durante días.

Maggie observó que cada vez que la esposa del doctor Lane —Odile, una mujer guapa— decía algo, movía las manos. «Nuala iba a visitar a su amiga Greta Shipley casi todos los días», le había explicado con un aleteo de los dedos, como si llamara a alguien. Después sacudió la cabeza y entrelazó los dedos como si rezara. «Greta se va a quedar destrozada. Completamente destrozada», repitió.

Odile ya había hecho el mismo comentario varias veces; Maggie no quería que lo repitiera más. Pero esa vez le añadió: «Y todos los residentes que iban a su clase de pintura la van a echar mucho de menos, se divertían tanto... Ay, Dios mío, no me había dado cuenta hasta ahora».

Típico de Nuala, pensó Maggie, compartir su talento con los demás. El vívido recuerdo de Nuala dándole su propia paleta acudió a su memoria. «Te enseñaré a pintar cosas bonitas», le había dicho Nuala. Pero no pudo ser porque yo era muy mala pintando, pensó Maggie. Y el arte no se convirtió en algo real para mí hasta que puso un trozo de arcilla en mis manos por primera vez.

Malcolm Norton, que se había presentado a sí mismo como el abogado de Nuala, estaba de pie junto a la chimenea. Era un hombre apuesto, pero con una pose forzada. Había en él algo superficial, casi artificial, pensó Maggie. Algo en su expresión de dolor y en su comentario: «Además de su abogado, era su amigo y confidente», indicaba que se creía el único merecedor del pésame.

Pero ¿por qué van a pensar que soy yo quien lo merezco?, se preguntó a sí misma. Todos saben que hacía más de veinte años que no veía a Nuala.

La mujer de Norton, Janice, estuvo hablando casi todo el tiempo con el doctor. Era una mujer de tipo atlético que, de no ser por ese rictus en la comisura de la boca que le daba una expresión dura, casi amargada, habría sido atractiva.

Al pensar en ello, Maggie se extrañó de la forma en que su mente manejaba la conmoción provocada por la muerte de Nuala. Por un lado, le dolía terriblemente; y por el otro, observaba a esa gente como a través del visor de una cámara.

Liam y su primo Earl estaban sentados uno al lado del otro junto a la chimenea. Liam, al llegar, le había apoyado una mano consoladora en el hombro. «Maggie, todo esto debe ser horrible para ti», le dijo, pero en aquel momento pareció comprender que ella necesitaba espacio físico y mental para asimilarlo por sí sola, y no se sentó junto a ella en el confidente.

El confidente, pensó Maggie. Habían encontrado el cuerpo de Nuala detrás de ese sillón.

Earl Bateman estaba inclinado con las manos entrelazadas, sumido en sus pensamientos. Maggie lo había visto sólo la noche de la reunión de los Moore, pero recordaba que era antropólogo y se especializaba en ritos funerarios.

¿Le había dicho Nuala a alguien qué tipo de funeral quería?, se preguntó. Quizá Malcolm Norton, el abogado, lo sabía.

Cuando sonó el timbre todos levantaron la vista. El comisario Brower entró en la habitación.

—Siento haberlos hecho esperar —dijo—. Mis hombres les tomarán declaración, así podrán irse lo antes posible. Pero antes quisiera hacerles algunas preguntas en grupo. Señor y señora Woods, me gustaría que estuvieran presentes.

Las preguntas eran de carácter general, cosas como: «¿Tenía la costumbre la señora Moore de dejar la puerta de detrás abierta?».

Los Woods le dijeron que siempre la dejaba abierta, que incluso bromeaba de que así, cuando no sabía dónde dejaba la llave, siempre podía entrar por detrás.

Preguntó si últimamente parecía preocupada. Todos respondieron unánimemente que estaba muy animada y feliz esperando la visita de Maggie.

Maggie sintió lágrimas en los ojos. Y en ese momento tuvo la certeza de que Nuala estaba preocupada.

—Mis hombres los demorarán sólo unos minutos y luego podrán irse —dijo Woods. Entonces Irma Woods tomó la palabra tímidamente.

—Hay una cosa que he de explicar. Nuala vino a verme ayer. Había redactado un nuevo testamento y quería que fuéramos testigos. También nos pidió que llamáramos al señor Martín, un notario, para que diera fe del documento. Parecía un poco preocupada. Nos dijo que sabía que al señor Norton le decepcionaría que ella no le vendiese la casa. —Irma miró a Maggie—. En el testamento pide que visites o llames por teléfono a Greta Shipley, a Latham Manor, lo más a menudo que puedas. Te ha dejado la casa y todos sus bienes a ti, salvo unos pocos legados a obras de caridad.

LUNES 30 DE SEPTIEMBRE

12

Maggie Holloway no estaba satisfecha con la teoría de que un intruso había asesinado a Nuala. Él se había dado cuenta durante el velatorio. Y ahora, en la misa de réquiem, la observaba sacudir la cabeza incrédula mientras el sacerdote hablaba de la violencia absurda que tantas vidas inocentes se cobraba en la actualidad.

Maggie era demasiado lista, demasiado observadora. Se podía convertir fácilmente en una amenaza.

Pero cuando salieron en fila de la iglesia de Saint Mary, se consoló con la idea de que volvería a Nueva York y pondría la casa de Nuala en venta. Y ya sabemos quién aparecerá con la primera oferta antes de que se marche, pensó.

Le alegró ver que Greta Shipley había llegado a la misa acompañada de una enfermera, y que después tuvo que marcharse casi inmediatamente. Maggie seguramente le haría una llamada de cortesía a la residencia antes de irse.

Se agitó nervioso. Por lo menos la misa estaba a punto de acabar. El solista cantaba mientras sacaban lentamente el ataúd de la capilla.

En realidad no le apetecía ir al cementerio, pero no tenía escapatoria. Más tarde volvería... solo. Igual que con los demás, su regalo especial sería un monumento funerario privado para ella.

Salió con las otras treinta personas que acompañaban a Nuala hacia el sitio de su descanso final. Se trataba del cementerio en el que estaban enterrados muchos católicos de familias importantes de Newport. La tumba de Nuala estaba junto a la de su último marido. La inscripción sobre la lápida de mármol pronto estaría terminada. Al lado del nombre de Timothy James Moore, su fecha de nacimiento y defunción, ya estaba el nombre de ella y también la fecha de nacimiento, pronto añadirían la fecha del viernes. También estaba grabado: «Descansa en paz».

Se obligó a parecer solemne mientras leían las oraciones finales... demasiado deprisa, pensó. Pero era evidente que los nubarrones oscuros estaban a punto de descargar una lluvia torrencial.

Cuando terminó el servicio, Irma Woods invitó a todos a tomar un refrigerio en su casa.

Él pensó que sería una torpeza rechazar la invitación; además, era una buena oportunidad para enterarse de cuándo planeaba marcharse Maggie Holloway. Vete, Maggie, pensó. Aquí sólo tendrás problemas.

Al cabo de una hora, mientras los invitados charlaban con bebidas y bocadillos en la mano, se sorprendió al oír que Irma Woods le decía a Maggie que el servicio de limpieza había terminado de ordenar la casa y de quitar todo el polvo esparcido por la policía en busca de huellas dactilares.

—La casa ya está lista para ti, Maggie —le dijo la señora Woods—. Pero ¿estás segura de que estarás bien? Sabes que si quieres, puedes seguir aquí.

Él se acercó como por casualidad e intentó oír mientras les daba la espalda.

—No, no estaré nerviosa en casa de Nuala —decía Maggie—. Y me quedaré las dos semanas que pensaba para arreglar todo y, por supuesto, para visitar a Greta Shipley en Latham Manor tal como ella me pidió. —El hombre se quedó rígido mientras ella añadía—: Señora Woods, ha sido usted muy amable. No sé cómo agradecérselo. Me gustaría hacerle una pregunta. Cuando Nuala vino a verla el viernes por la mañana con el testamento manuscrito, ¿usted no le preguntó nada? Quiero decir, ¿no se sorprendió de que estuviera tan ansiosa de firmarlo y llevarlo al notario enseguida?

A él le pareció que pasaba una eternidad antes de que la señora Woods diera su mesurada respuesta.

—Pues sí, me sorprendió. Al principio me pareció algo impulsivo. Nuala se había sentido muy sola desde la muerte de Tim, y estaba encantada de haberte encontrado. Pero cuando me enteré de su muerte, pensé que había algo más. Como si Nuala supiera que podía pasarle algo espantoso.

El hombre se acercó a la chimenea, donde había un grupo de personas conversando. Respondía a los comentarios, pero su mente funcionaba a toda velocidad. Maggie visitaría a Greta Shipley. ¿Cuánto sabía Greta? ¿Hasta qué punto sospechaba? Había que hacer algo. No se podía correr ningún riesgo.

Greta. Obviamente no estaba bien de salud. Todo el mundo la había visto salir de la iglesia con ayuda. Todo el mundo creería que la conmoción por la muerte de su amiga había contribuido a su infarto mortal. Inesperado, por supuesto, pero ninguna sorpresa.

Lo siento, Greta, pensó.

13

Cuando Greta Shipley todavía era relativamente joven, sesenta y ocho años, la invitaron a una recepción en la recién restaurada mansión Latham, que había pasado a llamarse Residencia Latham Manor. Acababan de inaugurarla como residencia de ancianos y aceptaban solicitudes de ingreso.

Le gustó todo lo que vio en el lugar. La majestuosa planta baja de la casa tenía un salón de lujo y un comedor de mármol y cristal, en el que la enorme mesa de banquete que recordaba de su juventud había sido reemplazada por mesas más pequeñas. La maravillosa biblioteca con sus mullidos sillones de cuero y una alegre chimenea era de lo más acogedora, y una habitación más pequeña, acondicionada como sala de televisión, sugería noches en compañía viendo algún programa.

A Greta también le gustaron las normas. Las relaciones sociales empezarían a las cinco de la tarde en el gran salón, y cena a las seis. Además, le pareció bien que hubiera que vestir de etiqueta para la noche, como si cenara en un club de campo. Greta se había criado con una abuela severa capaz de asesinar con la mirada al desdichado que no llevara la ropa adecuada. Los residentes que por alguna razón no pudieran vestirse adecuadamente, cenarían en sus habitaciones.

También había una enfermería, en un ala apartada, para los residentes que necesitaran cuidados médicos especiales.

Las tarifas de admisión, naturalmente, eran muy altas: desde doscientos mil dólares por una habitación privada grande con baño, a quinientos mil por una suite de dos habitaciones, de las que había sólo cuatro en la mansión. Mientras el residente viviera, éste gozaba de uso completo y exclusivo de su apartamento. Tras su muerte, la propiedad volvía a la residencia, que la reacondicionaba para vendérsela al siguiente postulante. Los huéspedes también tenían que pagar una cuota mensual de manutención de dos mil dólares, que, desde luego, la Seguridad Social cubría en parte.

Los residentes podían decorar las habitaciones con sus propios muebles, siempre con el visto bueno de la dirección. Los apartamentos y estudios eran exquisitamente cómodos y de un gusto impecable.

Greta, que hacía poco que había enviudado y le inquietaba vivir sola, había vendido de buen grado su casa de Ochre Point para trasladarse a Latham Manor. Pensaba que había sido una buena decisión. Como era una de las primeras residentes, tenía un estudio de primera calidad, grande, con una sala de estar en la que cabían sus tesoros más queridos. Pero lo mejor era que cuando cerraba la puerta, tenía la sensación de seguridad de no pasar la noche sola. Siempre había un guardia en las instalaciones, y un timbre para pedir ayuda si era necesario.

Greta disfrutaba de la compañía de la mayoría de los huéspedes, y evitaba a los que la ponían nerviosa. También seguía viendo a su vieja amiga Nuala Moore; a menudo salían a comer juntas, y, a petición de Greta, Nuala había accedido a dar clases de pintura en la residencia dos veces por semana.

Tras la muerte de Timothy Moore, Greta había empezado una campaña para que Nuala se trasladase a la residencia. Pero como ésta ponía reparos, decía que sola estaba bien e insistía en que no podía vivir sin su taller, Greta le pidió que al menos presentara la solicitud, así, si quedaba libre alguna suite de dos habitaciones, siempre podría cambiar de idea. Nuala al fin había accedido y reconoció que su abogado la animaba a hacer lo mismo.

Pero ahora nunca se trasladaría, pensó Greta con tristeza, sentada en el sillón delante de la bandeja de comida prácticamente intacta.

Todavía estaba bastante trastornada por el leve mareo sufrido ese día en el funeral. Hasta esa mañana se había sentido perfectamente. Si se hubiera tomado el tiempo necesario para desayunar bien, quizá no le habría pasado, razonó.

Ahora no podía permitirse estar enferma, quería mantenerse lo más activa posible. La vida le había enseñado que mantenerse ocupada era la única manera de superar el dolor. También sabía que no sería fácil porque echaría mucho de menos la alegre presencia de Nuala.

La tranquilizaba saber que Maggie Holloway, la hijastra de Nuala, la visitaría. El día anterior, durante el velatorio, Maggie se había presentado sola. «Señora Shipley, espero que me permita visitarla.

Sé que era la mejor amiga de Nuala, y quiero que también sea amiga mía.»

Llamaron a la puerta.

A Greta le gustaba que, a menos de que hubiera razones para recelar de algo, el personal de la casa tenía instrucciones de llamar siempre antes de entrar a las habitaciones de los huéspedes. La enfermera Markey, sin embargo, parecía no comprenderlo. Que la puerta no estuviera cerrada con llave no significaba que tenía libertad de presentarse en cualquier momento. A algunos, al parecer, les gustaban las enfermeras entrometidas, pero a Greta no.

Como era de prever, antes de que Greta respondiera a la llamada, la enfermera Markey entró con una sonrisa profesional impresa en sus pronunciadas facciones.

—¿Qué tal estamos, señora Shipley? —preguntó mientras se inclinaba a su lado con la cara demasiado cerca de la anciana.

—*Estoy* bastante bien, gracias, señorita Markey. Espero que usted también.

Ese solícito «estamos» siempre irritaba a Greta. Se lo había mencionado varias veces, pero era evidente que la mujer no tenía intenciones de cambiar, así que para qué molestarse, se dijo Greta. De pronto se dio cuenta de que el corazón le había empezado a palpitar.

—Me han dicho que tuvo un mareo en la iglesia...

Greta se llevó la mano al corazón como para detener las desenfrenadas palpitaciones.

—Señora Shipley, ¿qué le pasa? ¿Se encuentra bien?

Greta sintió que le cogía la muñeca.

La taquicardia desapareció tan repentinamente como había comenzado.

—Necesito un momento y me pondré bien —logró decir—. Por un instante sentí que me faltaba un poco el aire, eso es todo.

—Reclínese y cierre los ojos. Voy a llamar al doctor Lane. —La cara de la enfermera estaba casi pegada a la suya.

Greta se apartó instintivamente.

Al cabo de diez minutos, Greta, incorporada en la cama con varias almohadas, trataba de tranquilizar al doctor diciéndole que había tenido un pequeño mareo que se le había pasado completamente. Pero más tarde, mientras se quedaba dormida con la ayuda de un sedante suave, no pudo escapar al escalofriante recuerdo de la muerte de Constance Rhinelander, dos semanas atrás, que después de pasar un momento a verla había fallecido inesperadamente de un ataque al corazón.

Primero Constance, pensó, después Nuala. La ama de llaves de su abuela solía decir que las muertes llegaban de a tres. Por favor, que no sea yo la tercera, rogó mientras se quedaba dormida.

14

No, no había sido una pesadilla, había sucedido de verdad. Los acontecimientos de los últimos días, reales como la vida misma, pasaban con claridad por la mente de Maggie, de pie en la cocina de Nuala, en esa casa que ahora era suya.

A las tres, Liam la había ayudado a traer su equipaje de la habitación de invitados de los Woods. Lo había dejado en el descansillo de arriba de la escalera.

—¿Sabes en qué habitación te vas a instalar?

—No.

—Maggie, pareces a punto de desmayarte. ¿Estás segura de que quieres quedarte aquí? No me parece muy buena idea.

—Sí —le había respondido ella después de pensar un rato—, quiero quedarme.

Y ahora, mientras ponía la tetera sobre el fuego, Maggie pensaba agradecida que una de las mayores cualidades de Liam era que no discutía.

En lugar de seguir poniendo objeciones, se había limitado a decir:

—Entonces te dejo, pero espero que descanses un poco. No empieces a deshacer tu equipaje ni a ordenar las cosas de Nuala.

—No, hoy no.

—Te llamaré mañana.

Al llegar a la puerta, le apoyó la mano en el hombro, le dio un abrazo amistoso y se marchó.

Maggie, de pronto, se había sentido terriblemente cansada, como si poner un pie delante de otro le costara muchísimo. Cerró las puertas y subió por la escalera. Echó un vistazo a los cuartos y vio inmediatamente que el que Nuala le había preparado era el segundo en tamaño. Una habitación amueblada con sencillez: cama doble de arce, tocador con espejo, mesilla de noche, una mecedora, ningún objeto personal. Sobre el tocador había un antiguo juego de peine, cepillo, espejo y lima de uñas de mango esmaltado.

Arrastró sus bolsas hasta el cuarto, se quitó la camisa y el jersey, se puso su camisón favorito y se metió en la cama.

Ahora, después de una siesta de tres horas, y con la ayuda de una taza de té, al fin empezaba a sentir la cabeza despejada. Hasta se daba cuenta de la conmoción sufrida por la muerte de Nuala. La tristeza es otra historia, pensó. No se va nunca.

Se dio cuenta de que por primera vez en cuatro días tenía hambre. Abrió la nevera y vio que la habían llenado: huevos, leche, zumos, un pollo asado, pan y una olla de sopa casera. La señora Woods, se dijo.

Se preparó un bocadillo con un trozo de pollo sin piel y un poco de mayonesa.

Acababa de sentarse cómodamente a la mesa cuando oyó que llamaban a la puerta trasera. Se volvió rápidamente y se levantó de un brinco mientras alguien giraba el pomo de la puerta, con el cuerpo tenso, lista para reaccionar.

Suspiró aliviada cuando vio la cara de Earl Bateman al otro lado del cristal ovalado de la puerta.

El comisario Brower tenía la hipótesis de que un intruso había sorprendido a Nuala en la cocina. Esa idea y la imagen que evocó pasaron por su mente mientras cruzaba deprisa la cocina.

Una parte de ella se preguntó si era correcto abrir la puerta, pero, más fastidiada que intranquila por su seguridad, hizo girar la llave y lo dejó entrar.

La imagen de profesor despistado que asociaba con Bateman, fue más evidente en aquel momento que en los tres días anteriores.

—Maggie, perdóname —le dijo—, pero me voy a Providence hasta el viernes, y, cuando subí al coche, se me ocurrió que a lo mejor no habías cerrado la puerta. Sé que Nuala tenía la costumbre de dejarla abierta. Hablé con Liam, me dijo que te había acompañado aquí y creía que te ibas a acostar. No era mi intención molestarte. Sólo quería echar un vistazo y cerrar la puerta en caso de que estuviera abierta. Lo siento, pero desde la parte de delante no había signos de que te hubieras despertado.

—Podías haber llamado.

—Soy uno de esos que se siguen negando a tener teléfono en el coche. Lo siento. Nunca se me ha dado bien lo de boy scout. Y te he interrumpido la comida.

—No importa. Es sólo un bocadillo. ¿Quieres tomar algo ?

—No, gracias, me voy. Maggie, sabiendo todo lo que Nuala sentía por ti, creo que imagino lo especial que era tu relación con ella.

—Sí, muy especial.

—¿Te puedo dar un pequeño consejo? Recuerda las palabras de Durkheim, un gran investigador en temas relacionados con la muerte. Escribió: «El dolor como la dicha se exalta y amplifica cuando salta de una mente a otra».

—¿Qué intentas decirme? —preguntó Maggie en voz baja.

—No es mi intención angustiarte. Lo que quiero decir es que intuyo que acostumbras a guardarte el dolor para ti. Y, en momentos como éste, es mejor abrirse. En fin, lo que quiero decir es que me gustaría ser tu amigo. —Abrió la puerta para marcharse—. Volveré el viernes por la tarde. Por favor, echa dos vueltas a la cerradura.

Maggie cerró con llave y se dejó caer en la silla. La cocina de pronto parecía aterradoramente silenciosa, y se dio cuenta de que temblaba. ¿Cómo podía Earl Bateman pensar que ella le agradecería que apareciera sin avisar y tratara de entrar en la cocina subrepticiamente?

Se puso de pie, cruzó rápidamente el comedor hasta la sala a oscuras. Se arrodilló delante de la ventana y espió por debajo de la persiana.

Vio a Bateman dirigirse a la calle por el sendero.

Abrió la puerta del coche, se volvió y se quedó mirando la casa. Maggie tuvo la sensación de que aunque estuviera oculta en la oscuridad, Earl Bateman sabía, o al menos percibía, que ella lo estaba mirando.

La farola al final del sendero derramaba un cono de luz cerca de él, Bateman se puso debajo de la luz y saludó agitando la mano. No me ve, pero sabe que estoy aquí, pensó ella.

MARTES 1 DE OCTUBRE

15

Cuando sonó el teléfono a las ocho de la mañana, Robert Stephens estiró la mano izquierda para cogerlo, mientras sostenía una taza de café con la derecha.

Sus «buenos días» fueron un poco secos, notó divertida la mujer con la que estaba casado hacía cuarenta y tres años. Dolores Stephens sabía que a su marido no le gustaba que lo llamaran demasiado temprano.

«Todo lo que se puede decir a las ocho puede esperar hasta las nueve», era su lema.

Generalmente estas llamadas procedían de los clientes de avanzada edad de cuyos impuestos se ocupaba Robert. Hacía tres años que él y Dolores se habían instalado en Portsmouth para retirarse, pero Robert decidió, para no perder la práctica, seguir trabajando con unos pocos clientes escogidos. Al cabo de seis meses casi no daba abasto.

El tono de fastidio desapareció de su voz cuando dijo:

—Neil, ¿cómo estás?

—¡Neil! —exclamó Dolores con súbita aprensión—. Ay, espero que no nos diga que no puede venir este fin de semana —murmuró.

El marido le hizo señas de que se callara.

—¿El marido? Fantástico, una maravilla... No, aún no he sacado la barca... ¿Puedes venir el jueves? Perfecto. Tu madre estará encantada. Me quiere quitar el teléfono. Ya sabes lo impaciente que es. Llamaré al club para reservar partida de golf a las dos.

Dolores cogió el teléfono y oyó la voz burlona de su único hijo.

—Esta mañana no estás muy impaciente que digamos —le dijo.

—Sí, lo sé, pero es que tengo tantas ganas de verte. Me alegra que puedas venir. Y te quedarás hasta el domingo, ¿no?

—Por supuesto. Bueno, me tengo que ir. Dile a papá que sus «buenos días» parecían más bien un «vete al cuerno». ¿Verdad que aún no se ha acabado su primer café?

—Así es. Hasta pronto, querido.

Los padres de Neil Stephens se miraron mutuamente. Dolores suspiró.

—Lo único que echo de menos de Nueva York son las visitas intempestivas de Neil —dijo.

El marido se levantó, fue a la cocina y volvió a llenarse la taza de café.

—¿Neil te dijo que atendía el teléfono como un cascarrabias?

—Algo así.

Robert Stephens sonrió a su pesar.

—Bueno, sé que no soy la alegría de la huerta de buena mañana, pero temía que me llamara Laura Arlington. Está muy preocupada y no para de llamarme. —Dolores esperó—. Hizo una inversión muy importante que no ha funcionado y ahora cree que la han engañado.

—¿Y tiene razón?

—Creo que sí. Le pasaron uno de esos supuestos datos seguros. El agente de bolsa la convenció de que invirtiera en una pequeña compañía de alta tecnología que Microsoft iba a absorber. Compró cien mil acciones a cinco dólares cada una, convencida de que obtendría unos espléndidos beneficios.

—¡Quinientos mil! ¿Y cuánto valen ahora?

—La bolsa acaba de suspender la cotización. Hasta ayer, si uno conseguía venderlas, valían ochenta céntimos cada acción. Laura no puede permitirse perder esa suma. Ojalá me hubiera consultado antes de hacerlo.

—¿No pensaba trasladarse a Latham Manor?

—Sí, con ese dinero iba a pagar el ingreso. Es casi lo único que tenía. Los hijos querían que se instalara allí, pero ese agente de bolsa la convenció de que si invertía no sólo podría vivir en Latham Manor, sino que también les iba a dejar una buena herencia a ellos.

—¿Y lo que hizo el agente es ilegal?

—Lamentablemente, creo que no. Quizá poco ético, pero no ilegal. De todas formas voy a hablar del asunto con Neil. Por eso me alegra especialmente que venga.

Robert Stephens se acercó al ventanal que daba a la bahía Narragansett. Era un hombre corpulento y atlético, como su hijo. A los sesenta y ocho años, tenía el pelo, otrora rubio oscuro, completamente blanco.

Las aguas de la bahía estaban tranquilas, casi tan serenas como las de un lago. La hierba del jardín del fondo, una colina suave que acababa en el agua, empezaba a perder su verde aterciopelado. Las copas de los arces ya exhibían hojas anaranjadas, cobrizas y burdeos.

—Qué maravilla, qué tranquilidad —dijo sacudiendo la cabeza—. Es increíble que a diez kilómetros de aquí hayan asesinado a una mujer en su propia casa.

Se volvió y miró a su mujer; seguía tan guapa como siempre, con el cabello plateado recogido en un moño y el cutis delicado y suave.

—Dolores —dijo con repentina severidad—, quiero que dejes la alarma encendida cada vez que yo salga.

—Te preocupas demasiado —respondió su mujer con una sonrisa.

En realidad no quería que su marido notara cuánto la había impresionado ese asesinato, ni que se enterara de que al leer la noticia en los periódicos había ido a comprobar las puertas y ninguna estaba cerrada con llave.

16

Al doctor William Lane no le hacía mucha gracia que Maggie Holloway le hubiera pedido una cita. Irritado por el parloteo de su mujer mientras comían y por los atrasos en rellenar el número creciente de formularios que el gobierno le exigía como director de Latham Manor, la perspectiva de perder otra media hora le resultaba sumamente fastidiosa. Se arrepentía de haber aceptado. ¿De qué tenía que hablar con él?

Nuala Moore no había firmado los papeles definitivos de ingreso en la residencia. Había rellenado todas las solicitudes, se había hecho el examen médico, y, cuando empezó a tener dudas, él mismo se había ocupado de que quitaran la moqueta y los muebles del dormitorio de la suite libre para demostrarle lo fácil que era acomodar los caballetes, los armarios y todo el material de pintura. Pero ella, después, había llamado para decir sencillamente que había decidido quedarse en su casa.

El doctor se preguntó por qué había cambiado de idea tan repentinamente. Era la candidata perfecta. Sin duda el cambio no se debía a que fantaseara con la idea de que su hijastra se fuera a vivir con ella.

«¡Ridículo!», murmuró Lane para sí mismo. Era improbable que esa joven atractiva y con una carrera brillante dejara todo para ir corriendo a Newport a instalarse con una mujer a la que no había visto en años. Lane imaginaba que Maggie Holloway, ahora que había heredado la casa, cuando viera todo el trabajo que requería y lo que costaba repararla, decidiría venderla. Pero mientras tanto iba a ir a la residencia a hacerle perder el tiempo, tiempo que necesitaba para poner presentable esa suite para enseñarla. La dirección de la Corporación de Residencias Prestigio le había dejado claro que no podía haber apartamentos vacíos.

Sin embargo, no podía quitarse de la cabeza un pensamiento inquietante: ¿había otra razón por la que Nuala se había echado atrás? Y si era así, ¿se la había confiado a la hijastra? ¿Qué podía ser? A lo mejor, después de todo, era provechoso que Maggie fuera a verlo.

Levantó la vista de los papeles mientras abrían la puerta de su despacho. Odile entró sin llamar, como siempre, una costumbre que lo sacaba de quicio y que, desgraciadamente, también tenía la enfermera Zelda Markey. Debía hacer algo al respecto. La señora Shipley se había quejado del hábito de la enfermera de entrar sin esperar a que le dieran permiso.

Odile, tal como él esperaba, ignoró su cara de enfado y empezó a hablar.

—William, creo que la señora Shipley no está muy bien. Como has visto, tuvo ese pequeño episodio después de la misa de ayer, y otro mareo anoche. ¿No tendríamos que mandarla a la enfermería para que la tuvieran en observación?

—Yo la controlaré —respondió Lane bruscamente—. Y recuerda que en esta familia el que tiene título de médico soy yo. Tú nunca terminaste los estudios de enfermería. —Se arrepintió inmediatamente de haberlo dicho, porque sabía lo que vendría a continuación.

—Ay, William, qué injusto eres —exclamo ella—. Para ser enfermera hay que tener vocación, y yo me di cuenta de que no la tenía. Quizá habría sido mejor para ti, y para los demás, que tú también hubieras tomado la misma decisión. —Le tembló el labio—. Y creo que deberías tener en cuenta que Residencias Prestigio te dio este trabajo gracias a mí.

Se miraron en silencio, y después, como siempre, Odile se arrepintió.

—Ay, William, no tengo derecho a decirte algo así. Sé cómo te dedicas a todos los residentes. Sólo quiero ayudarte y me preocupa que otro incidente eche a perder tu reputación.

Se acercó al escritorio y se inclinó sobre él. Le cogió la mano, se la acercó a la cara y se acarició la mejilla y el mentón.

Lane suspiró. Era una superficial; una «tontaina», como habría dicho su abuela, pero adorable. Hacía dieciocho años se había sentido un hombre afortunado por haber convencido a esa chica guapa, y más joven, de que se casara con él. Además, ella se ocupaba de él, y Lane sabía que los huéspedes estaban muy contentos de sus frecuentes y cariñosas visitas. A veces, tal vez, resultaba empalagosa, pero era sincera, y eso era lo importante para todos. A algunos residentes, como Greta Shipley, les parecía vacía e irritante, lo que para Lane demostraba la inteligencia de la señora Shipley; pero era indiscutible que en Latham Manor Odile era una baza a su favor.

Lane sabía lo que esperaban de él. Sin demostrar la resignación que lo embargaba, se puso de pie y abrazó a su mujer.

—Qué haría yo sin ti —murmuró.

Fue un alivio que la secretaria lo llamara por el intercomunicador.

—La señora Holloway está aquí —anunció.

—Será mejor que te marches, Odile —sugirió Lane, adelantándose a la inevitable propuesta de su esposa de quedarse y participar en la conversación.

Ella, por una vez, no discutió y salió por la puerta que daba al pasillo principal.

17

La noche anterior, por culpa de la siesta de tres horas que había hecho, Maggie había estado despierta hasta medianoche. Cuando vio que no podía dormirse, bajó al pequeño estudio y encontró unos libros ilustrados de casas de campo de Newport.

Se los llevó a la cama y estuvo leyendo durante casi dos horas. Como resultado, cuando la recibió una empleada de uniforme, que después llamó al doctor Lane para anunciarle su llegada, pudo asimilar lo que veía con ciertos conocimientos.

La mansión había sido construida por Ernest Latham en 1900 como una especie de réplica a la vulgar ostentación que exhibía la mansión Vanderbilt, The Breakers. La distribución de la casa era casi la misma, pero la primera tenía proporciones habitables. Aun así, el vestíbulo de entrada era abrumadoramente grande, pero la tercera parte del de The Breakers. Las paredes estaban revestidas de madera de satín, en lugar de piedra caliza de Normandía, y la escalera era de caoba labrada con una alfombra roja, en vez del presuntuoso mármol de la casa Vanderbilt.

Las puertas de la izquierda estaban cerradas, pero Maggie sabía que allí estaba el comedor.

La estancia de la derecha, que originalmente debió de ser la sala de música, parecía de lo más acogedora con cómodos sillones tapizados de verde musgo y estampado floreado con cojines para apoyar los pies a juego. La espectacular chimenea Luis XV resultaba más impresionante aún en la realidad que en las fotos que había visto. La campana, que llegaba hasta el techo, tenía figuras griegas, ángeles diminutos, piñas y uvas esculpidos, y en el centro una pintura original de la escuela de Rembrandt.

Es preciosa de veras, pensó mientras comparaba mentalmente la mansión con el miserable geriátrico que había fotografiado subrepticiamente para la revista *Newsmaker*.

De pronto se dio cuenta de que la empleada le hablaba.

—Ah, lo siento —se disculpó—. Estaba distraída contemplando esta maravilla.

La empleada era una chica joven, atractiva, de ojos oscuros y piel olivácea.

—Es bonita, ¿no? Trabajar es un placer. La llevaré al despacho del doctor Lane.

El despacho del director era el más grande de una serie de oficinas al fondo de la casa. Una puerta de caoba separaba la parte administrativa del resto de la planta baja. Mientras Maggie seguía a la empleada por un pasillo alfombrado, echó una mirada por la puerta abierta de un despacho y vio un rostro conocido: Janice Norton, la esposa del abogado de Nuala, sentada detrás de un escritorio.

No sabía que trabajara aquí, pensó Maggie. Bueno, la verdad es que no sé mucho de toda esta gente.

Intercambiaron una mirada y Maggie no pudo evitar sentirse incómoda. No se le había escapado la amarga desilusión de Malcolm Norton cuando la señora Woods dijo que Nuala había cancelado la venta de la casa. Pero el hombre se había mostrado amable durante el velatorio y en el funeral, y le había dicho que quería hablar con ella sobre sus proyectos con la casa.

Se detuvo un instante para saludar a la señora Norton, y continuó detrás de la empleada hasta la oficina del extremo del pasillo.

La chica llamó a la puerta. Cuando respondieron, abrió, dejó pasar a Maggie y volvió a cerrarla.

El doctor Lane se puso de pie, rodeó el escritorio y se acercó a recibirla. Tenía una sonrisa cordial, pero a Maggie le pareció que sus ojos la sopesaban profesionalmente. El saludo le confirmó la impresión.

—Señora Holloway, o Maggie, si me permite, me alegro mucho de verla más descansada. Sé que ayer tuvo un día muy duro.

—Creo que fue un día muy difícil para todos los que querían a Nuala —dijo Maggie—. Pero estoy muy preocupada por la señora Shipley. ¿Cómo está?

—Anoche tuvo otro mareo leve, pero he ido a verla hace un rato y parece bastante bien. La está esperando.

—Esta mañana, cuando hablé con ella, me preguntó si podía llevarla al cementerio. ¿Cree que es buena idea?

Lane le señaló la silla de piel delante de su escritorio.

—Siéntese, por favor —la invitó mientras él volvía a su asiento—. Ojalá esperara unos días, pero cuando la señora Shipley decide hacer algo..., en fin, es imposible hacerla cambiar de idea. Creo que los dos mareos de ayer se debieron a la profunda emoción por la muerte de Nuala. Eran muy buenas amigas. Tenían la costumbre de subir al estudio de la señora Shipley después de las clases de pintura a cotillear un rato y tomar una copa de vino. Les dije que parecían un par de colegialas. Pero, francamente, creo que les hacía bien a ambas. La señora Shipley echará mucho de menos esas visitas.

»Nuala me dijo una vez —sonrió el médico mientras recordaba— que si le daban un golpe en la cabeza y después, cuando volviera en sí, le preguntaban la edad, diría que tenía veintidós, y lo decía en serio. Por dentro, decía, tenía veintidós años.

En aquel momento, al darse cuenta de lo que había dicho, el doctor pareció incómodo.

—Lo siento. Ha sido un comentario desafortunado.

Un golpe en la cabeza, pensó Maggie. Pero se compadeció de la turbación del hombre.

—Por favor, no se disculpe —dijo—. Tiene razón. El espíritu de Nuala siempre fue muy joven. —Vaciló y decidió ir al grano—. Doctor, quiero preguntarle algo. ¿Le mencionó Nuala algo que la preocupara? Quiero decir, ¿tenía algún problema de salud?

Lane sacudió la cabeza.

—No, ningún problema físico. Creo que Nuala tenía muchas dificultades para aceptar lo que percibía como una pérdida de independencia. Supongo que si hubiera vivido, con el tiempo habría terminado por decidir trasladarse aquí. Le preocupaba el coste relativamente alto de los apartamentos de dos habitaciones pero, como decía, necesitaba un taller para trabajar y en el que se pudiera cerrar la puerta cuando terminaba. —Hizo una pausa—. Me explicó que era un poco desordenada por naturaleza, pero que su taller era el caos organizado.

—¿Entonces considera que la cancelación de la venta de la casa y el precipitado cambio de testamento fue una especie de ataque de pánico de último momento?

—Sí, así es. Ángela la acompañará a ver a la señora Shipley. Y si van al cementerio, vigílela, por favor. Si por alguna razón parece angustiada, le ruego que vuelvan inmediatamente. Después de todo, los familiares de nuestros huéspedes los han dejado a nuestro cuidado, y es una responsabilidad que nos tomamos muy en serio.

18

Malcolm Norton, sentado en su despacho de la calle Thames, miraba en su agenda las citas del resto del día. Estaba completamente vacía, gracias a la cancelación de la cita de las dos. No habría sido un gran caso: la demanda de un ama de casa contra su vecino por la mordedura de un perro. Pero había quejas previas contra el perro —otra vecina había repelido el ataque del animal con una escoba—, así que previsiblemente la compañía de seguros estaría ansiosa de llegar a un acuerdo, sobre todo porque los vecinos habían dejado la puerta abierta y el perro estaba suelto.

El problema era que el caso era demasiado fácil. La mujer lo había llamado para decirle que la compañía de seguros le había hecho una oferta satisfactoria. Lo que significa que me he quedado sin tres o cuatro mil dólares, pensó Norton con tristeza.

Lo que no lograba superar era la desagradable noticia de que Nuala Moore, veinticuatro horas antes de su muerte, hubiera decidido secretamente no venderle la casa. Y ahora, encima tenía la hipoteca de doscientos mil dólares que había hecho sobre su casa.

Le había costado muchísimo que Janice accediera a firmar con él la hipoteca. Al final le había hablado del cambio inminente del Acta Wetlands y de los beneficios que esperaba obtener con la reventa de la propiedad de Nuala Moore.

—Mira —le había dicho para que entrara en razón—, estás cansada de trabajar en la residencia, y no paras de decirlo. Es una venta absolutamente legal. La casa necesita una reparación completa. Lo peor que nos puede pasar es que no recalifiquen el terreno, cosa que no sucederá, en cuyo caso hipotecaríamos la casa de Nuala, la arreglaríamos y la venderíamos por trescientos cincuenta.

—Otra hipoteca —había replicado su mujer sarcásticamente—. Dios mío, eres de lo más emprendedor. Yo dejo el trabajo, ¿y tú? ¿Qué harás con tus nuevas riquezas después de que aprueben el Acta Wetlands?

Era, naturalmente, una pregunta que no estaba preparado para responder. Por lo menos hasta que se hubiera efectuado la venta. Y eso, desde luego, ahora ya no sucedería a menos que cambiaran las cosas. Todavía oía las furiosas palabras de Janice del viernes por la noche, cuando regresaron a casa.

—Así que ahora tenemos una hipoteca de doscientos mil dólares más los gastos. Ve directamente al banco a devolverla. No pienso perder mi casa.

—No vas a perderla —le había respondido él; necesitaba tiempo para resolver todo el asunto—. Ya le he dicho a Maggie Holloway que quería verla y sabe que es por la casa. ¿Crees que querrá quedarse en el lugar donde han asesinado a su madrastra? Se marchará de Newport muy pronto. Además, voy a explicarle que durante años ayudé a Nuala y Tim Moore sin cobrarles mis honorarios habituales. La semana que viene habrá accedido a vender la casa.

Era preciso que accediera, se dijo taciturno. Era la única manera que tenía de salir de ese lío.

Sonó el intercomunicador.

—Sí, Barbara —atendió con voz formal. Siempre se cuidaba de no hablar con un tono íntimo cuando ella estaba en la recepción, por si había alguien más.

Por su voz se dio cuenta de que estaba sola.

—Malcolm, ¿puedo hablar contigo un minuto? —dijo, y él percibió inmediatamente que algo iba mal.

Al cabo de un momento ella estaba sentada frente a él, con las manos sobre el regazo y evitando su mirada con aquellos hermosos ojos castaños.

—Malcolm, no sé cómo decirte esto, así que iré al grano. No puedo seguir aquí. Últimamente me siento muy mal conmigo misma. —Vaciló y añadió—: Por mucho que te quiera, eres un hombre casado y no puedo cerrar los ojos ante ese hecho.

—Pero tú me has visto con Janice, sabes cómo es nuestra relación...

—Sí, pero aun así es tu mujer. Es mejor así, créeme. Voy a ir unos meses a casa de mi hija en Vail. Después, cuando vuelva, me buscaré otro trabajo.

—Barbara, no puedes irte así, por favor —rogó súbitamente aterrorizado.

Ella le sonrió con tristeza.

—No, no me iré ahora mismo. Te doy una semana de preaviso.

—Te prometo que antes de que acabe, Janice y yo estaremos separados. ¡Quédate, por favor! No puedo dejar que te vayas.

No después de todo lo que he hecho para no perderte, pensó desesperado.

19

Después de que Maggie recogiera a Greta Shipley, pararon en la floristería para comprar un ramo. Mientras se dirigían al cementerio, Greta le habló a Maggie de su amistad con Nuala.

—Sus padres alquilaban una casa de campo aquí cuando las dos teníamos dieciséis años. En aquella época éramos inseparables. Ella tenía muchos admiradores. Vaya, Tim Moore siempre le iba detrás. Después su padre fue trasladado a Londres, y ella empezó a ir a la escuela allí. Más adelante me enteré de que se había casado. Con el tiempo perdimos el contacto; algo de lo que siempre me he arrepentido.

Maggie conducía por las tranquilas calles que llevaban al cementerio Saint Mary de Newport.

—¿Cómo os volvisteis a encontrar? —preguntó.

—Fue hace veintiún años. Un día sonó el teléfono y alguien pidió hablar con Greta Carlyle, mi nombre de soltera. La voz me sonaba, pero en aquel momento no la reconocí. Respondí que era yo, Greta Carlyle Shipley, y Nuala exclamó: «¡Bien hecho, Gret! ¡Así que pescaste a Carter Shipley!».

A Maggie le pareció oír la voz de Nuala. Cuando la señora Woods hablaba del testamento, cuando el doctor Lane recordaba que se sentía como una chica de veintidós años, y ahora, cuando la señora Shipley le hablaba de la misma clase de reencuentro que ella había experimentado hacía menos de dos semanas.

A pesar de la calefacción del coche, Maggie sintió un escalofrío. Cada vez que pensaba en Nuala, surgía la misma pregunta: ¿Tenía la puerta de la cocina abierta y entró un ladrón? ¿O la abrió ella para recibir a alguien que conocía, alguien en quien confiaba?

Un santuario, pensó Maggie. Nuestras casas deberían ser un santuario. ¿Había suplicado que no la mataran? ¿Durante cuánto tiempo había sentido los golpes en la cabeza? El comisario Bower había dicho que al parecer la persona que la había matado buscaba algo; por el aspecto de la casa, seguramente no lo había encontrado.

—... y retomamos la amistad en el punto donde la habíamos dejado. Enseguida volvimos a ser íntimas amigas —continuaba Greta—. Nuala me contó que había enviudado joven y se había vuelto a casar, que el segundo matrimonio había sido una equivocación terrible, salvo por ti. Estaba tan desengañada del matrimonio que decía que el infierno se congelaría antes de que ella volviera a casarse; pero por entonces Tim era viudo y empezaron a verse. Una mañana me llamó y me dijo: «¿Greta, quieres ir a patinar sobre hielo? El infierno acaba de congelarse». Tim y ella iban a casarse. Creo que nunca la vi tan feliz.

Llegaron a la puerta del cementerio. Un ángel de piedra con los brazos extendidos les dio la bienvenida.

—La sepultura está a la izquierda, sobre la colina —dijo la señora Shipley—. Pero tú lo sabes, estuviste ayer.

Ayer, pensó Maggie. ¿Había pasado tan poco tiempo?

Aparcaron en la cima de la colina. Maggie cogió a Greta con firmeza del brazo y se dirigieron por el sendero hacia la tumba de Nuala. Ya habían aplanado la tierra y vuelto a plantar el césped, cuya espesura verde le daba al lugar un aire intemporal. El único ruido era el murmullo del viento entre las hojas otoñales de un arce cercano.

La señora Shipley sonrió ligeramente mientras ponía las flores sobre la sepultura.

—A Nuala le encantaba este árbol. Decía que cuando le llegara la hora quería estar a la sombra para que el sol no le estropeara el cutis.

Rieron suavemente mientras se daban la vuelta para marcharse.

—¿Te importaría que nos detuviéramos un momento en las tumbas de algunos amigos? —preguntó—. He reservado unas flores para ellos. Dos están aquí, en Saint Mary, y los otros en Trinity. Este camino va directamente. Los cementerios están uno al lado del otro y la puerta entre ambos siempre está abierta durante el día.

No les llevó mucho tiempo hacer las siguientes cinco paradas. La lápida de la última sepultura tenía la inscripción: «Constance van Sickle Rhinelander». Maggie vio que había muerto hacía sólo dos semanas.

—¿Era una amiga íntima? —preguntó.

—No tanto como Nuala, pero vivía en Latham Manor y llegué a conocerla muy bien. —Se interrumpió—. Ha sido todo tan repentino... —añadió. Se volvió hacia Maggie y sonrió—. Creo que será mejor que nos vayamos. Estoy un poco cansada. Es muy triste perder gente querida.

—Lo sé. —Maggie pasó el brazo por el hombro de la anciana y se dio cuenta de lo frágil que era.

Greta Shipley se adormiló durante los veinte minutos del viaje de regreso. Cuando llegaron a Latham Manor abrió los ojos y dijo con tono de disculpa:

—Solía tener mucha energía, como toda mi familia. Mi abuela todavía era fuerte a los noventa años. Estoy empezando a pensar que a mí no me van a esperar tanto.

Mientras Maggie la acompañaba dentro, Greta añadió vacilante:

—Maggie, espero que vengas a verme antes de marcharte. ¿Cuándo vuelves a Nueva York?

—Tenía previsto quedarme dos semanas y eso es exactamente lo que voy a hacer. —Se sorprendió de la determinación de su respuesta—. La llamaré antes del fin de semana para que quedemos.

Cuando Maggie llegó a casa de Nuala, puso la tetera; había algo que la preocupaba. Una especie de intranquilidad por Greta Shipley y su visita a los cementerios. Algo no iba bien. Pero ¿qué?

20

El despacho de Liam Payne daba a los jardines del Boston Common. Desde que había dejado la empresa de agentes de bolsa en la que trabajaba y había abierto su propia firma de inversiones estaba terriblemente ocupado. Los prestigiosos clientes que se había llevado consigo exigían y recibían su meticulosa atención personal y le tenían absoluta confianza.

No había querido llamar a Maggie demasiado temprano, pero cuando al fin lo hizo, a las once, le fastidió no encontrarla. A partir de entonces le había pedido a su secretaría que llamara cada hora, pero no oyó hasta las cuatro de la tarde la agradable noticia de que la señora Holloway estaba al teléfono.

—Maggie, al fin... —empezó a decir, pero se interrumpió—. ¿Es el pitido de la tetera lo que suena?

—Sí, espera un minuto, Liam. Me estaba preparando un té.

—Temía que hubieras decidido volver a Nueva York —dijo cuando ella volvió al teléfono—. Y no te habría culpado por estar nerviosa en esa casa.

—Pongo mucho cuidado en cerrar las puertas —respondió Maggie, y añadió—: Liam, me alegro de que hayas llamado; tengo que preguntarte algo. Ayer, después de dejar mi equipaje en casa, ¿hablaste con Earl sobre mí?

Liam enarcó las cejas.

—No, en absoluto. ¿Por qué lo preguntas?

Le contó lo de la intempestiva aparición de Earl en la puerta de la cocina.

—¿Dices que quería comprobar si la puerta estaba cerrada con llave sin avisarte? Estás bromeando.

—No, en absoluto. Y además me asustó terriblemente. Ya estaba bastante nerviosa por estar aquí sola, y encima aparece así... Y para colmo, citó algo de que el pesar, como la dicha, salta de una mente a otra. Muy raro.

—Sí, es una de sus frases favoritas. Creo que la cita en todas sus conferencias. A mí también me pone los pelos de punta. —Liam hizo una pausa y suspiró—. Maggie, Earl es mi primo y le tengo mucho cariño, pero es un poco raro y no hay duda de que está obsesionado con el tema de la muerte. ¿Quieres que hable con él sobre la visita que te hizo?

—No, no hace falta. Pero voy a llamar a un cerrajero para que ponga cerraduras seguras.

—Como buen egoísta, eso me hace pensar que vas a quedarte un tiempo en Newport.

—Por lo menos dos semanas; lo que había planeado inicialmente.

—Yo iré el viernes. ¿Quieres que cenemos juntos?

—Sí, encantada.

—Maggie, llama a ese cerrajero hoy mismo, ¿de acuerdo?

—Mañana a primera hora.

—Muy bien. Te llamaré mañana.

Liam colgó lentamente. ¿Hasta qué punto debía hablarle a Maggie de Earl?, se preguntó. No quería exagerar las advertencias, pero...

Era evidente que tendría que pensarlo muy bien.

21

A las cinco menos cuarto, Janice Norton cerró el escritorio de su oficina en la Residencia Latham Manor. Por pura costumbre, tiró de cada uno de los cajones para cerciorarse de que quedaban cerrados. Era una medida de seguridad que William Lane habría hecho bien en adoptar, pensó sarcásticamente.

La secretaria de Lane, Eileen Burns, trabajaba sólo hasta las dos, y a partir de esa hora la reemplazaba Janice, que además era la contable. Sonrió para sus adentros mientras pensaba que el libre acceso al despacho de Lane le había resultado muy útil en el transcurso de los años. Ahora, que acababa de copiar la información que quería de dos expedientes más, tenía la sensación de que debía mantenerse a distancia. Una especie de premonición.

Se encogió de hombros. Bueno, lo había hecho, tenía las copias en el maletín y los originales donde debían estar: en el escritorio de Lane. Ahora era ridículo ponerse nerviosa.

Entrecerró los ojos con secreta satisfacción al acordarse de la cara de susto que había puesto su marido cuando Irma Woods le había dicho que Nuala Moore había cambiado el testamento en el último minuto. Qué placer había sentido desde entonces reprochándole que debía pagar la hipoteca de la casa.

Por supuesto que sabía que no lo haría. Malcolm estaba destinado a vagar sin cesar por la tierra de los sueños frustrados. A ella le había costado darse cuenta de eso, pero trabajar en la residencia le había abierto los ojos. Quizá algunos de los huéspedes no procedían de muy buena familia, pero todos habían vivido entre algodones, sin tener que preocuparse por el dinero. Otros, como Malcolm, eran de sangre azul y podían seguir su árbol genealógico hasta los Mayflower y la aristocracia, e incluso hasta algunas testas coronadas de Europa, y estaban terriblemente orgullosos de ser los sobrinos nietos novenos del príncipe regente de algún oscuro ducado.

Sin embargo, estos aristócratas de Latham diferían de Malcolm en algo muy importante: no se habían dormido en el árbol genealógico: habían hecho fortuna o se habían casado con ésta.

Pero Malcolm no, pensó. ¡Oh, no, él no, tan apuesto, elegante, cortés, de tan buena familia! Janice había sido la envidia de todas sus amigas en la boda, salvo de Anne Everett. Ese día, en el tocador del club náutico, había oído sin querer que Anne menospreciaba a Malcolm, «un niño absolutamente inútil», lo había llamado.

Un comentario que la había afectado terriblemente, porque ya entonces, en el supuesto día más feliz de su vida, vestida como una princesa, envuelta en metros de satén, se había dado cuenta de que era verdad. Para decirlo de otra manera: en lugar del príncipe se había casado con la rana, y después había pasado más de treinta años tratando de hacer realidad una mentira. ¡Qué pérdida de tiempo!

Años organizando cenas íntimas para clientes y posibles clientes, sólo para ver cómo le llevaban sus negocios lucrativos a otros abogados y le dejaban a Malcolm las sobras. Y ahora, hasta éstos se habían ido.

Y encima el insulto máximo. A pesar de que se había quedado a su lado todos estos años —sabía que hubiera hecho mejor arreglándoselas por su cuenta en lugar de aferrarse con terquedad a la pequeña dignidad que todavía le quedaba—, se había enterado de que él estaba loco por su secretaria y pensaba abandonarla por ella.

Si Malcolm hubiera sido el hombre con el que creí casarme, pensó Janice mientras apartaba la silla y se ponía de pie, o mejor dicho, si fuera el hombre que él creía ser... ¡entonces me habría casado de verdad con un príncipe!

Se acomodó los lados de la falda con cierto placer por su cintura fina y sus caderas estrechas. En los primeros tiempos, Malcolm solía compararla con un purasangre: esbelta, de cuello largo, piernas delgadas, tobillos bien torneados... «Un hermoso purasangre», añadía.

De joven había sido muy atractiva. Pero ¿de qué le había servido?, pensó compungida.

Al menos seguía teniendo una excelente figura. Y no gracias a visitar regularmente balnearios, ni pasar días agradables en el campo de golf en compañía de ricachos. No, se había pasado su vida adulta trabajando, y trabajando duro. Primero en una agencia inmobiliaria, y, desde hacía cinco años, de contable en la residencia.

Recordó que cuando trabajaba de agente inmobiliaria, a veces se le hacía la boca agua por algunas casas que se vendían baratísimas porque los dueños necesitaban dinero con urgencia. Ojalá hubiera tenido dinero...

Pues bien, ahora lo tenía. Ahora tenía la última palabra y Malcolm ni lo sospechaba.

¡Ni siquiera iba a tener que volver al trabajo!, pensó exultante. Ya no vería las alfombras Stark ni las cortinas de brocado, incluso en la parte administrativa. Aunque el lugar fuera bonito, no dejaba de ser una residencia de ancianos, la sala de espera de Dios; y ella, a los cincuenta y cuatro años, se acercaba deprisa a la edad en que podía ser una candidata más. Muy bien, estaría fuera de allí mucho antes de que eso sucediera.

En aquel momento sonó el teléfono. Antes de contestar echó un vistazo alrededor para comprobar que nadie hubiera entrado de puntillas a sus espaldas.

—Janice Norton —respondió con seriedad, con el auricular cerca de la boca.

Era la llamada que esperaba. Él no se molestó en saludar.

—Bueno, por una vez el querido Malcolm no se ha equivocado —dijo—. No hay ninguna duda: se aprobará el Acta Wetlands. Esa propiedad costará una fortuna.

Janice rió.

—¿No ha llegado el momento de hacer una contraoferta a Maggie Holloway?

22

Tras la llamada de Liam, Maggie se quedó sentada a la mesa de la cocina tomando una taza de té y una galleta que había cogido del armario.

La caja estaba casi llena y parecía recién abierta. Se preguntó si Nuala habría estado sentada allí un par de noches atrás, tomando un té y galletas mientras pensaba el menú de la cena. Había encontrado una lista de la compra junto al teléfono: pierna de cordero, guisantes, zanahorias, manzanas, uvas pasas, patatas nuevas, galletas surtidas. Al final había una nota garabateada para sí misma, propia de Nuala: «Olvidé algo. Mirar en la tienda». Y Nuala, obviamente, había olvidado la lista.

Es curioso, pensó Maggie, pero de una manera rara inexplicable, esta estancia en su casa me está devolviendo a Nuala. Siento como si hubiera vivido aquí con ella todos estos años.

Antes, al hojear un álbum de fotos que había encontrado en la sala, había reparado en que las fotos de Nuala con Timothy Moore empezaban al año siguiente del divorcio de su padre.

También había encontrado un álbum más pequeño con fotos de ella, de los cinco años que Nuala había formado parte de su vida. En las últimas páginas estaban pegadas todas las notas que ella le había escrito a Nuala.

En la contratapa había una fotografía suelta de ella, Nuala y su padre el día de la boda. Maggie estaba radiante de alegría de tener una madre. La expresión de Nuala era igual de feliz. La sonrisa de su padre, sin embargo, era reservada, inquisitiva, como él.

No quería dejar entrar a Nuala en su corazón, pensó Maggie. Siempre me dijeron que había estado loco por mi madre, pero ella había muerto y la maravillosa Nuala estaba allí. Cuando lo abandonó, porque no aguantaba más sus quejas continuas, fue el gran perdedor.

Y yo también, reflexionó mientras ponía la taza y el plato en el lavavajillas. Ese sencillo gesto le recordó otra cosa: la voz de fastidio de su padre. «Nuala, ¿por qué te resulta tan difícil llevar los platos de la mesa directamente al lavavajillas sin apilarlos primero en el fregadero?»

En cierta época Nuala se burlaba diciendo que era genéticamente desordenada, pero más adelante replicaba: «Dios mío, Owen, es la primera vez en tres días que no lo hago».

Y a veces se echaba a llorar y yo corría hacia ella y la abrazaba, pensó Maggie con tristeza.

Eran las cuatro y media. La ventana de encima del fregadero enmarcaba el hermoso roble que se alzaba a un lado de la casa. Había que podarlo, pensó Maggie. Con una tormenta, esas ramas secas podían romperse y caer sobre la casa. Se secó las manos y se apartó. ¿Por qué se preocupaba por eso? No iba a quedarse allí. Ordenaría todo, regalaría la ropa y los muebles a alguna asociación benéfica. Si empezaba ahora, lo acabaría antes de marcharse. Naturalmente que conservaría algunos recuerdos, pero se desharía de la mayoría de cosas. Seguramente, una vez estuviera tramitada la sucesión, vendería la casa tal como estaba, pero prefería dejarla lo mas vacía posible. No quería que unos desconocidos revolvieran las pertenencias de Nuala, profiriendo quizá comentarios sarcásticos.

Empezó por el taller.

Al cabo de tres horas, cubierta de polvo de los armarios y estanterías llenos de pinceles duros, tubos de óleo reseco, trapos y pequeños caballetes, tenía un montón de bolsas de basura alineadas en un rincón de la habitación.

Aunque no había hecho más que empezar, ese poco de orden había mejorado el aspecto de la habitación. Recordó que el comisario Brower le había dicho que el asesino había puesto el taller patas arriba y lo había registrado concienzudamente Era evidente que el servicio de limpieza se había limitado a meter todos los objetos posibles en los armarios y a desparramar todo lo demás en las estanterías. El resultado era una sensación de caos que a Maggie le resultaba desconcertante.

Pero la habitación en sí era bastante impresionante. Los amplios ventanales, la única obra de importancia de la casa, dejaban entrar la maravillosa luz del norte, pensó Maggie. Cuando Nuala le había dicho que trajera consigo material para esculpir, le aseguró que la mesa larga de refectorio era un sitio ideal para trabajar. Aunque Maggie no la usaría, había traído, para complacer a Nuala, veinte kilos de arcilla húmeda, varios armazones, los moldes con los que daría forma a las figuras y herramientas.

Se hizo una breve pausa. Podía modelar un busto de Nuala sobre esa mesa. Había un montón de fotos recientes de ella para usar de modelo. Como si las necesitara, pensó Maggie. Estaba segura de que la cara de Nuala se le quedaría grabada para siempre. Además de visitar a Greta y ordenar la casa, no tenía más planes. Si voy a quedarme una semana más a partir del domingo, está bien que tenga un proyecto. ¿Y qué mejor tema que Nuala?

La visita a Latham Manor y el tiempo pasado con Greta Shipley le habían servido para convencerse de que la inquietud que creía haber percibido en Nuala simplemente se debía a su preocupación por los efectos de un cambio radical de vida, o sea, vender la casa y trasladarse a la residencia. No parece que tuviera más motivos de preocupación, por lo menos que yo vea.

Suspiró. Supongo que es imposible saberlo con certeza. Pero si fue un robo normal, ¿no era arriesgado matar a Nuala y después quedarse registrando la casa? Quienquiera que entrara tuvo que reparar en que estaba cocinando y que la mesa estaba puesta para invitados. Lo lógico es que el asesino temiera que llegase alguien mientras revisaba la casa, se dijo. A menos que esa persona supiera que la cena era a las ocho y que yo no llegaría hasta esa hora. Sin duda era una buena oportunidad para una persona que conociera los planes... o que incluso formara parte de ellos.

—A Nuala no la mató un ladrón cualquiera —dijo en voz alta.

Volvió a ver mentalmente a los invitados a la cena. ¿Qué sabía sobre ellos? Nada de nada. El único al que realmente conocía era Liam. Gracias a él se había reencontrado con Nuala, y le estaría siempre agradecida. También me alegra que sienta lo mismo que yo respecto a su primo Earl, pensó. Esa aparición sorpresiva realmente me dio escalofríos.

La próxima vez que hablara con Liam le preguntaría sobre Malcolm y Janice Norton. Esa mañana, aunque sólo había visto un instante a Janice en Latham Manor, había notado algo raro en su expresión, como si estuviera enfadada. ¿Era por la cancelación de la venta? Seguramente en Newport había muchas casas como la de Nuala en venta. No podía ser por eso.

Maggie se acercó a la mesa de caballetes y se sentó. Se miró las manos entrelazadas y tuvo ganas de tocar arcilla. Sabía que cada vez que trataba de pensar algo cuidadosamente, trabajar con arcilla la ayudaba a encontrar una respuesta, o por lo menos a llegar a alguna conclusión.

Aquel día la había preocupado algo que su mente había registrado inconscientemente, pero a lo que no había dado importancia en el momento. ¿Qué era?, se preguntó. Repasó todo el día, minuto a minuto, desde que se había levantado: la somera inspección de la planta baja de Latham Manor, la entrevista con el doctor Lane y la visita a los cementerios con Greta Shipley.

¡Los cementerios! Maggie se incorporó. ¡Eso era! En la última tumba a la que fuimos, la de la señora Rhinelander, la que murió hace dos semanas... noté algo. Pero ¿qué? Por mucho que lo intentó, no logró discernir qué la había impresionado.

Mañana por la mañana volveré a los cementerios a echar un vistazo, decidió. Llevaré la cámara, y, si no veo lo que es, haré fotos. Quizá aparezca lo que me llamó la atención cuando las revele.

Había sido un día largo. Decidió darse un baño, prepararse una tortilla francesa e irse a la cama a leer más libros sobre Newport.

Mientras bajaba por la escalera, oyó sonar el teléfono de la habitación de Nuala. Se dio prisa, pero llegó sólo para oír el clic al otro lado de la línea. En fin, seguramente no ha llegado a oírme, pensó. Pero no importa. No tenía ganas de hablar con nadie.

La puerta del armario del dormitorio estaba abierta, y la luz del pasillo iluminó el traje azul de noche que llevaba Nuala el día de la reunión en el restaurante Four Seasons. Estaba colgado hecho un bollo, como si lo hubieran guardado sin ningún cuidado. Era un traje caro. La sensación de que se estropearía si lo dejaba así, obligó a Maggie a ir al armario a colgarlo bien.

Mientras alisaba la tela, le pareció oír un ruido suave, como si algo se hubiera caído. Miró abajo, a los zapatos y botas del suelo del armario, y decidió que, si había caído algo, tendría que esperar.

Cerró el armario y se dirigió al cuarto de baño. Esa soledad de la que tanto disfrutaba por las noches en su apartamento de Nueva York, en esta casa de cerraduras endebles y rincones oscuros no era nada atractiva, en esta casa donde alguien había cometido un asesinato, alguien que quizá Nuala consideraba un amigo.

23

Earl Bateman no tenía intenciones de volver a Newport el martes por la noche, pero mientras preparaba la conferencia que debía pronunciar el siguiente viernes, advirtió que necesitaba unas diapositivas que tenía en el museo de la Funeraria Bateman. Hacía diez años que habían separado la estrecha casa victoriana de su tatarabuelo y el jardín que la rodeaba de la casa principal.

Técnicamente, el museo era privado y no estaba abierto al público. Para visitarlo había que pedir permiso escrito y Earl acompañaba personalmente a los pocos visitantes. En respuesta a las bromas burlonas que le hacían sus primos cada vez que se hablaba del «Valle de la Muerte» —como llamaban a su pequeño museo—, la respuesta fría y carente de humor que daba era que todas las razas y culturas concedían gran importancia a los ritos mortuorios.

En el transcurso de los años había reunido una impresionante colección de materiales que tenían que ver con la muerte: diapositivas y películas; grabaciones de cantos fúnebres; poemas épicos griegos; pinturas y grabados, como el apoteósico cuadro de Lincoln llegando al cielo; reproducciones a escala del Taj Mahal y las pirámides; mausoleos nativos de madera con apliques de latón; piras funerarias indias; ataúdes actuales; réplicas de tambores; caracolas; sombrillas y espadas; estatuas de caballos sin jinete con estribos invertidos; ejemplos de atuendos de luto de todos los tiempos.

«La ropa de luto» era el tema de la conferencia que debía dar a un grupo de aficionados a la lectura que acababa de discutir una serie de libros sobre ritos mortuorios, y quería mostrarles unas diapositivas de los trajes del museo.

Las imágenes siempre ayudan a hacer más animada una conferencia, decidió mientras cruzaba el puente de Newport de la carretera 138. Hasta el año pasado, la última diapositiva era un fragmento de la *Guía de etiqueta de Amy Vanderbilt,* de 1952, en el que se explicaba que los zapatos de charol eran inapropiados para un funeral. Para acompañar el texto había puesto fotos de zapatos de charol: modelos de niño, de mujer de vestir, y abotinados de hombre, todo para crear un efecto extraño.

Pero ahora se le había ocurrido una nueva manera de terminar la conferencia. Me pregunto qué dirán las generaciones futuras cuando vean ilustraciones de viudas en minifalda roja y deudos en tejanos y cazadora de piel. ¿Considerarán esta ropa una costumbre social y cultural de profundo significado, del mismo modo que nosotros tratamos de interpretar el atuendo del pasado? Y si es así, ¿les gustaría tener la oportunidad de escuchar a escondidas algunas de estas interpretaciones?

Ese final le gustaba, suavizaría la inquieta reacción que siempre provocaba su explicación del hecho de que en la comunidad beerawan vestían al viudo o a la viuda con harapos, porque creían que el alma del muerto empezaba a vagar inmediatamente después de que la persona dejara de respirar y tal vez albergara cierta hostilidad hacia los vivos, incluso hacia aquellos que el difunto había amado. Probablemente los harapos eran un reflejo apropiado de dolor y profundo duelo.

Con ese pensamiento en mente, recogió las diapositivas en el museo. Percibía una tensión entre la difunta Nuala y la viva Maggie. Era hostilidad hacia Maggie y había que avisarla.

Sabía el número de Nuala de memoria, y lo marcó desde la oficina del museo débilmente iluminada. Estaba a punto de colgar cuando oyó que Maggie atendía agitada, pero colgó de todos modos.

La advertencia le parecería rara y no quería que pensara que estaba loco.

—No estoy loco —dijo en voz alta. Después rió—. Ni tampoco soy raro.

MIÉRCOLES 2 DE OCTUBRE

24

Neil Stephens, por lo general, podía dedicar toda su atención a las cambiantes fluctuaciones del mercado de valores. Sus clientes, tanto empresas como particulares se fiaban de la certeza de sus predicciones y de su buen ojo para ver las tendencias. Pero desde hacía cinco días, desde la partida de Maggie, estaba distraído cuando tenía que estar atento, y, como consecuencia, innecesariamente duro con Trish, su secretaria.

Ésta, al fin, había mostrado su irritación poniéndolo en su lugar mientras levantaba la mano con un claro gesto de «basta».

—Hay una sola razón para que alguien como usted esté tan malhumorado. Al fin le interesa una persona, y parece que la dama en cuestión no es tan fácil. En fin, creo que debería decir: «Bienvenido al mundo real», pero la verdad es que lo siento, por lo tanto trataré de ser paciente con sus críticas superfluas.

Neil, tras una débil reacción del tipo «pero bueno ¿quién manda aquí?», se retiró a su despacho e intentó una vez más recordar el apellido de la madrastra de Maggie.

La frustración que le producía la fastidiosa intuición de que algo iba mal le había hecho perder la paciencia —cosa impropia de él— con dos viejos clientes, Lawrence y Frances van Hilleary, que habían estado en la oficina esa mañana.

Frances, con un traje Chanel que Neil sabía que era una de sus prendas favoritas, se sentó con elegancia en un sillón de cuero de la «zona de charla amistosa con los clientes» y le habló de un dato que le habían pasado en una cena sobre unas acciones de una empresa de pozos petrolíferos. Le brillaban los ojos mientras le daba los detalles.

—Es una compañía de Texas —le explicó con entusiasmo—, pero están mandando ingenieros de primera fila a China desde que ésta se ha abierto a Occidente.

¡China!, pensó Neil consternado. No obstante, se reclinó tratando de aparentar que escuchaba con amable deferencia la explicación, primero de Frances y después de Lawrence, de la futura estabilidad política de China, del interés que tenían allí por los problemas de polución, de los pozos de petróleo que esperaban que alguien los explotara, y, por supuesto, de las fortunas que se podían hacer.

Neil, tras un rápido cálculo mental, se dio cuenta asombrado de que estaban hablando de invertir las tres cuartas partes de sus bienes.

—Aquí está el folleto —concluyó Lawrence van Hilleary, y se lo entregó.

Neil cogió el folleto de papel satinado y vio que decía exactamente lo que esperaba. A pie de página, con letra demasiado pequeña, se advertía que sólo podían participar inversores con activos de al menos medio millón de dólares, excluidas sus viviendas.

—Muy bien —dijo aclarándose la garganta—. Mis queridos Frances y Lawrence, ustedes me pagan para que los asesore, y son mis dos clientes más generosos. Ya han legado una sustanciosa suma de dinero a sus hijos, nietos y organizaciones de beneficencia con acciones de la sociedad familiar, fondos de inversiones y cuentas de retiro individual. Creo firmemente que no deben dilapidar lo que les queda en castillos en el aire de este tipo. Es una inversión demasiado arriesgada, y me atrevería a decir que sacarán más petróleo limpiando el suelo del garaje que de esos supuestos pozos. Yo, en toda conciencia, no podría ocuparme de una transacción de esa naturaleza, y les suplico que no tiren el dinero.

Hubo un momento de silencio, que rompió Frances.

—Querido, recuérdame que lleve el coche a una revisión por si pierde gasolina —dijo volviéndose hacia su marido.

En ese momento llamaron suavemente a la puerta y Trish entró con una bandeja de café.

—¿Todavía está tratando de venderle las mejores acciones del planeta, señor Van Hilleary?

—No, acaba de cerrarme el paso cuando estaba a punto de comprarlas, Trish. Ese café huele muy bien.

Después de discutir cuestiones relacionadas con las inversiones, los Van Hilleary sacaron un tema sobre el que estaban reflexionando.

—Los dos tenemos setenta y ocho años —dijo Lawrence mirando con cariño a su mujer—. Sé que nos conservamos bien, pero es indudable que no podemos hacer las mismas cosas que antes... Ninguno de nuestros hijos vive en la región. La casa de Greenwich es cara de mantener y, encima, nuestra vieja ama de llaves acaba de jubilarse. Estamos contemplando la posibilidad de buscar una residencia para personas mayores en Nueva Inglaterra. Todavía vamos a Florida en invierno, pero nos gustaría librarnos de todas las responsabilidades de la casa.

—¿En qué parte de Nueva Inglaterra?

—Quizá en Cape Cod, o en Newport. Nos gustaría estar en la costa.

—En ese caso, este fin de semana haré algunas averiguaciones para ustedes.

Les explicó brevemente que algunas mujeres de las que su padre había sido asesor fiscal, se habían instalado en la Residencia Latham Manor de Newport y estaban muy contentas.

Cuando se levantaron para marcharse, Frances van Hilleary besó a Neil en la mejilla.

—Te prometo que no buscaremos ni una gota de petróleo en China. Y avísanos sobre lo que averigües de ese lugar de Newport.

—Por supuesto.

Mañana estaré en Newport, pensó Neil, y a lo mejor me encuentro de casualidad con Maggie. ¡Ni en sueños!, replicó una voz quejumbrosa en el fondo de su mente.

Y entonces tuvo la gran idea. Una noche en que Maggie y él cenaban en Neary, ésta habló con Jimmy Neary sobre el viaje a Newport. Le dijo el nombre de su madrastra y añadió que era uno de los nombres más grandiosos de la tradición celta. Seguro que Jimmy lo recordaba, se dijo.

Un Neil mucho más feliz se sentó a terminar el trabajo del día. Decidió que esa noche cenaría en Neary y después se iría a casa a preparar el equipaje. Al día siguiente partiría hacia el norte.

Esa tarde, a las ocho, mientras Neil se acababa alegremente unas almejas salteadas con puré de patatas, se acercó Jimmy Neary. Neil, con los dedos cruzados mentalmente, le preguntó si se acordaba del nombre de la madrastra de Maggie.

—En, a ver... —dijo Jimmy—. Déjame pensar. Es un nombre muy tradicional. —Arrugó su cara de querubín—. Nieve... Siobhan... Maeve... Cloisa... no, no es ése. Es... es... ¡ya lo tengo!: Finnuala. Quiere decir «la justa» en gaélico. Y Maggie me dijo que la llamaban Nuala.

—Bueno, algo es algo. Te daría un beso, Jimmy —dijo Neil entusiasmado.

Una expresión de susto cruzó el rostro de Jimmy.

—¡No se te ocurra! —dijo.

25

Maggie no esperaba dormir bien, pero arropada bajo el edredón y con la cabeza hundida en las almohadas de pluma, no despertó hasta que el teléfono sonó a las nueve y media.

Por primera vez en días se sentía fresca y despejada, y se apresuró a contestar mientras notaba los rayos de sol que se filtraban por las rendijas de la persiana.

Era Greta Shipley.

—Maggie, quería agradecerte lo de ayer. Fue muy importante para mí —empezó casi con tono de disculpa—. Quiero proponerte algo, y por favor, si no estás segura de querer hacerlo dímelo sin ningún compromiso. Como mencionaste que recogerías el material de pintura que Nuala dejó aquí y... En fin, en la residencia podemos tener un invitado a cenar, así que si no tenías otros planes, a lo mejor esta noche te apetece cenar conmigo.

—No tengo ningún plan y me encantaría —dijo Maggie con sinceridad. En aquel momento le vino una especie de imagen mental: el cementerio, la tumba de la señora Rhinelander. ¿Era eso lo que le había llamado la atención el día anterior? Tenía que volver. Creía que era algo en la tumba de la señora Rhinelander, pero si se equivocaba, tenía que volver a todas las demás—. Señora Shipley, durante mi estancia en Newport me gustaría tomar algunas fotos para un trabajo que estoy haciendo. A lo mejor parece un poco macabro, pero Saint Mary y Trinity tienen una atmósfera tan tranquila, tan antigua, que me parecen perfectos para mi proyecto. Sé que algunas de las tumbas en las que ayer dejamos flores tienen unas vistas magníficas detrás. Me gustaría volver. ¿Puede decirme cuáles visitamos?

Esperaba que la excusa que se había inventado deprisa no sonara muy tonta. Pero es verdad que estoy haciendo un trabajo, pensó.

A Greta Shipley, sin embargo, la pregunta no le pareció rara.

—Sí, están en sitios muy bonitos —coincidió—. Te diré cuáles son. ¿Tienes papel y lápiz?

—Sí. —Nuala había dejado un pequeño bloc y un bolígrafo junto al teléfono.

Al cabo de tres minutos, Maggie no sólo había apuntado los nombres, sino también las indicaciones para llegar a cada sepultura. Ahora podría encontrarlas... pero ojalá supiera qué buscaba.

Después de colgar, Maggie se levantó de la cama, se desperezó y decidió que una ducha rápida la ayudaría a despertarse. Un baño caliente para dormir, y una ducha fría para despertar. Qué suerte no haber nacido hace cuatro siglos. Recordó una frase de un libro sobre la reina Isabel I: «La reina se baña una vez al mes, lo necesite o no».

El agua de la roseta de la ducha, un añadido a la maravillosa bañera con patas, salía con la fuerza necesaria para que resultara agradable y estimulante. Maggie, en albornoz y con el pelo húmedo envuelto en una toalla, bajó a prepararse un desayuno liviano que se llevó a su cuarto para tomárselo mientras se vestía.

Se arrepintió de haber traído sólo ropa informal para las vacaciones que pensaba pasar con Nuala, y se dijo que esa tarde debía ir a alguna boutique a comprar una o dos faldas y un par de blusas o jerséis. Sabía que a Latham Manor había que ir vestida formalmente; además, había aceptado cenar con Liam el viernes por la noche, y probablemente también significaría arreglarse. Todas las veces que había salido a cenar con él en Nueva York, habían ido a restaurantes bastante caros.

Levantó la persiana, abrió la ventana y sintió la brisa suave y tibia que confirmaba que, tras la humedad helada del día anterior, Newport tenía un tiempo perfecto de principios de otoño. Decidió que con ese día no hacía falta chaqueta de abrigo, así que escogió unos tejanos, una camiseta blanca, un jersey y unas zapatillas de deporte.

Cuando terminó de vestirse, se quedó un rato examinándose ante el espejo de la cómoda. En sus ojos ya no quedaban rastros de las lágrimas derramadas por Nuala. Volvían a estar claros. Azules. Azul zafiro. Así los había descrito Paul la noche en que se habían conocido, hacía siglos, en la boda de Kay Koehler, en la que ella hacía de dama de honor y él de caballero de honor.

En la cena de preparación de la ceremonia, en el club de campo Chevy Chase de Maryland, cerca de Washington, se habían sentado uno al lado del otro. Hablamos toda la noche, recordó Maggie. Y después de la boda, bailamos prácticamente todas las piezas. Cuando me rodeó con sus brazos, me sentí como si de pronto hubiera llegado a casa. Sólo tenía veintitrés años. Él asistía a la Academia de la Fuerza Aérea, y ella acababa de terminar un *master* en la Universidad de Nueva York. Todos decían que hacíamos una buena pareja. Un modelo de contrastes: Paul, rubio, con el pelo lacio y ojos azul celeste, con ese aspecto nórdico heredado de su abuela finlandesa. Yo, una celta morena.

Cinco años después de su muerte, Maggie aún llevaba el mismo peinado que le gustaba a Paul. El año anterior por fin se lo había cortado unos cinco centímetros y se había dejado una media melena que realzaba sus rizos naturales. Además, exigía menos cuidados, y para Maggie eso era importante. A Paul también le gustaba que usara muy poco maquillaje y un pintalabios suave. Ahora, al menos en ocasiones festivas, se maquillaba más sofisticadamente.

¿Por qué pienso ahora en todo esto?, se preguntó mientras se preparaba para salir. Pensó que era como si se lo contara a Nuala. Eran todas las cosas que le habían ocurrido desde que se había separado, cosas de las que quería hablar con ella. Nuala también había enviudado joven. La habría comprendido.

Recogió la bandeja del desayuno y la llevó abajo, a la cocina, mientras suplicaba que Nuala usara su influencia con sus santos favoritos para que Maggie comprendiera por qué sentía esa necesidad de ir al cementerio.

Al cabo de tres minutos, después de comprobar que llevaba todo lo necesario en el bolso, cerró la puerta con dos vueltas de llave, sacó la Nikon y el equipo fotográfico del maletero del coche, y partió rumbo a Saint Mary y Trinity.

26

Eleanor Robinson Chandler llegó a la Residencia Latham Manor a las diez y media, hora de su entrevista con el doctor Lane.

Éste recibió a su aristocrática huésped con el encanto y la amabilidad que lo convertían en el director y médico perfecto de aquel lugar. Conocía la historia de la señora Chandler de memoria. Era un apellido ilustre de Rhode Island. La abuela había sido una de las damas de la alta sociedad de Newport de la época dorada de la ciudad, alrededor de 1890. La presencia de la señora Chandler en la residencia sería un reclamo excelente y probablemente atraería a futuros huéspedes entre sus amistades.

Su situación económica, aunque impresionante, era ligeramente desilusionadora. Evidentemente le había dado mucho dinero a su extensa familia. Con setenta y seis años, había hecho su contribución para poblar la tierra: cuatro hijos, catorce nietos, siete bisnietos y sin duda muchos más en camino.

Sin embargo, teniendo en cuenta su apellido y su procedencia, Lane podía convencerla de que cogiera el apartamento de arriba, el que iba a ser para Nuala Moore. Obviamente estaba acostumbrada a lo mejor.

La señora Chandler iba vestida con un traje de punto beige y zapatos de tacón bajo. Las únicas joyas que llevaba eran un collar de perlas de una vuelta a juego con unos pendientes, una alianza de oro y un reloj también de oro, todo de exquisito gusto. Sus facciones clásicas, enmarcadas por una cabellera blanquísima, le conferían una expresión agradable y reservada. Lane comprendió que el entrevistado era él.

—No hace falta que le diga que ésta es sólo una entrevista preliminar —decía la señora Chandler—. Todavía no sé si estoy dispuesta a trasladarme a una residencia, por muy bonita que sea. Por lo que he visto hasta ahora, diría que la restauración de esta vieja mansión ha sido hecha con muy buen gusto.

Se agradece la aprobación de su alteza, pensó Lane sarcásticamente, y sonrió con amabilidad.

—Muchas gracias —dijo.

Si Odile hubiera estado presente, se habría deshecho en agradecimientos; diría que semejante cumplido, viniendo de la señora Chandler, significaba tanto para ellos... etcétera, etcétera.

—Mi hija mayor vive en Santa Fe y tiene muchas ganas de que me traslade a esa región —continuó la señora Chandler.

Pero usted no quiere, ¿no es así?, pensó Lane, y de pronto se sintió mucho mejor.

—Pero claro, supongo que después de haber vivido tantos años en Newport, debe de ser un poco duro un cambio tan grande —dijo comprensivo—. Muchos huéspedes van a visitar a sus familias una semana o dos, y después, cuando regresan, están muy contentos de volver a la tranquilidad y comodidad de Latham Manor.

—Sí, estoy segura —dijo la señora Chandler sin comprometerse—. Tengo entendido que tiene varias suites disponibles.

—En realidad, uno de nuestros mejores apartamentos acaba de quedar libre.

—¿Y quién lo ocupaba?

—La señora Constance van Sickle Rhinelander.

—Ah, Connie. Me dijeron que estaba muy enferma.

—Me temo que sí.

Lane no mencionó a Nuala Moore. Para explicar el estado del cuarto que habían vaciado para convertirlo en taller de Nuala, diría que estaban redecorando la suite.

Subieron en ascensor al segundo piso y la señora Chandler se quedó unos minutos en la terraza que daba al océano.

—Es precioso —concedió—. Pero tengo entendido que esta suite cuesta quinientos mil dólares.

—Así es.

—Pues verá, no quiero gastar tanto. Me gustaría ver los otros apartamentos que tiene libres.

Va a regatear, pensó el doctor Lane reprimiendo el impulso de decirle que no se molestara. La regla de oro de Residencias Prestigio era: ni un solo descuento. Porque si se enteraban los que no lo habían tenido, se pondrían furiosos.

La señora Chandler rechazó los apartamentos más pequeños, los medianos y los de una sola habitación.

—No, no me interesa ninguno de éstos. Estamos perdiendo el tiempo.

Se hallaban en el segundo piso. El doctor Lane se volvió y vio que Odile se dirigía hacia ellos, cogida del brazo de la señora Pritchard, que se recuperaba de una operación en el pie. Les sonrió pero, para alivio de su marido, no se detuvo. De vez en cuando hasta Odile sabe cuándo no hay que meterse, pensó.

La enfermera Markey estaba sentada al escritorio de la planta. Levantó la mirada con una brillante sonrisa profesional. Lane le tenía ganas. Esa mañana la señora Shipley le había dicho que pensaba ponerse un pestillo en la puerta de su apartamento para tener intimidad. «Para esa mujer, una puerta cerrada es todo un reto», le había soltado.

Pasaron por el estudio de la señora Shipley. Una criada acababa de limpiarlo y la puerta estaba abierta de par en par. La señora Chandler echó un vistazo y se detuvo.

—Ah, éste es precioso —dijo mientras examinaba la maravillosa sala de estar abohardillada con una chimenea renacentista.

—Pase —invitó el doctor Lane—. Estoy seguro de que a la señora Shipley no le molestará. Está en la peluquería.

—Sólo hasta aquí, si no me sentiré como una intrusa. —La señora Chandler observó el área de dormitorio y las grandiosas vistas al mar por los tres lados del estudio—. Me gusta más éste que la suite grande —dijo—. ¿Cuánto cuesta?

—Trescientos cincuenta mil.

—Muy bien. ¿Hay algún otro disponible por ese precio ?

—De momento no —respondió Lane, y añadió—: Pero ¿por qué no rellena una solicitud? Sería un honor tenerla algún día como huésped. —Sonrió.

27

Douglas Hansen sonrió halagadoramente a Cora Gebhart, una septuagenaria cascarrabias, sentada al otro lado de la mesa, que disfrutaba de las almejas con ensalada tibia de endibias que había pedido.

Era una mujer conversadora, pensó él, no como otras a las que tenía que rodear de atenciones para poder sonsacarles alguna información. La señora Gebhart se abría a él como un girasol al sol, y Douglas sabía que cuando llegara el café ya habría ganado su confianza.

El sobrino favorito de cualquier persona, lo había llamado una de esas mujeres, y así quería que lo viesen: como un joven solícito y cariñoso de treinta años, que les brindaba las pequeñas cortesías que hacía años que no recibían.

Almuerzos íntimos, propicios para el cotilleo, en restaurantes buenos como ése, el Bouchard, o lugares como el Chart House, para comer una langosta con vistas panorámicas. Después de las comidas les regalaba una caja de bombones a las que pedían postres dulces, flores a las que le contaban viejas historias románticas, y a las viudas recientes que le confiaban con nostalgia que solían pasear diariamente con su difunto marido las cogía del brazo para caminar por Ocean Drive. Sabía cómo hacerlo.

Hansen respetaba la inteligencia de todas esas damas; algunas eran incluso sagaces. Las acciones que les ofrecía eran del tipo de las que hasta un inversor precavido habría reconocido que tenían posibilidades. De hecho, una de ellas había funcionado, lo que para él en un principio había sido un desastre, pero que al final había resultado una suerte. Porque ahora, para coronar su discurso, solía decir a la probable clienta que llamara a Alberta Downing, de Providence, para que confirmara la competencia de Hansen.

La señora Downing invirtió cien mil dólares y ganó trescientos mil en una semana, podía decirle a las futuras clientas. Era una afirmación honesta. El hecho de que la cotización hubiera sido inflada artificialmente en el último momento y que la señora Downing le hubiese ordenado que vendiera, contra los consejos de Hansen, en aquel momento le había parecido un desastre —había tenido que conseguir el dinero para pagarle los beneficios—, pero ahora al menos tenía una auténtica referencia de sangre azul.

Cora Gebhart terminó con delicadeza su plato.

—Excelente —comentó mientras bebía un sorbo de chardonnay.

Hansen había querido pedir una botella entera, pero ella le dijo categóricamente que una copa con la comida era su tope. Douglas dejó el cuchillo sobre el plato y colocó el tenedor al lado, cuidadosamente, con los dientes hacia abajo, al estilo europeo.

Cora Gebhart suspiró.

—Mi esposo siempre dejaba los cubiertos así. ¿Usted también se educó en Europa?

—Hice mi tercer año de universidad en la Sorbona —respondió Hansen con estudiada despreocupación.

—¡Qué maravilla! —exclamó la señora Gebhart, e inmediatamente empezó a hablarle en un impecable francés que Douglas trató desesperadamente de seguir.

Al cabo de unos minutos, levantó la mano sonriendo.

—Sé leer y escribir en francés, pero estuve en París hace once años, y me temo que para hablar estoy un poco oxidado. *En anglais, s'il vous plait.*

Rieron, pero Hansen sacó su antena. ¿La señora Gebhart lo estaba probando? Había hecho comentarios sobre lo bonita que era su chaqueta de tweed y lo elegante que iba, cosa inhabitual en estos tiempos en que los jóvenes, incluido su nieto, parecían recién llegados de una acampada. ¿Le estaba diciendo sutilmente que lo había calado desde el primer momento? ¿Que se daba cuenta de que no era un graduado de Williams ni de la Escuela de Negocios Wharton, como afirmaba?

Sabía que impresionaba con su pelo rubio, su figura esbelta, su apariencia aristocrática que le había ayudado a conseguir empleo en Merrill Lynch y en Solomon Brothers, aunque no había durado ni seis meses en ambas empresas.

Sin embargo, la frase siguente lo tranquilizó.

—Creo que he sido una persona demasiado conservadora —se quejó—. Puse demasiado dinero en fondos de inversiones para que mis nietos pudieran comprarse más tejanos desteñidos, por eso no me ha quedado mucho dinero para mí. Me gustaría instalarme en una de esas residencias para personas mayores. Hace poco hice una visita a Latham Manor con la idea de trasladarme allí; pero tendría que coger uno de los apartamentos pequeños y estoy acostumbrada a tener más espacio. —Miró a Hansen directamente a los ojos—. Estoy pensando en invertir trescientos mil dólares en los valores que usted me recomiende.

Hansen trató de que la emoción no se le notara, pero le costó bastante. La suma que la mujer acababa de mencionar era considerablemente superior a la que él esperaba.

—Naturalmente, mi contable se opone, pero empiezo a pensar que es un carca. Se llama Robert Stephens. ¿Lo conoce? Vive en Portsmouth.

Hansen lo conocía de nombre; también se ocupaba de los impuestos de la señora Arlington, que había perdido una fortuna invirtiendo en una empresa de alta tecnología que él le había recomendado.

—Pero le pago para que me asesore en temas fiscales, no para que dirija mi vida —continuó la señora Gebhart—, así que voy a vender los bonos sin decírselo, y dejaré que usted me ayude a hacer un gran negocio. Muy bien, ahora que he tomado la decisión, quizá podría permitirme otra copa de vino.

Brindaron mientras el sol de media tarde derramaba una luz dorada sobre el restaurante.

28

Maggie pasó cerca de dos horas en los cementerios de Saint Mary y Trinity. En alguna de las zonas que quería fotografiar se estaban celebrando funerales, así que esperó a que se marcharan los deudos para sacar la cámara.

La maravillosa tibieza del día iba a contracorriente de su lúgubre búsqueda, pero aun así perseveró, volvió a visitar todas las tumbas en las que había estado con Greta Shipley y tomó fotos desde todos los ángulos.

El pálpito inicial era que había detectado algo extraño en la tumba de la señora Rhinelander, la última que había visitado. Por esa razón había invertido el orden que ella y la señora Shipley habían seguido el día anterior, y había empezado por la última y terminado en la de Nuala.

En su última parada, se le acercó una niña de unos ocho o nueve años y se quedó mirándola fijamente.

Cuando Maggie terminó el carrete, se volvió hacia la pequeña.
—Hola, me llamo Maggie. ¿Y tú?
—Marianne. ¿Para qué sacas fotos?
—Bueno, soy fotógrafa y tengo que hacer un trabajo.
—¿Quieres hacer una foto de la tumba de mi abuelo? Está aquí al lado. Señaló a la izquierda, donde Maggie vio un grupo de mujeres junto a una lápida alta.
—No, creo que no. Por hoy ya he terminado, pero gracias de todos modos. Siento lo de tu abuelo.
—Hoy es el tercer aniversario de su muerte. Se volvió a casar a los ochenta y dos años. Mi mamá dice que esa mujer lo mató de agotamiento.
Maggie contuvo la risa.
—Bueno, a veces pasa.
—Mi papá dice que después de cincuenta años con la abuela, por lo menos se divirtió dos años. La señora con la que se casó, ahora tiene otro novio, y papá dice que a ése seguramente le quedan pocos años.
Maggie rió.
—Tu padre parece muy divertido.
—Sí. Bueno, tengo que irme. Mamá me está haciendo señas. Adiós.
Maggie pensó que era una conversación que Nuala habría disfrutado. ¿Qué estoy buscando?, se preguntó mientras miraba la tumba. Las flores que Greta había dejado empezaban a secarse, pero, por lo demás, la sepultura tenía el mismo aspecto que las demás. A pesar de todo, hizo un carrete más de fotos, sólo para asegurarse.

La tarde pasó deprisa. Maggie condujo hasta el centro de Newport guiándose con un mapa que había desplegado en el asiento del pasajero. Como todos los fotógrafos profesionales, prefería revelar sus propios carretes, pero no tuvo más remedio que dejarlos en una tienda. Cuando le aseguraron que tendrían listas las fotos al día siguiente, fue al pub Brick Alley a tomar una hamburguesa y una cocacola. Después encontró una boutique en la calle Thames donde compró dos jerséis de cuello vuelto —uno blanco y otro negro—, dos faldas largas y un traje beige de chaqueta entallada y pantalón. Con estas prendas, combinadas con las que había traído, podía encarar cualquier compromiso que le surgiera en Newport durante los siguientes diez días. Además, le gustaban.
Newport es especial, pensó mientras conducía de regreso a casa

de Nuala por Ocean Drive. A mi casa, se corrigió, asombrada aún por el hecho. Maggie sabía que Malcolm Norton había llegado a un acuerdo con Nuala para comprarle la casa. Dijo que quería hablar conmigo. Seguro que es por la casa. ¿Quiero venderla?, se preguntó. Anoche habría dicho «probablemente», pero ahora, en este momento, con este mar espléndido y esta pintoresca ciudad en una isla tan especial, no estoy segura. No; si tuviera que decidirlo ahora mismo, no la vendería.

29

A las cuatro y media, la enfermera Zelda Markey terminó su guardia y se presentó, tal como le habían indicado, en la oficina del doctor William Lane. Sabía que le echarían una bronca y sabía por qué: Greta Shipley se había quejado de ella. Muy bien, la enfermera Markey estaba preparada para el doctor Lane.

Míralo, pensó con desprecio mientras él la observaba con ceño desde el otro lado del escritorio. Apostaría a que no sabe la diferencia entre varicela y sarampión, ni entre taquicardia y angina de pecho.

Fruncía el entrecejo, pero las reveladoras gotas de sudor que le perlaban la frente le indicaron lo incómoda que se sentía por esa sesión. Decidió facilitarle las cosas porque sabía muy bien que la mejor defensa es un buen ataque.

—Doctor —empezó—, sé exactamente lo que va a decirme: que la señora Shipley se ha quejado de que entro en su habitación sin llamar. La verdad es que últimamente la señora Shipley está durmiendo mucho y me preocupa un poco. Probablemente no sea más que una reacción emocional a la muerte de sus amigas, pero le aseguro que abro la puerta sólo cuando, después de llamar repetidamente, no me responde.

Vio un destello de incertidumbre en los ojos del médico.

—Entonces, señorita Markey, le sugiero que si la señora Shipley no responde al cabo de un rato razonable, abra la puerta apenas y vuelva a llamarla. La verdad es que empieza a ponerse muy nerviosa con todo este asunto y quiero pararlo antes de que se convierta en un problema.

—Pero, doctor Lane, si yo no hubiera estado en su habitación hace dos noches, cuando tuvo ese desvanecimiento, podría haberle sucedido algo terrible.

—Se recuperó enseguida y fue una cosa sin importancia. Le agradezco su preocupación, pero no quiero más quejas. ¿Está claro, señorita Markey?

—Por supuesto, doctor.

—¿La señora Shipley va a cenar aquí?

—Sí, y además con una invitada, la señorita Holloway, hijastra de la señora Moore. La señora Lane ya está informada. La señorita Holloway recogerá el material de pintura de la señora Moore.

—Comprendo. Gracias, señorita Markey.

En cuanto la enfermera se marchó, Lane telefoneó a su mujer.

—¿Por qué no me has dicho que Maggie Holloway cenaría aquí esta noche? —le espetó en cuanto Odile contestó.

—¿Y por qué es tan importante? —repuso ella.

—Porque... —Lane respiró hondo. Era mejor no decir ciertas cosas—. Quiero saber qué huéspedes se quedan a cenar porque me gusta pasar a saludarlos.

—Lo sé, querido. Ya he arreglado que nosotros también cenemos esta noche en la residencia. La señora Shipley rechazó sin mucha cortesía mi invitación a que ella y su invitada se sentaran en nuestra mesa. Pero al menos podrás charlar un rato con Maggie Holloway antes de la cena.

—De acuerdo... —Se interrumpió como si quisiera decir algo más pero hubiera cambiado de idea—. Dentro de diez minutos estaré en casa.

—Será lo mejor, si quieres ducharte y cambiarte. —La risa aguda y chillona de Odile le crispó los nervios—. Después de todo, querido, si las reglas insisten en que los huéspedes deben vestirse para la cena, creo que el director y su esposa tienen que dar ejemplo, ¿no te parece?

30

Earl Bateman tenía un pequeño apartamento en el campus de Hutchinson. La pequeña y liberal universidad de humanidades, situada en una zona tranquila de Providence, le parecía el sitio ideal para hacer el trabajo de investigación para las conferencias. Aunque otras instituciones de enseñanza superior de la región la eclipsaran, Hutchinson tenía un nivel excelente, y la clase de antropología de Earl estaba considerada una de las más interesantes del centro.

«Antropología: ciencia que se ocupa de los orígenes, el desarrollo físico y cultural, las características raciales, las costumbres sociales y las creencias de la humanidad.» Earl empezaba cada nuevo curso haciendo memorizar esta definición a sus alumnos. Como le gustaba repetir, la diferencia entre él y sus colegas era que él creía que el auténtico conocimiento de un pueblo o una cultura empezaba por el estudio de sus ritos funerarios.

Era un tema que nunca dejaba de fascinar, ni a él ni a sus oyentes, como demostraba el hecho de que cada vez lo solicitaran más como conferenciante. De hecho, varios círculos nacionales de conferencias le habían ofrecido elevados honorarios para que disertara en almuerzos y cenas durante todo un año.

Estas cartas le resultaban de lo más gratificantes. «Por lo que sabemos, profesor, usted logra que el tema de la muerte se convierta en algo muy interesante», solían decir las cartas. También sus respuestas eran toda una recompensa. Sus honorarios por conferencia ascendían a tres mil dólares más gastos, y tenía más ofertas de las que podía aceptar.

Los miércoles, su última clase era a las dos, por lo que aquel día disponía del resto de la tarde para retocar su ponencia en un club de mujeres y atender su correspondencia. Había recibido una carta que lo intrigaba: un canal de televisión por cable le preguntaba si tenía suficiente material para hacer una serie de programas de media hora de duración sobre los aspectos culturales de la muerte. La remuneración quizá no fuera muy significativa, pero, como habían señalado, la participación en el medio podía ser altamente beneficiosa para él, como demostraba la experiencia.

¿Suficiente material?, pensó Earl sarcásticamente mientras ponía los pies sobre la mesilla de café. ¡Claro que tengo suficiente material! Máscaras de muertos, por ejemplo. Nunca he hablado de ese tema. Los egipcios y los romanos las hacían. Los florentinos empezaron a hacerlas a finales del siglo XIV. Poca gente sabe que hay una máscara del cadáver de George Washington, con el semblante calmo y noble en eterno reposo, sin rastros de esos espantosos dientes de madera que le estropearon tanto su imagen en vida.

El truco consistía en introducir un elemento de interés humano para que la gente de la que hablaba no fuera percibida como un objeto de interés macabro sino como un ser humano digno de comprensión.

El tema de la conferencia de esa noche lo había llevado a pensar en otras posibilidades de conferencias. Esa noche hablaría del atuendo de luto a través de los tiempos. Pero su investigación le había permitido comprobar que los libros de urbanidad eran una fuente muy rica de otro tipo de material.

Algunas de las máximas de Amy Vanderbilt de hacía cincuenta años consistían en amortiguar el sonido del timbre de la puerta para proteger a los deudos, y evitar palabras como «muerte», «muerto» y «asesinato» en las notas de condolencia.

¡El badajo! La gente de la época victoriana tenía tanto miedo de que la enterraran viva, que se hacía poner una campana sobre la tumba, atada a una cuerda que pasaba por un tubo y llegaba hasta el ataúd, para que el sepultado pudiera tocarla en caso de que no estuviera realmente muerto. Pero no podía —¡no debía!— tocar otra vez ese tema.

Earl sabía que encontraría suficiente material para varios programas. Pensó que estaba a punto de hacerse famoso. Él, Earl, el hazmerreír de la familia, se lo demostraría a todos esos primos horteras y escandalosos, a esos descendientes malparidos de un ladrón avaro y demente que había engañado y estafado para hacerse rico.

El corazón se le aceleró. ¡No pienses en ellos!, se dijo. Concéntrate en la conferencia y en los temas para el programa de televisión por cable. También había otro tema sobre el que había cavilado y que sería extremadamente bien recibido...

Pero primero se tomaría una copa. Sólo una, se prometió mientras preparaba un martini seco en su cocina americana. Cuando tomó el primer sorbo pensó que antes de la muerte de alguna persona, alguien muy cercano al futuro difunto solía tener una premonición, una especie de inquietud o aviso de lo que sucedería. Volvió a sentarse, se quitó las gafas, se frotó los ojos y apoyó la cabeza sobre el sofá cama.

—Alguien muy cercano... como yo —dijo en voz alta—. En realidad no estoy tan cerca de Maggie Holloway, pero tengo la sensación de que no tiene a nadie muy íntimo. Quizá por eso sea yo el que tenga la premonición. Sé que Maggie va a morir muy pronto, igual que estaba seguro la semana pasada de que a Nuala le quedaban pocas horas de vida.

Tres horas más tarde, ante el aplauso entusiasta del público, empezó la conferencia con una sonrisa amplia y en cierto modo incongruente.

—No nos gusta hablar del tema, pero todos vamos a morir. De vez en cuando se aplaza la fecha. Todos hemos oído alguna vez hablar de gente clínicamente muerta que vuelve a la vida, pero lo que han dicho los dioses y la profecía bíblica, «del polvo al polvo y de la ceniza a las cenizas», se cumple.

Se interrumpió con el público pendiente de sus palabras. El rostro de Maggie ocupó su mente: una mata de pelo oscuro que rodeaba un rostro de facciones delicadas y exquisitas, dominado por aquellos hermosos ojos azules llenos de dolor...

Al menos, se consoló, pronto dejaría de sufrir.

31

Ángela, la empleada de voz suave que la había recibido el día anterior, le mostró a Maggie el armario donde se guardaban los materiales de pintura de Nuala. Muy propio de ella, pensó Maggie con cariño. Los estantes estaban desordenados, pero con la ayuda de Ángela no tardaron en meterlo todo en dos cajas, que un ayudante de cocina llevó al coche.

—La señora Shipley la espera en su apartamento —le dijo Ángela—. La acompañaré hasta allí.

—Gracias.

La joven vaciló un instante mientras echaba un vistazo al salón de actividades.

—Cuando la señora Moore daba clases aquí, todo el mundo se lo pasaba muy bien. Daba igual que la mayoría no supiera trazar una raya. Hace un par de semanas empezó la clase pidiéndoles a todos que recordaran algún tema de la Segunda Guerra Mundial, de esos que ponían en los carteles patrióticos. Hasta la señora Shipley asistió, a pesar de que estaba muy trastornada aquel día.

—¿Por qué?

—La señora Rhinelander murió ese lunes. Eran buenas amigas. En fin, yo estaba allí ayudando a pasar el material, y a medida que se acordaban de diferentes lemas, como «Que sigan en el aire», la señora Moore hacia un bosquejo, una bandera detrás de un avión, y todos lo copiaban. Después alguien sugirió: «No lo digas, amigo, masca chicle Topps».

—¿Eso era un lema? —se sorprendió Maggie.

—Sí. Todo el mundo rió, pero, como explicó la señora Moore, era un aviso serio para que la gente que trabajaba en la industria de defensa no dijera nada que un espía pudiera oír. Fue una clase muy animada. —Sonrió Ángela mientras recordaba—. La última de la señora Moore. Todos la echamos de menos. Bueno, la llevaré al apartamento de la señora Shipley.

La cálida sonrisa de Greta Shipley cuando vio a Maggie no disimuló el hecho de que tenía profundas ojeras y unas arrugas grisáceas alrededor de los labios. Maggie también notó que, al levantarse, tuvo que sostenerse del brazo del sillón. Parecía cansada, y claramente más débil que el día anterior.

—Maggie, estás preciosa. Ha sido muy amable de tu parte aceptar mi precipitada invitación —dijo la señora Shipley—. Tendremos una compañía muy agradable para cenar; creo que todos te caerán bien. Había pensado tomar el aperitivo aquí antes de reunirnos con los demás.

—Me parece muy bien.

—Espero que te guste el jerez; es lo único que tengo.

—Sí, me gusta.

Ángela fue al aparador, sirvió el jerez en unas copas antiguas de cristal y se las entregó. Después salió silenciosamente de la habitación.

—Esa chica es un tesoro —dijo la señora Shipley—. Tiene unos detalles que a los demás ni se les ocurren. No es que no sean eficientes —añadió rápidamente—, pero Ángela es especial. ¿Has recogido los materiales de Nuala?

—Sí, Ángela me ayudó, y me explicó una clase de Nuala en la que ella estuvo, esa en la que dibujaron carteles de la Segunda Guerra Mundial.

Greta Shipley sonrió.

—Nuala era maliciosa. Cuando las dos volvimos aquí después de la clase, cogió mi dibujo, que por supuesto era bastante malo, y le añadió unos toques. Tienes que verlo. Está en el segundo cajón —dijo señalando la mesa que había junto al sofá.

Maggie abrió el cajón y sacó una hoja gruesa de papel de dibujo. Al mirarlo sintió un escalofrío. El boceto original de la señora Shipley tenía una especie de trabajador de la industria de defensa con casco que hablaba con otro en un tren o un autobús. Detrás había una figura de cara siniestra con capa negra y sombrero que obviamente intentaba escuchar.

Nuala, sobre la cara de los trabajadores, había dibujado su cara y la de la señora Shipley. La imagen de una enfermera con los ojos entrecerrados y una oreja gigante flotaba sobre la cara del espía.

—¿Es alguien de aquí? —preguntó Maggie.

La señora Shipley rió.

—Sí, es la enfermera Markey, una entrometida espantosa. Aquel día pensaba que era una broma, todo ese fisgoneo, pero ahora no estoy tan segura.

—¿Por qué? —preguntó Maggie.

—No lo sé. A lo mejor me estoy volviendo un poco paranoica. A las viejas a veces nos pasa. En fin... ahora debemos bajar.

El gran salón le pareció una maravilla, tanto en diseño como en mobiliario. El murmullo de voces de buena familia flotaba en el aire. Había ancianos sentados cuyas edades, por lo que Maggie veía, iban de los sesenta a los noventa, aunque Greta le susurró que una atractiva mujer con un traje de terciopelo negro, espalda recta y ojos vivaces acababa de cumplir noventa y cuatro.

—Es Letitia Bainbridge —murmuró Greta—. Hace seis años, cuando se instaló aquí, la gente le dijo que tenía que estar loca para pagar cuatrocientos mil dólares por un apartamento, pero ella replicó que, teniendo en cuenta los genes de su familia, era dinero bien gastado. Naturalmente, el tiempo ha demostrado que tenía razón. Estará con nosotras en la mesa; te prometo que te caerá bien.

»Verás que el personal sirve a los residentes sin preguntarles lo que quieren —continuó la señora Shipley—. El doctor permite a la mayoría tomar un vaso de vino o un cóctel. Los que no pueden, toman agua Perrier o alguna bebida sin alcohol.

Este lugar se ha planificado cuidadosamente, pensó Maggie. Ahora comprendo por qué Nuala había considerado seriamente vivir aquí. Recordó que el doctor Lane le había dicho que estaba seguro de que Nuala habría vuelto a presentar la solicitud.

Echó una mirada alrededor y vio que el doctor y su esposa se acercaban. Odile Lane llevaba un conjunto de blusa y falda larga de color aguamarina; Maggie lo había visto en la boutique donde había comprado sus cosas. Las otras veces que había visto a la señora Lane, la noche de la muerte de Nuala y en el funeral, no le había prestado mucha atención, pero ahora se daba cuenta de que era una mujer muy bella.

Después reconoció que el doctor Lane, aunque estaba un poco calvo y era un poco grueso, también era un hombre atractivo. Cuando se acercaron a Maggie, el médico le cogió la mano y se la llevó a los labios, deteniéndose justo antes de tocarla, al estilo europeo.

—Qué gran placer —dijo con un tono que rezumaba sinceridad—. Y me atrevería a decir que sólo en un día parece mucho más descansada. Evidentemente es usted una mujer muy fuerte.

—Ay, querido, ¿por qué siempre eres tan clínico? —interrumpió Odile Lane—. Maggie, es un placer. ¿Qué te parece todo esto? —Le hizo un gesto señalando el elegante salón.

—Comparado con algunas de las residencias de las que he hecho fotos, es el paraíso.

—¿Por qué se le ocurrió fotografiar residencias de ancianos? —preguntó el doctor Lane.

—Fue un trabajo que me encargó una revista.

—Si quiere «tirar unos carretes aquí» (se dice así, ¿no?), estoy seguro de que puedo arreglarlo —se ofreció.

—Lo tendré en cuenta —respondió Maggie.

—Cuando nos enteramos de que venía, quisimos tenerla en nuestra mesa —dijo Odile, y suspiró—, pero la señora Shipley tenía otros planes. Me dijo que quería que se sentara con sus amigos en su mesa de siempre. —Agitó el dedo en dirección a Greta Shipley—. ¡Mala! ¡Mala! —trinó.

Maggie vio que los labios de la señora Shipley se tensaban.

—Maggie —interrumpió ésta bruscamente—, quiero presentarte a mis amigos.

Al cabo de unos minutos, una suave campanilla anunció que la cena estaba servida.

Greta Shipley se cogió del brazo de Maggie y fueron juntas por el pasillo hasta el comedor. Maggie no pudo evitar percibir un claro temblor en la anciana.

—Señora Shipley, ¿se encuentra bien?

—Sí, estoy bien, sencillamente estoy muy contenta de que estés aquí. Ahora comprendo por qué Nuala estaba tan feliz de haberte encontrado de nuevo.

En el comedor había diez mesas, cada una con ocho sillas.

—Ah, esta noche han puesto la porcelana de Limoges y los manteles de hilo —exclamó la señora Shipley con satisfacción—. Tienen otros servicios demasiado recargados para mi gusto.

Otra sala preciosa, pensó Maggie. Por lo que había leído sobre la mansión, la mesa original de banquetes era para sesenta comensales.

—Cuando se renovó y restauró la casa, imitaron las cortinas del comedor de la Casa Blanca —le explicó la señora Shipley mientras tomaban asiento—. Ahora te presentaré a tus compañeros de cena.

Maggie se sentó a la derecha de Greta Shipley. A continuación estaba Letitia Bainbridge, que abrió la conversación.

—Qué guapa eres. Greta me ha dicho que no estás casada. ¿Hay alguien especial en tu vida?

—No —respondió con una sonrisa, mientras sentía esa punzada tan conocida.

—Perfecto —exclamó la señora Bainbridge con decisión—, porque tengo un nieto que me gustaría presentarte. Cuando era adolescente me parecía un poco tonto. Pelo largo, guitarra y todo eso. ¡Dios mío! Pero ahora, con treinta y cinco años, tiene todo lo que se puede desear. Es el presidente de su propia compañía, no sé qué de ordenadores.

—Letitia la casamentera —dijo alguien riendo.

—Yo conozco al nieto. No vale nada —le susurró Greta a Maggie al oído. Después, con un tono normal le presentó a los demás, tres mujeres y dos hombres—. Me las arreglé para atrapar a los Buckley y a los Crenshaw para nuestra mesa —dijo—. Uno de los problemas de estos lugares es que tienden a ser feudos de mujeres, de modo que conseguir un poco de conversación masculina es una lucha.

Resultó un grupo interesante y animado, y Maggie no paró de preguntarse por qué Nuala había cambiado de idea tan bruscamente. Seguro que no fue porque pensara que yo necesitaba la casa, razonó. Sabía que papá me dejó un poco de dinero y que me gano bien la vida. Entonces ¿por qué?

Las historias de Letitia Bainbridge sobre su juventud en Newport eran de lo más divertidas.

—En aquella época había mucha anglomanía —dijo con un suspiro—. Todas las madres se morían de ganas de que sus hijas se casaran con nobles ingleses. Pobre Consuelo Vanderbilt, su madre la amenazó con suicidarse si no se casaba con el duque de Marlborough. Al final se casó, y lo aguantó veinticinco años. Después se divorciaron y se casó con un intelectual francés, Jacques Balsan, y fueron muy felices.

»Y también estaba ese espantoso Squire Moore. Todo el mundo sabía que venía del arroyo, pero cuando hablaba parecía descendiente directo del rey de Francia. A pesar de todo tenía cierto encanto, y al menos la pretensión de un título, así que se casó bien, por supuesto. Creo que no hay mucha diferencia entre un noble empobrecido que se casa con una heredera norteamericana y una descendiente empobrecida de los Mayflower que se casa con un millonario hecho a sí mismo. La diferencia es que el Dios de Squire era el dinero y hacía cualquier cosa por acumularlo. Desgraciadamente, esa misma característica ha aflorado en muchos de sus descendientes.

A los postres, Anna Pritchard, que se recuperaba de una operación de cadera, dijo:

—Greta, ¿a que no sabes a quién vi esta mañana cuando caminaba con la señora Lane? A Eleanor Chandler. Estaba con el doctor Lane. Sé que no me reconoció, claro, por eso no le dije nada. Pero estaba mirando tu apartamento. La criada acababa de limpiarlo.

—Eleanor Chandler —murmuró Letitia Bainbridge—. Fue al colegio con mi hija. Una persona de mucho carácter, si no me equivoco. ¿Está pensando venir a la residencia?

—No lo sé —dijo la señora Pritchard—, pero no se me ocurre ninguna otra razón para dar una vuelta por aquí, Greta, harías bien en cambiar las cerraduras. Si Eleanor quiere tu apartamento, hará lo imposible por arrebatártelo.

—Que lo intente —dijo Greta Shipley con una risotada.

Cuando Maggie se marchaba, la señora Shipley insistió en acompañarla a la puerta.

—No se moleste —le pidió Maggie—. Sé que está muy cansada.

—Descuida. Mañana haré que me suban la comida y me tomaré un día de descanso.

—Entonces la llamaré, y que no me entere de que hace otra cosa. —Maggie besó la mejilla suave, casi transparente de la anciana—. Hasta mañana —le dijo.

JUEVES 3 DE OCTUBRE

32

Durante los seis días siguientes al hallazgo del cadáver de Nuala Moore, la intuición del comisario Chet Brower se fue convirtiendo en una certeza. Estaba seguro de que ningún ladrón ocasional habría cometido semejante crimen. Tenía que ser alguien que la conocía, alguien en quien probablemente ella confiaba. Pero ¿quién? ¿Y por qué?, se preguntó.

Brower tenía la costumbre de hacerse esas preguntas en voz alta con el detective Jim Haggerty. El jueves por la mañana, llamó a Haggerty a su despacho para repasar la situación.

—Puede que la señora Moore dejara la puerta abierta, en cuyo caso habría podido entrar cualquiera. Por otro lado, es muy probable que fuera alguien conocido y ella le abriera la puerta. En cualquier caso, no hay indicios de que forzaran la cerradura.

Hacía quince años que Jim Haggerty trabajaba con Brower. Sabía que lo usaba como caja de resonancia, de modo que, aunque el detective tuviera sus propias ideas, debía esperar para expresarlas. Haggerty nunca había olvidado el comentario de un colega oído por casualidad: «Puede que Jim parezca más un dependiente de ultramarinos que un poli, pero piensa como poli». Sabía que era una especie de halago, y también que no era injustificado: su aspecto blando, con gafas, no era exactamente la imagen de superpolicía de un director de Hollywood. Pero esa disparidad era a veces una ventaja. Su apariencia afable hacía que la gente se sintiera más cómoda con él, se relajara y hablara con más libertad.

—Partamos de que era alguien que ella conocía —continuó Brower con la frente arrugada—. Eso abre la lista de sospechosos a casi todo el mundo en Newport. La señora Moore era muy querida y muy activa. Su último proyecto fue dar clases de pintura en la Residencia Latham Manor.

Haggerty sabía que a su jefe no le gustaban los lugares como Latham Manor. Le fastidiaba la idea de que los ancianos invirtieran tanto dinero no recuperable en una especie de juego macabro que consistía en que vivieran el tiempo suficiente para que la inversión resultara rentable. El detective opinaba que, como la suegra de Brower hacía casi veinte años que vivía con él, el comisario tenía envidia de cualquiera cuyos padres pudieran permitirse pasar sus últimos años en una residencia de lujo en lugar de estar en la habitación de huéspedes de la hija.

—Pero creo que podemos descartar a la mayoría de Newport, porque quienquiera que asesinara a la señora Moore y después registrara la casa, tuvo que ver los preparativos de la cena —murmuró Brower.

—La mesa estaba puesta... —empezó Haggerty, pero cerró la boca. Había interrumpido al jefe.

Brower frunció más el entrecejo.

—A eso iba. Significa que a la persona que estaba en la casa no le preocupaba que pudiera llegar alguien en cualquier momento. Lo que significa que es muy probable que el asesino sea uno de los invitados a la cena con los que hablamos en casa de la vecina. O, menos probable, alguien que supiera a qué hora llegarían los invitados. —Hizo una pausa—. Es hora de que los examinemos detenidamente. Borrón y cuenta nueva: olvidémonos de lo que sepamos de ellos y empecemos de cero. —Se reclinó—. ¿Qué piensas, Jim?

Haggerty procedió con tiento.

—Comisario, tenía el presentimiento de que seguiría esta línea de investigación, y usted sabe que me gusta hablar con la gente. Así que ya hice ciertas averiguaciones en esa dirección, y creo que encontré algunas cosas interesantes.

Brower lo miró pensativo.

—Continúa.

—Bueno, estoy seguro de que vio la expresión de ese charlatán pomposo, Malcolm Norton, cuando la señora Woods nos contó lo del testamento y la cancelación de la venta.

—La vi, y la definiría como sorpresa y consternación mezclada con ira.

—Todo el mundo sabe que el bufete de Norton va peor, ahora se ocupa de mordeduras de perros y de divorcios en los que hay que dividir la camioneta y el coche de segunda mano. Así que investigué de dónde iba a sacar el dinero para comprar la casa de la señora Moore. También me enteré de un pequeño chisme sobre él y su secretaria, una mujer llamada Barbara Hoffman.

—Interesante. ¿Y de dónde sacó el dinero? —preguntó Brower.

—De una hipoteca sobre su casa, probablemente su mayor bien, o quizá el único. Hasta consiguió que su mujer firmara.

—¿Sabe ella que tiene una amante?

—Por lo que creo, a esa mujer no se le escapa nada...

—Y entonces ¿por qué pone en peligro el único bien en común que tienen?

—Eso me gustaría saber. Hablé con Propiedades Hopkins y les pedí su opinión sobre la transacción. Estaban sorprendidos de que Norton estuviera dispuesto a pagar doscientos mil dólares por la casa. Según ellos, necesita una reforma total.

—¿La amante de Norton tiene dinero?

—No. Todo lo que averigüé es que Barbara Hoffman es una buena mujer, una viuda que sacó adelante a sus hijos y que tiene una cuenta bancaria modesta. —Haggerty adivinó la siguiente pregunta—. El primo de mi mujer es cajero del banco. Hoffman deposita cincuenta dólares en su cuenta de ahorros dos veces al mes.

—La cuestión es por qué Norton quería esa casa. ¿Acaso hay petróleo en el terreno?

—Si hay, no puede tocarlo. La parte del terreno que da al mar está protegida como marisma, y la parte en que se puede edificar es pequeña, lo que restringe incluso agrandar la casa; además no tiene vistas, a menos que uno esté en el piso de arriba.

—Será mejor que hablemos con Norton —dijo Brower.

—Sugeriría que también lo hiciéramos con su esposa, comisario. Por lo que sé, es demasiado inteligente para que la convenzan de que hipoteque su casa sin una buena razón que la beneficie a ella.

—Muy bien, es tan buen punto de partida como cualquiera. —Brower se puso de pie—. Por cierto, no sé si has visto el informe sobre Maggie Holloway. Parece que está limpia. Su padre le dejó un poco de dinero, y le va muy bien como fotógrafa, gana bastante pasta, así que no creo que el dinero pueda ser un móvil en su caso. Y es indudable que dice la verdad sobre la hora en que salió de Nueva York. El portero del edificio donde vive lo ha confirmado.

—Me gustaría conversar con ella —dijo Haggerty—. La factura telefónica de la señora Moore indica que habló con ella muchas veces durante la semana anterior al asesinato. A lo mejor le dijo algo sobre la gente que había invitado a la cena, algo que nos dé una pista. —Hizo una pausa y añadió—: Pero, lo que me tiene confundido es no tener idea de lo que el asesino, o la asesina, buscaba cuando puso la casa patas arriba. Apostaría a que ésa es la clave del crimen.

33

Maggie despertó temprano pero esperó hasta las once para llamar a Greta Shipley. Estaba muy preocupada por la fragilidad que había percibido en la anciana la noche anterior, y esperaba que hubiera dormido bien. En la habitación no respondieron. Quizá se siente mejor y ha bajado, se dijo.

El teléfono sonó al cabo de quince minutos; era el doctor Lane.

—Maggie, tengo una noticia muy triste —dijo—. La señora Shipley pidió que esta mañana no la despertaran, pero hace una hora la enfermera Markey entró a ver cómo estaba... En algún momento de la noche murió en paz mientras dormía.

Maggie se quedó sentada durante un rato, atontada por la tristeza, pero al mismo tiempo enfadada consigo misma por no haberle insistido a la señora Shipley que fuera a visitar un médico —un médico de fuera de la residencia—. El doctor Lane le dijo que todo indicaba un ataque cardíaco. Era evidente que no se había sentido bien en toda la noche.

Primero Nuala, ahora Greta Shipley. Dos mujeres, íntimas amigas, muertas en una semana, pensó Maggie. Estaba tan entusiasmada, tan contenta de volver a tener a Nuala en su vida. Y ahora esto...

Maggie recordó la primera vez que Nuala le había dado arcilla para modelar. Aunque ella tenía sólo seis años, Nuala reconoció que poseía algún talento artístico especial, aunque no como pintora. «No eres Rembrandt —le había dicho riendo—. Pero cuando te vi jugar con plastilina tuve el presentimiento...»

Le había enseñado una foto de *Porgie,* el caniche enano de Maggie. «A ver si lo copias», le dijo. Así había empezado. Desde entonces, sin embargo, descubrió que por mucho que la satisfaciera, no era más que una afición. Por suerte también le interesaba la fotografía, en la que demostró auténtico talento y se hizo profesional. Pero la pasión por esculpir nunca la había abandonado.

Todavía recuerdo lo maravilloso que fue poner mis manos sobre la arcilla, pensó Maggie mientras subía la escalera con los ojos secos. Era torpe para modelar, pero me di cuenta de que pasaba algo, que había una conexión entre mi cerebro y los dedos a través de la arcilla.

Ahora, con la muerte de Greta Shipley, algo que todavía no había digerido, Maggie supo que tenía que meter las manos en el barro húmedo. Sería terapéutico y le permitiría pensar, decidir qué hacer a continuación.

Empezó a trabajar en el busto de Nuala, pero enseguida se dio cuenta de que era la cara de Greta la que ocupaba su mente.

Estaba tan pálida anoche, recordó. Apoyó la mano en la silla para levantarse y después, cuando me cogió del brazo mientras íbamos del salón al comedor, percibí su debilidad. Hoy pensaba quedarse en la cama. No lo reconocía, pero estaba enferma. Y cuando visitamos los cementerios habló de que presentía que hacía demasiado tiempo que la esperaban, como si no tuviera más fuerzas. Lo mismo que le pasó a papá.

Los amigos de su padre le habían dicho que éste se había excusado de asistir a una cena porque estaba cansado, y que se iría a dormir temprano. Nunca despertó. Ataque cardíaco. Exactamente lo que el doctor Lane le había dicho que le había sucedido a Greta.

Vacía, me siento vacía, pensó. Era inútil tratar de trabajar. No se sentía inspirada. Hasta la arcilla le fallaba. Dios mío, otro funeral. Greta Shipley no tenía hijos, así que la mayoría de los asistentes serían amigos.

Funeral. La palabra le refrescó la memoria. Se acordó de las fotos que había hecho en los cementerios. Ya tenían que estar reveladas. Pasaría a recogerlas y las estudiaría. ¿En busca de qué? Sacudió la cabeza. Todavía no tenía la respuesta, pero seguro que había alguna.

Había dejado los carretes en una tienda de la calle Thames. Mientras aparcaba, recordó que precisamente el día anterior, justo en la misma manzana, había comprado un traje para llevar en la cena con Greta, que menos de una semana antes había llegado a Newport entusiasmada con la visita a Nuala. Ahora las dos estaban muertas. ¿Había alguna conexión entre ambas muertes?, se preguntó.

El sobre con las fotos estaba listo y lo recogió en el mostrador del fondo.

El dependiente enarcó las cejas cuando vio la factura.

—¿Pidió que las ampliaran todas, señora Holloway?

—Así es.

Contuvo las ganas de abrir el sobre allí mismo. Cuando llegara a casa iría al estudio y las examinaría detenidamente.

Pero cuando llegó, se encontró con un BMW último modelo que salía marcha atrás del camino particular. El conductor, un hombre de unos treinta años, retrocedió deprisa para dejarle espacio para entrar, y aparcó en la calle. Salió del coche, y se acercó a pie por el sendero mientras Maggie abría la puerta de su vehículo.

¿Qué querría?, se preguntó. Era un hombre apuesto e iba muy bien vestido, con ropa cara, de modo que no la asustó. Aun así, su aspecto dinámico y emprendedor le molestaba.

—Señorita Holloway —dijo—. Espero no haberla asustado. Soy Douglas Hansen. Quería verla, pero su número de teléfono no figura en la guía. Así que como hoy tenía una cita en Newport, se me ocurrió dejarle una nota. Está en la puerta.

Se metió la mano en el bolsillo y le tendió una tarjeta: «Douglas Hansen. Asesor financiero». La dirección era de Providence.

—Una de mis clientas me informó del fallecimiento de la señora Moore. No nos conocíamos mucho, pero nos habíamos visto algunas veces. Quería decirle que lo lamento mucho, y también preguntarle si piensa vender la casa.

—Gracias, señor Hansen, pero aún no he tomado ninguna decisión —respondió Maggie en voz baja.

—Quería hablar con usted porque si, efectivamente, quiere vender, antes de que ponga la casa en manos de un agente inmobiliario tengo una clienta interesada en adquirir la propiedad por mi intermedio. La hija está a punto de divorciarse y quiere tener un lugar al que trasladarse antes de darle la noticia al marido. Sé que esta casa necesita obras importantes, pero la madre puede hacerse cargo. Es un apellido que seguramente conocerá.

—No lo creo. No conozco mucha gente en Newport —dijo Maggie.

—Entonces digamos que es un apellido conocido para mucha gente. Por eso me ha pedido que actúe de intermediario. La discreción es muy importante.

—¿Y cómo sabe que la casa es mía? —preguntó Maggie.

Hansen sonrió.

—Señorita Holloway, Newport es una ciudad pequeña. La señora Moore tenía muchos amigos, y algunos son clientes míos.

Quiere que le empiece a hacer preguntas para discutir el negocio, pensó Maggie, pero no pienso hacerlo.

—Como ya le he dicho, aún no he tomado ninguna decisión —dijo con tono neutro—. De todas formas le agradezco su interés. Guardaré la tarjeta. —Se dio la vuelta y echó a andar hacia la casa.

—Permítame añadir que mi clienta está dispuesta a pagar doscientos cincuenta mil dólares. Creo que es una oferta significativamente superior a la que pensaba aceptar la señora Moore.

—Veo que sabe muchas cosas, señor Hansen —dijo Maggie—.

Newport debe de ser una ciudad pequeñísima. Gracias otra vez. Si decido vender, lo llamaré. —Y se volvió otra vez hacia la casa.

—Una cosa más, señorita Holloway. Me gustaría pedirle que no mencione esta oferta a nadie. Demasiada gente adivinaría la identidad de mi clienta y sería un problema para la hija.

—Descuide, no tengo costumbre de hablar de mis asuntos con nadie. Adiós, señor Hansen. —Esta vez echó a caminar deprisa, pero por lo visto él tenía intenciones de entretenerla.

—Vaya, cuántas fotos —dijo señalando el sobre que llevaba bajo el brazo; Maggie se volvió una vez más—. Tengo entendido que es usted fotógrafa profesional. Esta región le debe parecer una maravilla.

La respuesta de Maggie fue sólo una despedida con la cabeza y cruzó el porche hacia la puerta.

La nota de Hansen estaba colgada junto al pomo. Maggie la cogió y metió la llave en la cerradura. Cuando miró por la ventana de la sala, lo vio marcharse. De repente se sintió terriblemente tonta.

¿Empiezo a asustarme hasta de mi propia sombra?, se preguntó. Ese hombre habrá pensado que soy una boba... Salir corriendo de esa manera. Y además, si decido vender, no puedo ignorar su oferta. Son cincuenta mil dólares más de lo que Malcolm Norton le ofreció a Nuala. No es de extrañar que pareciera tan molesto cuando la señora Woods nos contó lo del testamento... Sabía que era una ganga.

Maggie fue arriba, al estudio, y abrió el sobre de las fotos. No fue una ayuda para su estado de ánimo la primera imagen que vio: la tumba de Nuala con las flores semimarchitas que Greta Shipley había dejado en la base de la lápida.

34

Mientras Neil Stephens conducía por el sendero que llevaba a casa de sus padres, observó los árboles que cercaban el terreno. El follaje resplandecía con los colores del otoño: dorado y ámbar, borgoña y granate.

Cuando se detuvo, admiró los macizos otoñales que rodeaban la casa. La nueva afición de su padre era la jardinería, y cada estación preparaba una selección distinta de flores.

Antes de que Neil bajara del coche, la madre ya había abierto la puerta lateral de la casa y corría a su encuentro. Lo abrazó y le acarició el pelo, un gesto familiar que recordaba desde la infancia.

—Ay, Neil, qué alegría verte —exclamó.

El padre apareció detrás de ella con una amplia sonrisa que expresaba el placer de ver a su hijo, aunque su saludo fue menos efusivo.

—Llegas tarde, muchacho. Tenemos que ir a jugar a golf dentro de media hora. Tu madre te ha preparado un bocadillo.

—He olvidado los palos —dijo Neil, pero se ablandó al ver la expresión de desconcierto de su padre—. Es una broma, papá.

—Y nada graciosa. Tuve que cambiar el turno del terreno con Harry Scott, así que si queremos hacer los dieciocho hoyos debemos empezar a las dos. Cenaremos en el club. —Le dio una palmada en el hombro—. Me alegro de verte, hijo.

Hasta el noveno hoyo su padre no tocó el tema que le había mencionado por teléfono.

—Una de las mujeres a las que le hago la declaración de renta está al borde de un ataque de nervios —explicó—. Un tipo joven de Providence la convenció de que invirtiera en unas acciones escurridizas y ha perdido el dinero con el que pensaba pasar la vejez. Iba a trasladarse a esa elegante residencia de la que te hablé.

Neil estudió su situación y sacó un palo de la bolsa que sostenía el cadi. Se balanceó, golpeó cuidadosamente la pelota y sonrió con satisfacción mientras ésta se elevaba en el aire, cruzaba el estanque y caía en el *green*, cerca del siguiente hoyo.

—Juegas mejor que antes —dijo su padre aprobadoramente—. Pero habrás notado que he llegado más lejos con un palo de metal.

Siguieron hablando mientras caminaban hacia el siguiente hoyo.

—Papá, lo que acabas de contarme sobre esa mujer es algo que oigo permanentemente —dijo Neil—. El otro día vino a verme un matrimonio al que asesoro en inversiones desde hace diez años, los dos estaban entusiasmados y querían poner casi todo su dinero en una de las locuras más descabelladas que he visto. Por suerte pude convencerlos. Aparentemente esa mujer no consultó con nadie, ¿no?

—Por descontado que conmigo no.

—¿Y eran valores bursátiles o extrabursátiles?

—Cotizaban en bolsa.

—¿Y subieron como la espuma rápidamente, después cayeron en picado y ahora no valen ni el papel en que están impresos?

—Así es.

—Conoces la expresión de que cada minuto nace un listo. Por alguna razón en el mercado financiero la cantidad se duplica; de otro modo no se explica cómo alguna gente tan inteligente pica cuando le pasan un dato.

—En este caso creo que tuvieron que presionarla de una manera extraordinaria. En fin, me gustaría que hablaras con ella. Se llama Laura Arlington. Quizá puedas revisar con ella el resto de su cartera de acciones y ver qué se puede hacer con lo que le queda. Le hablé de ti y me dijo que quiere hablar contigo.

—Con mucho gusto, papá. Sólo espero que no sea demasiado tarde.

A las seis y media, vestidos para cenar, se sentaron en el porche de detrás a tomar unos cócteles mientras miraban la bahía de Narransett.

—Estás realmente guapísima, mamá —dijo Neil con cariño.

—Tu madre siempre ha sido una mujer muy bella, y todo el cariño y los cuidados que ha recibido de mí durante los últimos cuarenta y tres años no han hecho más que realzar esa belleza —dijo el padre. Y, al notar la expresión divertida de su mujer e hijo, añadió—: ¿Y vosotros de qué os reís?

—Sabes muy bien, querido, que yo también te he atendido como nadie —replicó Dolores Stephens.

—Neil, ¿sigues saliendo con esa chica con la que viniste en agosto? —preguntó el padre.

¿Quién era?, se preguntó Neil.

—Ah, Gina. No, ya no. —Le pareció que era el momento propicio de preguntar por Maggie—. He estado saliendo con una chica que ahora está en Newport de visita en casa de su madrastra. Se llama Maggie Holloway; desgraciadamente se fue de Nueva York y no le pedí su teléfono aquí.

—¿Cómo se llama la madrastra? —preguntó la madre.

—El apellido no lo sé, pero tiene un nombre bastante raro: Finnuala. Es celta, creo.

—Me suena —dijo lentamente Dolores Stephens, rebuscando en la memoria—. ¿Y a ti, Robert?

—Nunca lo he oído.

—Es curioso, pero me parece que he oído ese nombre hace poco —murmuró Dolores—. Bueno, a lo mejor lo recuerdo más tarde.

Sonó el teléfono y Dolores se levantó a contestar.

—No te entretengas mucho —le indicó Robert Stephens a su mujer—. Tenemos que irnos dentro de diez minutos.

La llamada, sin embargo, era para él.

—Es Laura Arlington —dijo Dolores mientras le daba el teléfono inalámbrico al marido—. Parece muy alterada.

Robert Stephens la escuchó durante un minuto antes de decirle con voz consoladora:

—Laura, te vas a enfermar con todo esto. Mi hijo, Neil, está aquí. Ya le he hablado de ti y mañana por la mañana estudiará la situación contigo. Ahora prométeme que te calmarás.

35

La última clase de Earl Bateman antes del fin de semana terminaba a la una de la tarde. Se había quedado en el apartamento del campus durante unas horas ordenando papeles. Cuando estaba a punto de salir hacia Newport sonó el teléfono.

Era su primo Liam que llamaba de Boston. Aquello le sorprendió. Nunca habían tenido demasiado en común.

Respondió con monosílabos a los intentos de Liam de mantener una conversación normal. Quería contarle lo de los programas de televisión, lo tenía en la punta de la lengua, pero sabía que se convertiría en otra broma familiar. Quizá lo mejor era invitarlo a tomar una copa y dejar por ahí, donde pudiera verlo, el último cheque de tres mil dólares de la oficina que le organizaba las conferencias. Buena idea, decidió.

Pero mientras Liam se acercaba gradualmente al motivo de la llamada, la ira empezó a bullir en su interior. La razón era que si Earl iba a Newport el fin de semana, no pasara a ver a Maggie Holloway. Su visita del otro día la había trastornado bastante.

—¿Por qué? —espetó Earl con creciente irritación.

—Mira, Earl, tú crees que puedes analizar a la gente. Pues verás, hace un año que conozco a Maggie. Es una chica estupenda y... espero que pronto se dé cuenta de lo especial que es para mí. Pero te juro que no es del tipo de las que lloran sobre el hombro de nadie. Es una persona reservada. No es uno de tus cretinos prehistóricos que se mutila porque no es feliz.

—Doy clases sobre costumbres tribales, no sobre cretinos prehistóricos —precisó Earl tenso—. Y pasé a verla porque estaba preocupado de que ella, como Nuala, se descuidara y dejara la puerta sin cerrar con llave.

El tono de Liam se aligeró.

—Lo siento, Earl, no debí decirlo. Pero lo que intento que entiendas es que Maggie no vive en las nubes como la pobre Nuala. No hace falta avisarle nada, especialmente si parece más bien una amenaza. Mira, ¿por qué no nos vemos el fin de semana y tomamos una copa?

—De acuerdo. —Le pondría el cheque delante de las narices—. Pasa por casa mañana a eso de las seis —dijo Earl.

—Mañana no puedo, he quedado con Maggie para cenar. ¿Qué tal el sábado?

—De acuerdo. Hasta el sábado.

Así que está interesado en Maggie, pensó Earl al colgar. Por la forma en que no le hizo ni caso en la fiesta del Four Seasons, nadie lo hubiera dicho. Muy propio de Liam, el gran conquistador. Earl, en cambio, estaba seguro de una cosa: si él hubiera estado saliendo con Maggie durante un año, le habría prestado mucha más atención.

Una vez más volvió a tener una extraña sensación, la premonición de que estaba a punto de suceder algo malo, que Maggie Holloway estaba en peligro, la misma sensación que había tenido la semana anterior con Nuala.

Había tenido por primera vez esas premoniciones a los dieciséis años, cuando se recuperaba en el hospital de una operación de apéndice. Ted, su mejor amigo, iba a pasar a verlo por la tarde antes de salir a navegar. Por alguna razón él quería decirle que no fuera, pero habría parecido una estupidez. Recordó que había pasado toda la tarde como esperando que le propinaran un puñetazo. Al cabo de dos días encontraron la barca de Ted a la deriva. Hubo varias hipótesis sobre lo ocurrido, pero ninguna respuesta.

Earl, naturalmente, nunca mencionó el extraño episodio. Y ahora ni siquiera se permitía pensar en las otras veces que había tenido el presentimiento.

Al cabo de cinco minutos se dirigía a Newport por la autopista. A las cuatro y media paró en una tienda para hacer la compra y se enteró de la muerte de Greta Shipley.

—Antes de trasladarse a Latham Manor hacía la compra aquí —dijo con tristeza Ernest Winter, el anciano propietario de la tienda—. Una mujer encantadora.

—Mis padres eran amigos de ella —comentó Earl—. ¿Estaba enferma?

—Por lo que sé, últimamente no se sentía muy bien. Hacía poco que habían muerto dos de sus amigas más cercanas, una en Latham Manor, y después la señora Moore, asesinada. Creo que la afectó mucho. Son cosas que pasan. Es curioso que lo recuerde ahora, pero hace años la señora Shipley me dijo que, según un proverbio, «la muerte viene de a tres». Parece que tenía razón. Da escalofríos de sólo pensarlo.

Earl recogió las bolsas. Otro tema interesante para una conferencia, pensó. ¿Es posible que esa expresión, como tantas otras, tenga una base psicológica? Sus mejores amigas habían fallecido. ¿Algo en el espíritu de Greta Shipley les gritaba: «¡Esperadme, yo también voy!»?

Con ése eran dos los temas que se le habían ocurrido aquel día para su ciclo de conferencias. Había leído un artículo en el periódico sobre un supermercado que estaban a punto de abrir en Inglaterra, donde los deudos podían escoger todo lo necesario para un funeral —ataúd, mortaja, ropa para el difunto, flores, libro de pésame, y, si era necesario, hasta el emplazamiento de la sepultura—, y eliminar así la onerosa mediación de la funeraria.

Afortunadamente su familia se había retirado del negocio, decidió Earl mientras se despedía del señor Winter. Por otro lado, los nuevos dueños de la Funeraria Bateman se habían ocupado de las exequias de la señora Rhinelander y de Nuala, e indudablemente también se ocuparían de Greta Shipley. Era lo apropiado, puesto que su padre se había ocupado del sepelio del marido.

El negocio está boyante, pensó compungido.

36

Mientras seguían a John, el *maître,* por el restaurante del club Náutico, Robert Stephens se detuvo y se volvió hacia su mujer.

—Mira, Dolores, ahí está Cora Gebhart. Pasemos por la mesa a saludarla. La última vez que hablamos, me temo que estuve un poco duro con ella. Quería comprar bonos de una de esas empresas absurdas, me enfadé tanto que ni siquiera le pregunté cuál y le dije que lo olvidara.

Siempre diplomático, pensó Neil, mientras seguía a sus padres por el restaurante, pese a que notó que su padre no se había molestado en avisar al *maître* del rodeo, por lo que éste siguió despreocupado hacia la mesa de la ventana ignorando que había perdido a la familia Stephens.

—Cora, te debo una disculpa —empezó Robert Stephens alegremente—, pero primero quiero presentarte a mi hijo Neil.

—Hola, Robert. ¿Cómo estás, Dolores? —Cora Gebhart miró a Neil con ojos amables y vivaces—. Tu padre no para de presumir de ti. Tengo entendido que eres director de la oficina de Nueva York de Carson & Parker. Encantada de conocerte.

—Sí, así es, y gracias, el gusto es mío. Me alegra saber que mi padre presume de mí. Casi toda la vida ha dejado claro que es más listo que yo.

—Te comprendo perfectamente; también ha dejado claro que es más listo que yo. Pero no me debes ninguna disculpa. Te pedí tu opinión y me la diste.

—Bueno, me alegro. Lamentaría enterarme de que otra clienta mía ha perdido hasta la camisa en valores de alto riesgo.

—No te preocupes por mí —respondió Cora Gebhart.

—Robert, el pobre John nos está esperando con la carta en la mesa —le dijo la madre.

Mientras reemprendían la marcha a través del salón, Neil se preguntó si su padre había notado con qué tono la señora Gebhart le dijo que no se preocupara por ella. Apuesto cualquier cosa a que no siguió su consejo, pensó.

Cuando los Scott se detuvieron junto a la mesa, ya habían terminado de cenar y estaban tomando café tranquilamente.

—Neil, estás en deuda con Harry —dijo el padre a modo de presentación— por habernos cambiado la hora de la partida de golf.

—No tiene importancia —respondió Harry Scott—. Lynn había ido a pasar el día a Boston, así que de todos modos pensábamos comer tarde.

La esposa, una mujer baja, fornida y de cara agradable, preguntó:

—Dolores, ¿recuerdas a Greta Shipley? La conociste aquí, en una comida de la Sociedad de Conservación, hace tres o cuatro años. Estaba sentada en nuestra mesa.

—Sí, me cayó muy bien. ¿Por qué?

—Murió anoche, aparentemente mientras dormía.

—Lo siento.

—Lo que me apena —continuó Lynn, compungida— es que quería llamarla porque últimamente había perdido a dos buenas amigas. Una de ellas era esa pobre mujer a la que asesinaron en su casa el viernes pasado. Seguramente lo habrás leído. Su hijastra de Nueva York descubrió el cuerpo.

—¡Su hijastra de Nueva York! —exclamó Neil.

—¡Ahí es donde leí aquel nombre: en el periódico! —lo interrumpió su madre excitada—. Finnuala. Neil, es la mujer a la que han asesinado.

Cuando volvieron a casa, Robert Stephens le enseñó a Neil el paquete de periódicos para reciclar que había en el garaje.

—Salió en el del sábado veintiocho —le dijo su padre—. Estoy seguro de que está en ese paquete.

—No recordé el nombre inmediatamente porque en el artículo la llamaban Nuala Moore —dijo la madre—. Sólo mencionaban el nombre completo al final.

Al cabo de dos minutos, Neil, con creciente consternación, leía el relato de la muerte de Nuala Moore. Mientras lo hacía, su mente no paraba de ver la cara de felicidad de Maggie cuando le contaba que se había reencontrado con su madrastra y que pensaba ir a visitarla. «Con ella pasé los años más felices de mi infancia», le había dicho.

Maggie, Maggie, pensó Neil. ¿Dónde estaba? ¿Había vuelto a Nueva York? Llamó a su apartamento, pero el mensaje del contestador era el mismo: estaría fuera hasta el día 13.

La dirección de Nuala Moore estaba en el artículo sobre el asesinato, pero cuando llamó a información le dijeron que el número no figuraba en la guía.

—¡Maldición! —exclamó al colgar.

—Neil —le dijo su madre con suavidad—, son las once menos cuarto. Si esa chica todavía está en Newport, en esa casa o en otra, no son horas de buscarla. Ve allí mañana por la mañana, y si no la encuentras pregunta en la comisaría. Hay una investigación criminal en curso, y puesto que ella ha descubierto el cadáver, la policía tiene que saber dónde está.

—Escucha a tu madre, hijo —le aconsejó el padre—. Has tenido un día muy largo. Te sugiero que vayas a descansar.

—Sí, será lo mejor. Gracias a los dos.

Neil besó a su madre, le dio una palmada al padre en el brazo y se dirigió desanimado a la habitación.

Dolores Stephens esperó a que su hijo cerrara la puerta, y después comentó en voz baja a su marido:

—Creo que Neil al fin ha encontrado una chica que le gusta.

37

El examen concienzudo de cada una de las fotos ampliadas tampoco reveló a Maggie nada que pudiera haber perturbado tanto su subconsciente.

Todas las tumbas parecían iguales, con las mismas cosas: lápidas con plantas alrededor, y hierba, suave y verde todavía a principios del otoño, salvo en la sepultura de Nuala, donde el césped tenía algunos claros.

Césped. Por alguna razón la palabra le inquietaba. Seguramente también habían plantado el césped hacía poco en la tumba de la señora Rhinelander. Hacía sólo dos semanas que había muerto.

Maggie estudió una vez más las fotos de la tumba de Constance Rhinelander, recorrió cada milímetro con una lupa. Lo único que le llamaba la atención era un pequeño agujero que se veía entre las plantas que rodeaban la lápida. Parecía como si hubieran quitado una piedra del lugar o algo así. Quienquiera que lo hubiera hecho no se había molestado en volver a aplanar la tierra.

Volvió a examinar los mejores primeros planos de la tumba de Nuala. El césped era más parejo en las partes en que empezaba a crecer, pero en una de las fotos detectó algo —¿una piedra?— justo detrás de las flores que había dejado Greta Shipley el día anterior. ¿Una irregularidad porque no habían tamizado bien la tierra para sacar las piedras y los terrones después del entierro? ¿O quizá algún tipo de indicador del cementerio? Había un brillo raro...

Estudió las fotos de las otras cuatro tumbas, pero no vio nada digno de atención.

Luego dejó las copias en una esquina de la mesa, estiró la mano y cogió un armazón y el pote de arcilla húmeda.

Empezó a esculpir usando como modelo unas fotos recientes de Nuala que había encontrado por la casa. Durante las siguientes horas, mientras comenzaba a dar forma a la cara pequeña y agradable de Nuala de ojos grandes y pestañas tupidas, los dedos, el barro y el cuchillo se convirtieron en una sola cosa. Insinuó los vestigios de la edad en las arrugas que rodeaban los ojos, la boca y el cuello, y en los hombros encorvados.

Cuando terminara, sabría si había tenido éxito en captar los rasgos de Nuala que tanto le gustaban: el espíritu indómito y alegre que se ocultaba detrás de una cara que a primera vista resultaba meramente bonita.

Como Odile Lane, pensó, y se estremeció al recordar cómo la

mujer había agitado el dedo en dirección a Greta Shipley mientras le decía «¡Mala, mala!», hacía sólo veinticuatro horas.

Mientras limpiaba las herramientas, pensó en la gente con la que había cenado la noche anterior. Qué acongojados debían estar. Era evidente que la querían mucho, y ahora Greta se había marchado para siempre.

Miró el reloj y bajó por la escalera. Las nueve. Decidió que no era demasiado tarde para llamar a la señora Bainbridge.

Letitia Bainbridge contestó a la primera señal.

—Ay, Maggie, estamos destrozados. Greta no se sentía muy bien últimamente, pero hasta entonces estaba en perfecto estado. Sé que hacía años que tomaba algo para la presión y el corazón, pero nunca tuvo ningún problema.

—A pesar de que la conocía hacía poco tiempo, le había tomado mucho cariño —dijo Maggie—. Me imagino cómo estarán ustedes. ¿Sabe algo de la ceremonia?

—Sí, se ocupa la Funeraria Bateman. Supongo que todos terminaremos allí. La misa es el sábado por la mañana en la iglesia episcopaliana Trinity, y el sepelio en el cementerio Trinity. Greta dejó instrucciones de que viera el cuerpo sólo en la funeraria entre las nueve y las diez y media.

—Allí estaré —prometió Maggie—. ¿Tenía familia?

—Algunos primos. Creo que vendrán. Sé que les ha dejado sus valores y todo lo que había en el apartamento. Así que sin duda irán a presentar sus respetos. —Letitia Bainbridge hizo una pausa, y añadió—: Maggie, hay una cosa que no puedo quitarme de la cabeza. Anoche, lo último que le dije a Greta fue que si habían visto a Eleanor Chandler husmeando su apartamento, debía cambiar la cerradura.

—Pero ella se rió del comentario —protestó Maggie—. Por favor, no se atormente con eso.

—No es eso lo que me atormenta, sino el hecho de que ese apartamento ahora será para Eleanor Chandler, independientemente de quién esté en la lista de espera.

Parece que lo mío es cenar tarde, pensó Maggie mientras ponía la tetera al fuego, batía unos huevos y metía unas rebanadas de pan en la tostadora, y no justamente porque me lo esté pasando en grande. Mañana, por lo menos, seguro que Liam me invitará a una buena cena.

Tenía ganas de verlo. Siempre era divertido y muy gracioso. Se preguntó si habría hablado con Earl Bateman sobre la inesperada visita del lunes por la noche. Esperaba que sí.

No quería pasar más tiempo en la cocina, así que preparó una bandeja y la llevó a la sala. Aunque Nuala se había topado con la muerte en esa habitación hacía menos de una semana, Maggie se había dado cuenta de que para su madrastra la sala era un sitio alegre y acogedor.

El fondo y los lados de la chimenea estaban tiznados de hollín. El fuelle y las tenacillas del hogar tenían señales de uso frecuente. Maggie imaginó un fuego crepitante en las frías noches de Nueva Inglaterra.

Las estanterías estaban llenas de libros, títulos interesantes, muchos que ya conocía y otros que tenía ganas de hojear. Ya había visto los álbumes de fotos, montones de instantáneas de Nuala y Tim Moore que mostraban a dos personas que obviamente disfrutaban de su mutua compañía.

Fotos enmarcadas de los dos —en barco con amigos, de picnic, en cenas formales, de vacaciones— colgaban de las paredes.

El butacón mullido con la banqueta probablemente era el sitio de Tim, decidió Maggie, porque recordaba que a Nuala, tanto si estaba enfrascada en un libro como si charlaba o miraba la televisión, le gustaba acurrucarse como un gatito en un sofá, entre el respaldo y el apoyabrazos.

No era de extrañar que la perspectiva de mudarse a Latham Manor no la entusiasmara demasiado, pensó Maggie. Seguramente le resultaba bastante doloroso dejar una casa en la que había sido feliz durante tantos años.

Pero evidentemente había barajado la posibilidad de trasladarse. La primera noche, mientras cenaban después de la reunión de los Moore, Nuala le había mencionado que acababa de quedar libre el apartamento de la residencia que le gustaba.

¿Qué apartamento sería?, se preguntó. Nunca habían hablado de él.

De pronto, Maggie se dio cuenta de que le temblaban las manos. Dejó la taza de té sobre el plato. ¿No sería justamente el que había pertenecido a Constance Rhinelander, la amiga de Greta Shipley?

38

Lo único que quería era un poco de silencio, pero el doctor William Lane se dio cuenta de que eso no sucedería. Odile tenía tanto impulso como una peonza a todo girar. Lane estaba acostado con los ojos cerrados rogando a Dios que su mujer al menos apagara la maldita luz. Pero, en cambio, ella se sentó delante del tocador a cepillarse el pelo mientras de su boca escapaba un torrente de palabras.

—Estos días son muy duros, ¿no? Todo el mundo adoraba a Greta Shipley, y era una de nuestras residentes fundadoras. Qué desgracia que en pocas semanas mueran dos de las damas más agradables que teníamos. Claro que la señora Rhinelander tenía ochenta y tres años, pero estaba muy bien, y repentinamente empezó a debilitarse. Es lo que sucede a cierta edad, ¿no? Un parón. El cuerpo simplemente se para.

Odile parecía no darse cuenta de que su marido no respondía, y continuaba como si nada.

—Es natural que la enfermera Markey estuviera preocupada por el pequeño vahído que la señora Shipley tuvo el lunes por la noche. Esta mañana me dijo que ayer volvió a hablar contigo del tema.

—Examiné a la señora Shipley inmediatamente después del vahído —habló por fin el doctor Lane, fatigado—, y no encontré ningún motivo de alarma. La enfermera Markey mencionó el episodio sólo para justificar que entrara en el apartamento de la señora Shipley sin llamar.

—Por supuesto, cariño, el médico eres tú.

El doctor Lane, al darse cuenta, abrió los ojos de repente.

—Odile, no quiero que hables con la enfermera Markey de mis pacientes —le espetó.

—La nueva médica forense es muy joven, ¿verdad? —continuó ella sin hacer caso de su advertencia—. ¿Cómo se llama? ¿Lara Horgan? No sabía que el doctor Johnson se hubiera retirado.

—Se retiró el día uno, el martes.

—No comprendo que a alguien pueda gustarle ser médico forense. Especialmente a una chica tan atractiva. Pero parece que sabe lo que hace.

—Dudo que le hubieran dado el puesto si no supiera hacer su trabajo —respondió él con sequedad—. Vino con la policía porque estaba cerca y quería ver nuestras instalaciones. Hizo preguntas muy acertadas sobre la historia clínica de la señora Shipley. Ahora, Odile, si no te importa, necesitaría dormir un poco.

—Ay, cariño, lo siento. Sé que estás muy cansado y que has tenido un día muy duro. —Odile dejó el cepillo y se quitó la bata.

Siempre tan elegante, pensó William Lane mientras observaba los preparativos de su mujer para acostarse. En los dieciocho años que llevaban casados, nunca la había visto con un camisón que no tuviera volantes. En una época lo volvía loco, pero ya no..., hacía años que no.

Odile se metió en la cama y por fin apagó la luz. Pero William Lane ya no tenía sueño. Como siempre, su mujer se las había arreglado para decir algo lacerante.

La joven forense no era el viejo doctor Johnson, que aprobaba los certificados de defunción con un garabato. Cuidado, se advirtió Lane. En el futuro tendrás que tener mas cuidado.

VIERNES 4 DE OCTUBRE

39

El viernes por la mañana, Maggie despertó y entrecerró los ojos para ver el reloj; eran sólo las seis. Sabía que probablemente había dormido lo suficiente, pero aún no estaba preparada para levantarse, por lo que volvió a cerrar los ojos. Al cabo de media hora cayó en un sueño intranquilo surcado por vagas pesadillas. A las siete y media despertó de nuevo.

Se levantó con modorra y dolor de cabeza, y decidió que un paseo por Ocean Drive después del desayuno la ayudaría a despejarse. Lo necesito, sobre todo porque esta mañana tengo que volver a los cementerios, pensó.

Y mañana volverás a Trinity, al sepelio de la señora Shipley, le recordó una voz interior. Maggie se dio cuenta de que la señora Bainbridge le había dicho que enterrarían a Greta Shipley en ese cementerio. Daba igual; ese día iría a los dos cementerios. Después de pasar tanto rato la noche anterior con las fotos, estaba ansiosa por ver la causa del extraño brillo que había detectado en la tumba de Nuala.

Se duchó, se puso unos tejanos y un jersey, y tomó un zumo y un café antes de salir. Se alegró de haber decidido dar un paseo. Era un día espléndido de principios de otoño. El sol brillaba a medida que se elevaba en el cielo, aunque una brisa oceánica le hizo agradecer haber cogido la chaqueta. También era maravilloso el ruido de las olas que rompían; y el aroma a sal y mar que llenaba el aire, único.

Podría enamorarme de este lugar, pensó. De pequeña solía pasar los veranos en Newport. Seguramente lo echaba mucho de menos cuando nos marchábamos, se dijo.

Al cabo de un kilómetro, dio la vuelta y regresó sobre sus pasos. Al levantar la vista, advirtió que desde la calle apenas se veía un tenue destello en el segundo piso de la casa de Nuala. Mi casa, pensó. Hay demasiados árboles alrededor. Habría que talar algunos o al menos podarlos. Me pregunto por qué nunca construyeron al fondo del terreno, donde hay unas maravillosas vistas del mar. ¿Habrá restricciones para edificar?

La pregunta le dio vueltas en la cabeza mientras acababa el paseo. Tengo que averiguarlo, pensó. Por lo que Nuala me contó, Tim Moore compró esta propiedad hace al menos cincuenta años. ¿Desde entonces no habrá habido cambios en las restricciones para edificar?

De regreso en la casa, se detuvo el tiempo suficiente para tomar otra taza de café y se marchó deprisa, a las nueve. Quería acabar lo antes posible con la visita al cementerio.

40

A las nueve y cuarto, Neil Stephens detuvo el coche delante del buzón con el nombre MOORE. Bajó del vehículo, caminó por el sendero hasta el porche y pulsó el timbre. No hubo respuesta. Se acercó a la ventana sintiéndose un *voyeur*. La cortina estaba un poco descorrida y vio lo que parecía una sala.

Sin saber lo que buscaba, más que algún rastro tangible de la presencia de Maggie Holloway, fue hasta el fondo de la casa y miró por la ventana de la cocina. Sobre el fogón había una cafetera, y junto al fregadero una taza y un vaso vuelto, lo que indicaba que alguien los había lavado y puesto a secar. ¿Hacía días o minutos que estaban allí?

Al fin decidió que no tenía nada que perder si llamaba al timbre de los vecinos y preguntaba por Maggie. No obtuvo respuesta en las primeras dos casas a las que llamó. En la tercera lo atendió una agradable pareja de más de sesenta años. Mientras les explicaba sucintamente lo que quería, se dio cuenta de que había tenido suerte.

El matrimonio, que se presentó como Irma y John Woods, le contó lo de la muerte y el funeral de Nuala Moore, y le dijo que Maggie estaba en la casa.

—Teníamos que visitar a nuestra hija el sábado pasado, pero no nos fuimos hasta después del funeral —explicó la señora Woods—. Volvimos anoche. Sé que Maggie está en la casa. Todavía no he hablado con ella, pero la he visto dar un paseo esta mañana.

—Sí, y yo la he visto salir en coche hace unos quince minutos —añadió John Woods.

Lo invitaron a tomar un café y le hablaron de la noche del asesinato.

—Maggie es una chica encantadora —suspiró Irma Woods—. Sé que está destrozada por la pérdida de Nuala, pero no es de las que lo expresan. Toda la tristeza está en sus ojos.

Maggie, ojalá hubiera estado aquí para ayudarte, pensó Neil. Los Woods no sabían a dónde había ido ni cuánto tardaría en volver. Le dejaré una nota para que me llame, pensó Neil. Es lo único que puedo hacer. Pero entonces tuvo una súbita inspiración.

Al cabo de unos cinco minutos, cuando se marchaba, había dejado una nota para Maggie en la puerta y tenía su número de teléfono en el bolsillo.

41

Al recordar la curiosidad de la niña que le había preguntado por qué hacía fotos de la tumba de Nuala, Maggie paró en la floristería y compró un ramillete de otoño para poner algunas flores en las tumbas que quería inspeccionar.

Como las otras veces, cuando cruzó la entrada del cementerio Saint Mary, sintió que la estatua de bienvenida del ángel y las parcelas meticulosamente cuidadas daban sensación de paz e inmortalidad. Giró a la derecha y subió por un sendero serpenteante que llevaba a la tumba de Nuala.

Al bajar del coche, reparó en que un trabajador que quitaba hierbas del sendero de grava la miraba. Había oído hablar de gente a la que habían atacado en cementerios; pero desechó la idea. También había otros trabajadores.

Se alegró de haber comprado el ramo al ver que había gente cerca; de ese modo no daría la impresión de estar inspeccionando la tumba. Se arrodilló, eligió media docena de flores y las dejó una a una en la base de la lápida.

Ya habían retirado las flores que había dejado Greta Shipley el martes. Maggie echó una ojeada a la foto para ver exactamente dónde había detectado el brillo de un objeto metálico. Por suerte había traído la fotografía, porque el objeto que buscaba se había medio hundido en la tierra húmeda y no era fácil verlo. Pero ahí estaba.

Echó un vistazo rápido a un lado y vio que el trabajador seguía mirándola abiertamente. Se inclinó arrodillada, bajó la cabeza y se persignó. Después apoyó las manos en la tierra. Sin cambiar de postura, como si rezara, los dedos tocaron la hierba y escarbaron alrededor del objeto.

Esperó un momento. Miró otra vez alrededor y vio al hombre de espaldas. Tiró del objeto con un movimiento rápido y lo ocultó entre sus palmas. Al hacerlo, oyó un leve tintineo.

¿Una campanilla?, se preguntó. ¿Por qué diablos alguien iba a enterrar una campanilla en la tumba de Nuala? Temiendo que el trabajador hubiese oído el ruido, se puso de pie y se dirigió deprisa al coche.

Dejó la campanilla sobre el resto de las flores y arrancó despacio en dirección a la segunda tumba que quería visitar, ansiosa de alejarse de la mirada escrutadora del empleado de mantenimiento. Aparcó en un callejón sin salida y miró alrededor. No había nadie.

Bajó la ventanilla, levantó la campanilla y la sacó fuera. Le sacudió la tierra, le dio la vuelta y la examinó sin soltar el badajo para que no sonara.

La campanilla tenía unos siete centímetros de altura y era asombrosamente pesada, se parecía bastante a una réplica en miniatura de una campana escolar antigua, salvo por la guirnalda de flores decorativa que rodeaba la base. Notó que el badajo también era pesado y que sin duda produciría todo un repique.

Cerró la ventanilla, sostuvo la campanilla cerca del suelo y la balanceó. Un nítido tañido melancólico resonó en todo el vehículo.

Una lápida para Danny Fisher, pensó. Era el título de un libro de la biblioteca de su padre. Recordó que de pequeña le había preguntado qué significaba, y él le había explicado que, según la religión judía, todos los que se detenían junto a la tumba de un amigo o pariente debían dejar una piedra como señal de su visita.

¿Esa campanilla significaría algo semejante?, se preguntó. Como tenía la vaga sensación de que llevársela era algo incorrecto, la puso debajo del asiento. Eligió otra media docena de flores, y, con la fotografía correspondiente en mano, volvió a visitar la tumba de otra amiga de Greta Shipley.

La última parada fue la tumba de la señora Rhinelander; esa foto era la que mostraba más claramente una grieta en el césped, junto a la base de la lápida. Mientras Maggie arreglaba las flores sobre la hierba húmeda, sus dedos encontraron lo que quería.

Necesitaba pensar, y no estaba lista para volver a la casa, donde podía haber interrupciones. Por lo tanto fue al centro de la ciudad, entró en un bar y pidió un café y un pastelillo, para aliviar el desasosiego que había experimentado en el cementerio.

Repentinamente le vino a la cabeza otro recuerdo de Nuala. Cuando ella tenía diez años, *Porgie,* el travieso caniche enano, se subió sobre Nuala mientras ésta dormitaba en el sofá. Ella lanzó un grito, y, cuando Maggie entró corriendo, rió y dijo: «Lo siento, querida. No sé por qué me he asustado tanto. Alguien debe estar caminando sobre mi tumba».

Después, como Maggie estaba en la edad de querer saberlo todo, Nuala le explicó que era una expresión irlandesa que significaba que alguien estaba caminando sobre el lugar en que algún día lo enterrarían a uno.

Tenía que haber una explicación sencilla de lo que había encontrado, razonó Maggie. De las seis tumbas que había visitado, cuatro, incluida la de Nuala, tenían campanillas en la base de la lápida, exactamente del mismo peso y tamaño. Y daba la impresión de que de la tumba de la señora Rhinelander habían quitado una. Lo que significaba que sólo una de las amigas de Greta Shipley no había recibido ese extraño tributo... si, efectivamente, de eso se trataba.

Mientras se terminaba la taza de café y negaba con una sonrisa el ofrecimiento de la camarera de volvérsela a llenar, le vino un nombre a la cabeza: Letitia Bainbridge.

Estaba en la Residencia Latham Manor desde su fundación, como Greta Shipley. Maggie se dio cuenta de que seguramente también conocería a esas mujeres.

Volvió al coche y la llamó desde el teléfono móvil. La encontró en su apartamento.

—Ven ahora mismo —le dijo—. Me encantaría verte. Esta mañana hemos estado un poco tristes.

—Salgo para allá —respondió Maggie.

Cuando cortó la comunicación, sacó de debajo del asiento la campanilla, y la guardó en el bolso.

Tembló involuntariamente mientras se alejaba del bordillo. El metal estaba frío y húmedo.

42

Había sido una de las semanas más largas en la vida de Malcolm Norton. La cancelación de la venta de la casa de Nuala Moore y el anuncio de Barbara de que iba a visitar a su hija en Mail por un largo período, lo habían dejado atontado y asustado.

¡Debía conseguir esa casa a toda costa! Contarle a Janice lo de la inminente modificación del Acta de Wetlands había sido un error terrible. Tenía que haberse arriesgado y falsificar la firma de su mujer en los papeles de la hipoteca. Estaba desesperado hasta ese extremo.

Por esa razón, cuando el viernes por la mañana Barbara le pasó la llamada del comisario Brower, sintió que el sudor le corría por la frente. Tardó unos segundos en recobrar la compostura y un tono de voz afable.

—Buenos días, comisario. ¿Qué tal está? —dijo tratando de que su voz sonara alegre.

Era evidente que Brower no estaba de humor para charlar de cualquier cosa.

—Bien, gracias. Me gustaría hablar unos minutos con usted.

¿Sobre qué?, pensó Malcolm súbitamente aterrado, aunque se las arregló para decir con un tono sincero:

—Me parece perfecto, pero le advierto que ya he comprado entradas para el baile de la policía. —Hasta a él le sonó lamentable ese intento de chiste.

—¿A qué hora le va bien que pase por su despacho? —le espetó Brower.

Norton no quería que el comisario supiera lo desocupado que estaba.

—Tenía que hacer un contrato a las once, pero se ha postergado hasta la una, así que tengo un hueco.

—Pasaré a las once.

Tras oír el clic, Malcolm se quedó mirando nervioso el auricular que sostenía en la mano. Al final, colgó.

Llamaron suavemente a la puerta y Barbara asomó la cabeza.

—¿Algún problema, Malcolm?

—¿Problemas? Sólo quiere hablar conmigo. Lo único que se me ocurre es que se trate de algo relacionado con lo ocurrido el viernes por la noche.

—Ah, claro, el asesinato. El procedimiento habitual de la policía es interrogar a los amigos, por si recuerdan algo que en el momento no les pareciera importante. Además, Janice y tú fuisteis aquella noche a la cena de la señora Moore.

«Janice y tú.» Malcolm frunció el entrecejo. ¿Era una referencia para recordarle que todavía no había iniciado los trámites legales de separación de Janice? No; Barbara, a diferencia de su esposa, no hacía juegos de palabras con significados ocultos. Su yerno era ayudante de un fiscal de Nueva York; probablemente lo había oído hablar de sus casos, razonó Malcolm. Además, la televisión y el cine estaban plagados de pormenores de procedimientos policiales.

—Barbara, dame un poco más de tiempo. No me abandones ahora —dijo él en el momento en que Barbara empezaba a cerrar la puerta.

La única respuesta fue el sonido de la puerta al cerrarse.

Brower llegó puntualmente a las once. Se sentó recto en el sillón, al otro lado del escritorio de Norton y fue directo al grano.

—Señor Norton, ¿la noche del asesinato lo esperaban en casa de Nuala Moore a las ocho?

—Sí, mi mujer y yo llegamos alrededor de las ocho y diez. Por lo que sé, ustedes acababan de llegar a la escena del crimen y, como recordará, nos pidieron que esperáramos en casa de los vecinos de Nuala.

—¿A qué hora se fue de la oficina esa tarde? —preguntó Brower.

Norton levantó las cejas y pensó un instante.

—A la hora de siempre... no, un poco más tarde, a eso de las seis menos cuarto. Tenía que preparar un contrato fuera, traje el expediente aquí y escuché los mensajes.

—¿Se fue directamente a su casa?

—No, enseguida no. Barbara... La señora Hoffman mi secretaria, ese día no había venido porque estaba resfriada. El día anterior se había llevado un expediente a su casa, y yo lo necesitaba para estudiarlo el fin de semana. Así que pasé a recogerlo.

—¿Cuánto tiempo tardó?

Norton pensó un momento.

—Vive en Middletown. Había mucho tráfico, turistas, diría que unos veinte minutos para ir y otro tanto para volver.

—Entonces llegó a su casa a eso de las seis y media.

—Probablemente un poco más tarde, alrededor de las siete, creo.

En realidad había llegado a las siete y cuarto. Lo recordaba muy bien. Malcolm se maldijo en silencio. Janice le había dicho que, cuando Irma Woods explicó lo del testamento de Nuala, él había puesto una cara que se podía leer como un libro abierto. «Parecía que quisieras matar a alguien —le había dicho su mujer con una sonrisita—. No sirves para engañar a nadie sin que algo salga mal.»

Por consiguiente, esa mañana había preparado rápidamente respuestas a las preguntas que imaginaba le haría Brower sobre su reacción a la cancelación de la venta. Esta vez no revelaría sus emociones, y se alegraba de haber pensado de antemano en la situación, porque, de hecho, el comisario le hizo preguntas para sonsacarle información sobre la venta propuesta.

—Debió de ser una decepción —murmuró Brower—, pero por otro lado todas las inmobiliarias de la ciudad tienen casas como la de Nuala Moore y se mueren por venderlas.

Lo que significa que me pregunta por qué quería esa en particular, pensó Norton.

—A veces la gente quiere una casa porque siente una especie de flechazo. Como si el inmueble le dijera: Cómprame, soy para ti —continuó el comisario.

Norton esperó.

—Cualquiera que deseara tanto una casa estaría muy molesto de que estuviera a punto de llegar una especie de pariente para estropearlo todo. Habría una sola manera de impedirlo: parar al pariente, o al menos encontrar la manera de que no influyera sobre el dueño de la casa. —Brower se puso de pie—. Ha sido un placer hablar con usted, señor Norton. Ahora me gustaría hablar un instante con su secretaria.

A Barbara Hoffman no le gustaba fingir. El viernes anterior, se había quedado en casa con la excusa de que tenía un resfriado, pero en realidad necesitaba un día tranquilo para pensar. Para aplacar su conciencia, se había llevado unas carpetas de la oficina; quería que todo estuviera en orden si decidía decirle a Malcolm que se marchaba.

Curiosamente, él la había ayudado a tomar la decisión. Norton casi nunca iba a su casa, pero aquel viernes se presentó inesperadamente para ver cómo estaba. No se dio cuenta de que había una vecina de visita, Dora Holt. Cuando Barbara abrió la puerta, él se inclinó para besarla, pero dio un paso atrás nada más ver la expresión negativa en la cara de la mujer.

—Ah, señor Norton —dijo ella rápidamente—. Tengo el contrato de compraventa de Moore que necesitaba.

Le presentó a Dora Holt y después, fingiendo que buscaba en una pila de carpetas, sacó una y se la dio. Pero a Barbara no se le escapó la risita pícara y la curiosidad en los ojos de su vecina. Y en ese momento supo que la situación era intolerable.

Ahora, sentada delante del comisario Brower, Barbara Hoffman se sintió deshonesta y muy incómoda al contarle la misma historia de por qué su jefe había pasado por su casa.

—¿Entonces el señor Norton se quedó sólo un momento?

La mujer se relajó un poco; con esa pregunta al menos podía ser absolutamente sincera.

—Sí, cogió la carpeta y se marchó enseguida.

—¿Qué expediente era?

Tenía que decir otra mentira.

—Eh... eh... el contrato de compraventa de Moore. —Se ruborizó por el tartamudeo.

—Una cosa más. ¿A qué hora se marchó el señor Norton de su casa?

—Poco después de las seis —respondió honestamente.

Brower se levantó y señaló el intercomunicador con la cabeza.

—Por favor, dígale al señor Norton que me gustaría hablar un momento con él.

Cuando el comisario regresó al despacho del abogado, no desperdició palabras.

—Señor Norton, tengo entendido que el viernes pasado recogió de casa de la señora Hoffman el contrato de compraventa de la señora Moore. ¿Para cuándo estaba acordada la firma?

—Para el lunes a las once de la mañana —dijo Norton—. Quería asegurarme de que estaba todo en orden.

—Dado que usted era el comprador, ¿la señora Moore no tenía otro abogado que la representara? ¿No es bastante atípico?

—No, no mucho. En realidad fue idea suya. Nuala creía que era absolutamente innecesario que interviniera otro abogado. Le pagaba un precio justo y le daba el dinero con un cheque conformado. Además, si lo deseaba, tenía derecho a quedarse en la casa hasta fin de año.

El comisario miró en silencio a Malcolm Norton por unos instantes y se puso en pie para marcharse.

—Una cosa más, señor Norton —dijo—. En el viaje de casa de la señora Hoffman a la suya no se tarda más de veinte minutos. Debería haber llegado poco después de las seis y media. Pero me ha dicho que llegó alrededor de las siete. ¿Fue a algún otro lado?

—No; puede que me haya equivocado respecto a la hora en que llegué a casa.

¿Por qué me hace estas preguntas? ¿Qué sospecha?, se preguntó Norton.

43

Cuando Neil Stephens volvió a Portsmouth, la madre se dio cuenta por la expresión de su cara que no había visto a la chica de Nueva York.

—Sólo has comido una tostada —le recordó—. Voy a prepararte un desayuno. Después de todo, tengo pocas oportunidades de mimarte.

Neil se sentó en una silla de la cocina.

—Pensaba que mimar a papá era un empleo de jornada completa.

—Y lo es. Pero me gusta.

—¿Dónde está?

—En su oficina. Cora Gebhart, la mujer que saludamos anoche en el restaurante, lo llamó y le dijo que quería hablar con el.

—Ah —dijo Neil distraído mientras movía los cubiertos que le había puesto su madre.

Dolores dejó lo que hacía, se volvió y lo miró.

—Cuando empiezas a juguetear así, significa que estás preocupado —le dijo.

—Lo estoy. Si hubiera llamado a Maggie el viernes pasado, como quería, me habría dado su número de teléfono y me habría enterado de lo sucedido. Habría podido ayudarla. —Hizo una pausa—. Mamá, no sabes las ganas que tenía Maggie de pasar esos días con su madrastra. Si la vieras, no lo dirías, pero se lo pasó muy mal con todo eso.

Mientras comía unos crepes con beicon, le contó a su madre todo lo que sabía de Maggie. Pero no mencionó lo enfadado que estaba consigo mismo por no saber más.

—Parece una chica muy agradable —dijo Dolores Stephens—. Tengo muchas ganas de conocerla. Escucha, deja de atormentarte. Está en Newport, le has dejado una nota y tienes su número. Seguramente hoy la verás o tendrás noticias de ella. Tranquilízate.

—Lo sé. Pero tengo la desagradable sensación de no haber estado cuando me necesitaba.

—Tenías miedo de comprometerte, ¿no?

Neil dejó el tenedor.

—Eso no es justo.

—¿Ah, no? Mira, Neil, muchos jóvenes inteligentes y exitosos de tu generación que no se han casado a los veintitantos decidieron que podían seguir tanteando el terreno indefinidamente. Y algunos lo harán, de verdad no quieren comprometerse. Pero otros, además, parece que no saben cuándo crecer. Me pregunto si esta preocupación por Maggie no es el reflejo de que has comprendido súbitamente que ella te importa mucho, algo que no admitiste hasta ahora porque no querías comprometerte.

Neil miró a su madre en silencio.

—Y yo que pensaba que el duro era papá —dijo al fin.

Dolores se cruzó de brazos y sonrió.

—Mi abuela decía: «El marido es el cabeza de familia; la mujer, el cuello». —Hizo una pausa—. Y el cuello mueve la cabeza.

Al ver la expresión de asombro de Neil, rió.

—Créeme, no estoy de acuerdo con esa sabiduría casera. Considero al marido y la mujer como iguales, no como rivales de ningún campeonato. Y a veces, como en nuestro caso, las apariencias engañan. El jaleo y las quejas de tu padre son su forma de demostrar preocupación. Lo supe desde nuestra primera cita.

—Hablando del rey de Roma... —dijo Neil mientras veía por la ventana que su padre llegaba de la oficina.

La madre echó un vistazo.

—Oh, oh... viene con Cora. Parece muy trastornada.

Al cabo de unos minutos, cuando su padre y Cora Gebhart se sentaron con ellos a la mesa de la cocina, Neil comprendió por qué estaba trastornada. El miércoles, había vendido sus bonos por intermedio de un agente de bolsa que la había convencido de que invirtiera en acciones de una nueva empresa, y ella le había dado el visto bueno para que comprara.

—Anoche no pude dormir —dijo—. Después de que Robert me dijera en el club que no quería que otra de sus clientas perdiera hasta la camisa... tuve la espantosa sensación de que se refería a mí, y de pronto intuí que había cometido un error terrible.

—¿Ha llamado al agente para decirle que cancelara la compra? —preguntó Neil.

—Sí, es lo único inteligente que he hecho, o que he intentado hacer, porque me dijo que era demasiado tarde. —La voz le tembló—. Y desde entonces no he podido localizarlo en su despacho.

—¿Qué tipo de acciones son? —preguntó Neil.

—Tengo la información —respondió el padre.

Neil leyó el folleto y el balance. Era peor de lo que imaginaba. Llamó a su oficina y pidió a Trish que le pasara a uno de los socios.

—Ayer compró cincuenta mil acciones a las nueve —le dijo a la señora Gebhart—, veamos qué pasa hoy.

Tersely puso al corriente de la situación a su socio. Neil se volvió hacia la señora Gebhart.

—Ahora están a siete. Pediré que las vendan.

Cora dio su consentimiento con la cabeza y Neil siguió en la línea.

—Manténme informado —pidió, y colgó—. Hace unos días circuló el rumor de que Johnson y Johnson —explicó— iba a comprar la compañía cuyas acciones adquirió usted. Pero, por desgracia, estoy seguro de que sólo era eso: un rumor para inflar artificialmente la cotización de las acciones. Lo siento mucho, señora Gebhart; aun así, podremos salvar la mayor parte de su capital. Mi socio nos llamará en cuanto haya hecho la transacción.

—Lo que me enfurece —gruñó Robert Stephens— es que se trata del mismo agente que le hizo invertir a Laura Arlington en una empresa fantasma y ésta perdió todos sus ahorros.

—Parecía tan agradable —dijo Cora Gebhart—. Y sabía tanto sobre mis bonos. Me explicó que por muy libre de impuestos que estuvieran, los beneficios no justificaban tener inmovilizado tanto capital. Y que incluso hasta estaban perdiendo valor por la inflación.

El comentario llamó la atención de Neil.

—Si sabía tanto de sus bonos, seguramente usted le habrá hablado de ellos —dijo con severidad.

—No, no le había dicho nada. Cuando me llamó para invitarme a almorzar, le dije que no tenía interés en invertir en nada, pero entonces me habló de sus clientes, como la señora Downing. Me explicó que ella tenía los mismos bonos que posee mucha gente mayor, y que él le había hecho ganar una fortuna. Después habló de los mismos bonos que tenía yo.

—¿Quién es la señora Downing? —preguntó Neil.

—Ah, todo el mundo la conoce. Es un personaje de la alta sociedad de Providence. La llamé y no paró de alabar a Douglas Hansen.

—Ya veo. Aun así me gustaría frenarlo —dijo Neil—. Me parece que es el tipo de persona que esta profesión no necesita.

En ese momento sonó el teléfono.

Maggie, pensó. Que sea Maggie.

Pero era su socio. Neil escuchó y se volvió hacia Cora Gebhart.

—Ha conseguido siete. Puede considerarse afortunada. Empiezan a circular rumores de que Johnson y Johnson va a sacar un comunicado diciendo que no tiene ningún interés en comprar esa empresa. Sea o no verdad, es suficiente para que la cotización de esas acciones caiga en picado.

Cuando Cora Gebhart se marchó, Robert Stephens miró a su hijo con cariño.

—Gracias a Dios estabas aquí, Neil. Cora es una mujer inteligente, de buen corazón, pero demasiado confiada. Hubiera sido una pena que se arruinara por un error. De esta manera, quizá sólo signifique que tenga que abandonar la idea de trasladarse a Latham Manor. Le ha echado el ojo a un apartamento, aunque a lo mejor aún pueda comprar uno más pequeño.

—Latham Manor —dijo Neil—. Me alegra que lo menciones. Necesito hacerte unas preguntas sobre ese lugar.

—¿Y qué demonios quieres saber sobre Latham Manor? —le preguntó su madre.

Neil les habló de los Van Hilleary, unos clientes que buscaban una residencia.

—Les dije que averiguaría un poco sobre el lugar, y casi me olvido. Tengo que pedir una cita para verlo.

—No empezaremos la partida de golf hasta la una —dijo Robert Stephens—, y la residencia no está lejos del club. ¿Por qué no llamas y preguntas si puedes hacer una visita o por lo menos recoger algunos folletos para tus clientes?

—No dejes para mañana lo que puedas hacer hoy —dijo Neil con una sonrisa—, a menos, claro, que primero encuentre a Maggie. Ya debe de haber vuelto a casa.

Al cabo de seis tonos, colgó.

—Todavía está fuera —comentó apenado—. Muy bien, ¿dónde está la guía telefónica? Voy a llamar a Latham Manor; así me lo quito de encima.

El doctor William Lane se mostró de lo más solícito.

—Ha llamado en muy buen momento —le dijo—. Tenemos libre una de nuestras mejores suites, una unidad de dos habitaciones con terraza. Hay sólo cuatro apartamentos de ese tipo, y los otros tres están ocupados por matrimonios muy agradables. Puede venir ahora mismo.

44

La doctora Lara Horgan, la nueva médica forense del estado de Rhode Island, no sabía por qué estaba intranquila. Pero claro, había sido una semana muy ajetreada para su departamento: dos suicidios, tres ahogados y un asesinato.

Por otro lado, la muerte de la mujer de la residencia Latham Manor tenía todo el aspecto de algo puramente rutinario. Sin embargo, había algo que la preocupaba. La historia clínica de la difunta Greta Shipley era perfectamente clara. Su médico de toda la vida se había retirado, pero el socio comprobó que en el historial de la señora Shipley constaba que hacía diez años que sufría hipertensión y que había tenido una leve crisis cardíaca.

El doctor William Lane, director y médico de Latham Manor, parecía competente. El personal tenía experiencia y las instalaciones eran de primera clase.

El hecho de que la señora Shipley hubiera sufrido un leve desvanecimiento en la misa de su amiga Nuala Moore, la víctima del asesinato, y otro poco después, no hacía más que confirmar que estaba sometida a una gran tensión.

La doctora Horgan había visto muchos casos en los que un cónyuge expiraba pocas horas o incluso minutos después que el otro. Alguien horrorizado por las circunstancias de la muerte de una querida amiga podía experimentar la misma tensión mortal.

La doctora Horgan, como médica forense estatal, también estaba familiarizada con los pormenores de la muerte de Nuala Moore, y era consciente de lo perturbadora que podía resultar para alguien tan cercano a ella como la señora Shipley. Unos golpes salvajes en la nuca de la víctima habían acabado con ella. Granos de arena mezclados con pelo y sangre indicaban que el agresor había recogido, probablemente, una piedra en la playa. También era probable que supiera que la víctima era menuda y frágil, quizá hasta la conocía. Eso es, se dijo. La molesta sensación de que la muerte de Nuala Moore está relacionada en cierto modo con la de la mujer de Latham Manor es lo que me envía señales de alarma. Decidió llamar a la policía de Newport para ver si tenían alguna pista.

Los periódicos de principios de semana estaban apilados sobre su escritorio. En la sección de necrológicas encontró una pequeña nota en la que se reseñaba la vida de la señora Shipley, sus actividades en la comunidad, su condición de miembro de las Hijas de la Revolución Americana, el puesto de su difunto marido como consejero delegado de una importante empresa. Dejaba sólo tres primos, residentes en Nueva York, Washington y Denver.

No tenía nadie que la cuidara, pensó la doctora mientras dejaba el periódico y se volvía hacia la montaña de trabajo que la aguardaba sobre el escritorio.

Pero entonces la importunó un último pensamiento: la enfermera Markey. Era ella la que había encontrado el cuerpo de la señora Shipley en Latham Manor. Había algo en esa mujer que no le gustaba, un aire escurridizo de sabelotodo. Quizá lo mejor fuese que el comisario Brower volviera a hablar con ella.

45

Earl Bateman, como parte del trabajo de investigación para sus conferencias, había empezado a hacer calcos de viejas lápidas, que usaba como tema de sus charlas.

«Hoy en día, se hace constar en las lápidas una información mínima: sólo fechas de nacimiento y muerte —explicaba—. Pero en otros siglos, en las lápidas se podían leer historias maravillosas. Había algunas conmovedoras, y otras bastante notables, como el caso del capitán de barco enterrado con sus cinco esposas, ninguna de las cuales, debo añadir, vivió más de siete años después de la boda. —A esa altura lo recompensaba el murmullo de risas de la audiencia—. Otras lápidas impresionan por la majestuosidad y la historia que entrañan. —En ese momento citaba la capilla de la abadía de Westminster, donde yacían los restos de la reina Isabel I, a pocos metros de la prima a la que había ordenado decapitar, María, Reina de Escocia—. Un dato curioso —agregaba— es el del cementerio de Ketchakan, Alaska. En el siglo XIX había una zona especial reservada para los entierros de las "palomas manchadas", como llamaban a las jóvenes que trabajaban en los burdeles.»

Ese viernes por la mañana, Earl trabajaba en la sinopsis de los temas propuestos para la serie de programas de televisión. Cuando llegó al punto de los calcos de lápidas, recordó que quería buscar otras de interés. Y decidió, puesto que era un día muy bonito, perfecto para esa tarea, visitar la parte antigua de los cementerios de Saint Mary y Trinity.

Avanzaba por el camino que llevaba a los cementerios cuando

vio un Volvo negro que salía por la puerta y giraba hacia el otro lado. Maggie Holloway tenía un coche de la misma marca y color, pensó. ¿Habría ido a visitar la tumba de Nuala?

Earl, en lugar de dirigirse hacia la parte antigua, giró a la izquierda y rodeó la colina. Pete Brown, un empleado del cementerio al que conocía de sus vagabundeos por las viejas tumbas, estaba quitando la hierba de un sendero de grava cerca de la tumba de Nuala.

Bateman se detuvo y bajó la ventanilla.

—Hoy está todo muy tranquilo, ¿verdad, Pete? —le dijo. Era un viejo chiste que se hacían.

—Así es, profesor.

—Me pareció ver el coche de la hijastra de la señora Moore. ¿Ha venido a visitar la tumba?

Estaba seguro de que todo el mundo conocía los detalles de la muerte de Nuala. No había tantos asesinatos en Newport.

—¿Una joven guapa, delgada y morena?

—Tiene que ser Maggie.

—Sí. Y seguro que conoce a muchos huéspedes nuestros —rió Pete—. Un compañero me ha dicho que la vio ir de tumba en tumba dejando flores. Es una muñeca, todos los muchachos la han visto.

Vaya, qué interesante, pensó Earl.

—Cuídate, Pete —dijo. Lo saludó con la mano y se alejó despacio. Consciente de que los vigilantes ojos de Pete Brown estaban fijos en él, continuó hacia la sección antigua de Trinity y empezó a pasearse por las lápidas del siglo XVII.

46

El estudio de Letitia Bainbridge en Latham Manor era una habitación grande en una esquina con magníficas vistas al mar. La mujer señaló orgullosa el amplio vestidor y el cuarto de baño.

—Ser huésped fundadora tiene sus ventajas —dijo con énfasis—. Recuerdo que Greta y yo decidimos firmar la solicitud el día de la presentación de la residencia. Trudy Nichols dudó y se lo pensó, después nunca me perdonó haber escogido este apartamento. Acabó pagando doscientos cincuenta mil dólares más por uno de los apartamentos grandes y la pobre sólo vivió dos años. Ahora lo tienen los Crenshaw. La otra noche estaban en nuestra mesa.

—Los recuerdo: muy simpáticos.

Nichols, pensó Maggie. Gertrude Nichols. La suya era una de las tumbas con campanilla.

La señora Bainbridge suspiró.

—Siempre es muy triste la muerte de uno de nosotros, especialmente si es alguien de nuestra mesa. Y sé que Eleanor Chandler cogerá el apartamento de Greta. Ayer, mi hija Sarah me llevó a ver al médico de la familia, y me dijo que se comenta que Eleanor se va a trasladar aquí.

—¿No se siente bien? —preguntó Maggie.

—Sí, perfectamente. Pero a mi edad puede pasar cualquier cosa. Le dije a Sarah que el doctor Lane puede tomarme la presión, pero ella quería que me viese el doctor Evans.

Se sentaron una frente a otra en sendas sillas junto a la ventana. La señora Bainbridge alargó la mano y cogió una foto enmarcada de una mesilla sobre la que había muchos retratos.

—Mi familia —dijo orgullosa enseñándosela a Maggie—. Tres hijos, tres hijas, diecisiete nietos, cuatro bisnietos y tres en camino. —Sonrió con orgullo—. Y lo bonito es que muchos siguen en Nueva Inglaterra. —No paso ni una semana sin ver a alguien de la familia.

Maggie retuvo conscientemente la información; era algo para considerar más tarde. Vio una foto tomada en el gran salón de Latham Manor. La señora Bainbridge estaba en el centro de un grupo de ocho.

—¿Alguna ocasión especial? —preguntó mientras la levantaba.

—Mi cumpleaños, hace cuatro años, cuando cumplí noventa. —Letitia Bainbridge se inclinó y señaló las dos mujeres a ambos extremos del grupo—. La de la izquierda es Constance Rhinelander; murió hace un par de semanas. Y la de la derecha, ya la conoces, es Greta.

—La señora Shipley no tenía familia cercana, ¿no? —preguntó Maggie.

—No, y Constance tampoco. Pero nosotros éramos la familia de ambas.

Maggie decidió que era el momento de preguntar por las campanillas. Miró alrededor tratando de ver cómo sacar el tema. Era evidente que el estudio estaba amueblado con los objetos personales de la señora Bainbridge. La cama labrada con dosel, una mesa antigua inglesa, una cómoda de Bombay, la alfombra persa de colores delicados..., todo hablaba de una historia generacional.

Entonces la vio: una campanilla de plata sobre la repisa de la chimenea. Se levantó y cruzó la habitación.

—¡Qué bonita! —exclamó al cogerla.

Letitia Bainbridge sonrió.

—Mi madre la usaba para llamar a la doncella. A mi madre le gustaba dormir hasta tarde, y Hattie se sentaba pacientemente cada mañana a esperar junto a la puerta a que sonara la campanilla. Mis nietas se «mueren de risa», como dicen ellas, pero a mí me trae buenos recuerdos. Muchas chicas de mi generación crecimos en ese medio.

Era la entrada que Maggie buscaba. Se sentó y metió la mano en el bolso.

—Señora Bainbridge, he encontrado esta campanilla en la tumba de Nuala. Tengo curiosidad por saber quién puede haberla dejado. ¿Existe alguna costumbre de poner una campanilla en la tumba de un amigo?

Letitia Bainbridge pareció asombrada.

—Jamás lo había oído. ¿Quieres decir que alguien la dejó allí a propósito?

—Aparentemente sí.

—Qué extraño. —Volvió la cabeza.

Maggie, con el corazón encogido, comprendió que había perturbado a la señora Bainbridge, y decidió no decir nada de las otras campanillas que había encontrado. Era evidente que no se trataba de ningún tributo entre viejos amigos.

Volvió a guardarla en el bolso.

—Me imagino lo que habrá pasado —improvisó—. El otro día en el cementerio había una chiquilla. Se acercó a hablar conmigo mientras yo arreglaba las flores en la lápida de Nuala. Y cuando se marchó encontré la campanilla.

Por suerte, Letitia Bainbridge coincidió con la conclusión de Maggie.

—Sí, eso habrá pasado. Quiero decir que a ningún adulto se le ocurriría dejar eso en una tumba. —Frunció el entrecejo—. ¿Qué estoy tratando de recordar? Ay, querida, quería decirte algo... pero no lo recuerdo. Supongo que es la edad. —En ese momento llamaron a la puerta y la señora Bainbridge comentó—: Ha de ser la bandeja con el almuerzo. —Levantó la voz—: Adelante.

Era Ángela, la empleada joven que había conocido en sus anteriores visitas. Maggie la saludó y se puso de pie.

—Ahora debo irme —dijo.

La señora Bainbridge también se levantó.

—Maggie, me alegra mucho que hayas venido. ¿Vendrás mañana?

Maggie sabía a qué se refería.

—Sí, por supuesto. Estaré en el velatorio de la señora Shipley y en la misa.

Una vez abajo, se alegró de que no hubiera nadie en el vestíbulo. Debían de estar todos en el comedor, pensó mientras buscaba las llaves del coche y golpeaba sin querer la campanilla. Un tañido amortiguado la obligó a coger el badajo para silenciarla.

No preguntes por quién doblan las campanas, pensó mientras bajaba la escalinata de Latham Manor.

47

El doctor Lane, Neil y su padre concluyeron la visita de Latham Manor en la entrada del comedor. Neil escuchó los murmullos de la conversación y vio las caras animadas de los ancianos bien vestidos y el ambiente general de aquel bello salón. Unos camareros de guantes blancos servían la comida. El aroma a pan recién horneado abría el apetito.

Lane cogió un menú y se lo pasó a Neil.

—Los platos principales son lenguado con espárragos blancos o ensalada de pollo —explicó—. De postre hay helado de yogur o sorbete con galletas caseras. —Sonrió—. Añadiría que es un menú típico. El chef no sólo es *cordon bleu,* sino también especialista en dietética.

—Impresionante —dijo Neil mientras meneaba la cabeza aprobadoramente.

—Neil, tenemos que empezar la partida de golf dentro de treinta minutos —le recordó Robert Stephens a su hijo—. Creo que ya hemos visto bastante.

—Una cosa más —dijo el doctor Lane amablemente—. Sin animo de presionarlo, si piensa recomendar la suite libre a sus clientes, debo decirle que no durará mucho. A los matrimonios les gustan especialmente los apartamentos grandes.

—El lunes, cuando vuelva a Nueva York, hablaré con ellos —dijo Neil. Este lugar es impresionante. Sin duda les enviaré el folleto y les diré que vengan ellos mismos a visitarlo.

—Perfecto —dijo el doctor Lane sinceramente, mientras Robert Stephens señalaba el reloj y echaba a andar por el corredor hacia la puerta principal, con el doctor Lane y Neil detrás—. Nos gusta tener matrimonios —continuó el médico—. Hay muchas viudas, pero eso no significa que no aprecien la compañía masculina. De hecho, hasta hemos tenido algunos romances.

Robert Stephens aflojó el paso y se puso a la par de ellos.

—Neil, quizá deberías rellenar una solicitud si no sientas la cabeza pronto. Puede que este lugar sea tu mejor oportunidad.

Neil sonrió.

—Lo único que le pido es que no permita que mi padre se traslade aquí —le dijo al médico.

—No te preocupes por mí. Este lugar es demasiado caro para gente como yo —declaró Robert Stephens—. Pero eso me recuerda algo, doctor. ¿No ha recibido una solicitud de Cora Gebhart?

El doctor Lane frunció el entrecejo.

—El nombre me suena. Ah, sí, está «en carpeta», como lo llamamos aquí. Es decir, visitó el lugar hace un año, rellenó la solicitud, pero no quiso darle trámite. Tenemos la costumbre de llamar a los postulantes una o dos veces por año para ver si han tomado la decisión. La última vez que hablé con ella tuve la impresión de que estaba considerando en serio trasladarse aquí.

—Sí, así es —dijo Robert—. Bueno, Neil, tenemos que irnos.

Neil trató de llamar a Maggie una vez más desde el coche, pero sin éxito.

Aunque era un día bonito y jugó muy bien, para él fue una tarde imposiblemente larga. No podía quitarse de encima la incómoda sensación de que algo iba mal.

48

Maggie decidió hacer la compra camino de casa. Se detuvo en un pequeño mercado cerca del muelle. Compró una lechuga y pasta. Ya tengo una provisión de huevos y sopa de pollo, pensó. En ese momento vio el anuncio de que vendían almejas recién hechas al estilo de Nueva Inglaterra.

El tendero era un hombre de más de sesenta años, de cara arrugada.

—Es nueva por aquí, ¿no? —le preguntó afablemente cuando ella le hizo el pedido.

Maggie sonrió.

—¿Cómo se ha dado cuenta?

—Es fácil. Cuando la patrona prepara almejas, todo el mundo compra al menos un kilo.

—En ese caso déme otro medio kilo.

—Así me gusta: una joven con la cabeza en su sitio.

Maggie reanudó su camino con una sonrisa. Pensó que otra razón para quedarse con la casa de Newport era que, con tantos ancianos en la región, la seguirían considerando joven durante muchos años. Y además, no puedo ordenar las cosas de Nuala, vender la casa al mejor postor e irme, se dijo. Aunque a Nuala la haya matado un desconocido, hay demasiadas preguntas sin resolver. Las campanillas, por ejemplo. ¿Quién las puso en las tumbas? Quizá algún viejo amigo que nunca se imaginó que alguien lo notaría, reconoció. Pero es posible que haya campanillas en la mitad de las tumbas de Newport. Aunque, por otro lado, una ha desaparecido. Quienquiera que haya sido, ¿cambió de idea?

Entró por el camino de la casa de Nuala, la rodeó y entró por la puerta de la cocina. Dejó la bolsa de la compra sobre la mesa y se dio la vuelta para cerrar con llave. Otra cosa que tengo que hacer, recordó. Quería llamar al cerrajero y esta noche Liam me preguntará si lo he hecho. Estaba tan preocupado por la visita inesperada de Earl...

Mientras buscaba la guía telefónica recordó una de las expresiones favoritas de Nuala: «Más vale tarde que nunca». Nuala la había dicho un domingo por la mañana mientras se acercaba corriendo al coche donde su padre y ella la esperaban. A Maggie la irritó pensar en la respuesta de su padre, tan propia de él: «Y más vale temprano que tarde, especialmente si el resto de los feligreses se las arregla para llegar con puntualidad».

Encontró la guía al fondo de un cajón de la cocina, y sonrió al ver todo lo que había debajo: fotocopias de recetas de cocina, velas usadas, tijeras oxidadas, clips, monedas.

Tratar de encontrar algo en esta casa es de locos, pensó. ¡Menudo desorden! Entonces sintió una punzada en el estómago. Quienquiera que haya registrado esta casa buscaba algo, y es muy posible que no lo haya encontrado, le murmuró una vocecilla interna.

Dejó un mensaje en el contestador del primer cerrajero al que llamó, terminó de acomodar la compra y se preparó un plato de almejas. Con el primer bocado se alegró de haber comprado más.

Después subió al taller. Unos dedos inquietos comenzaron a amasar la arcilla húmeda. Quería volver a trabajar en el busto de Nuala, pero sabía que no podría. Era la cara de Greta Shipley la que exigía ser moldeada, no tanto la cara como los ojos, comprensivos, cándidos y alerta. Por suerte había traído varios armazones.

Maggie estuvo una hora en la mesa de trabajo, hasta que el barro adquirió cierto parecido con la mujer a la que había conocido tan brevemente. Al fin se le había pasado la súbita inquietud y pudo lavarse las manos para iniciar el trabajo que le costaría de verdad: ordenar las pinturas de Nuala. Tenía que decidir cuáles quedarse y cuáles poner en manos de algún marchante, con la certeza de que la mayoría de las telas terminaría apilada sin sus marcos, marcos que mucha gente valoraría más que la tela que realzaban.

A las tres empezó a revisar los trabajos aún sin enmarcar. En el armario del taller encontró un montón de bocetos, acuarelas, óleos, muchas cosas que Maggie comprendió que no podría analizar sin ayuda profesional.

La mayoría de los bocetos no estaba mal, y unos pocos óleos eran interesantes, pero algunas acuarelas eran extraordinarias, cálidas y alegres como Nuala, llenas de inesperada profundidad. Le gustaba especialmente un paisaje de invierno. Las ramas dobladas por la nieve protegían un incongruente círculo de plantas en flor, dragones, rosas, violetas, azucenas, orquídeas y crisantemos.

Se enfrascó tanto en la tarea que no paró hasta las cinco y media, cuando corrió escaleras abajo porque creyó oír el teléfono.

Era Liam.

—Hola, es la tercera vez que llamo. Tenía miedo de que me dieras plantón —dijo con voz de alivio—. ¿Te das cuenta de que para esta noche no tenía otro plan que una invitación de mi primo Earl?

Maggie rió.

—Lo siento. No oí el teléfono. Estaba en el taller. Supongo que Nuala no creía en los supletorios.

—Te regalaré uno por Navidad. ¿Te paso a recoger dentro de una hora?

—Muy bien.

Tengo el tiempo justo de meterme en la bañera, pensó Maggie mientras colgaba. Evidentemente empezaba a refrescar. En la casa había corriente, y, de una manera incómoda y rara, creyó sentir el escalofrío que le había provocado la tierra húmeda de las tumbas.

Mientras el agua llenaba la bañera, le pareció oír otra vez el teléfono y cerró rápidamente los grifos. Pero no oyó nada. O no sonaba, o me he perdido otra llamada, se dijo.

Relajada tras el baño, se vistió con el jersey blanco de noche y la falda negra larga que se había comprado esa semana, después decidió que lo adecuado era maquillarse con esmero.

Es curioso vestirse para Liam, pensó. Me hace sentir bien conmigo misma.

A las siete menos cuarto, mientras esperaba en la sala, sonó el timbre. Liam estaba en el umbral con una docena de rosas rojas en una mano y un papel plegado en la otra. La calidez de sus ojos y el ligero beso que le dio en los labios le hicieron palpitar el corazón.

—Estás espectacular —le dijo—. Tendré que cambiar los planes para esta noche. Es evidente que no podemos ir a un McDonald's.

Maggie rió.

—¡Qué lástima! Y yo que estaba loca por comerme un Big Mac. —Leyó rápidamente la nota que le había dado—. ¿Dónde estaba?

—En su puerta, señora.

—Ah, claro, es que entré por la puerta de la cocina.

Así que Neil está en Portsmouth, pensó mientras plegaba el papel, y quiere que nos veamos. Qué bien. Le molestaba reconocer que había sufrido una desilusión porque él no la había llamado antes de su partida. Y después recordó que lo había registrado como un indicio más de su indiferencia hacia ella.

—¿Algo importante? —preguntó Liam.

—No. Un amigo que ha venido a pasar el fin de semana y quiere que lo llame. A lo mejor le telefoneo mañana.

O tal vez no, pensó. ¿Cómo me habrá encontrado?

Volvió en busca del bolso y, al recogerlo, sintió el peso de la campanilla. ¿Debía mostrársela a Liam?

No, esta noche no, decidió. No quiero hablar de muertos y tumbas, hoy no. Sacó la campanilla del bolso. Aunque hacía horas que la tenía allí, seguía fría y húmeda, y sintió un escalofrío al tocarla.

No quiero que la campanilla sea lo primero que vea al volver a casa, pensó mientras abría la puerta del armario y la empujaba al fondo del estante para que no se viera.

Liam había hecho una reserva en el salón Commodore de la Perla Negra, un restaurante elegante con vistas panorámicas a la bahía de Narragansett.

—Mi apartamento no está muy lejos de aquí —le explicó—, pero echo de menos la casa grande donde me crié. Un día de éstos haré de tripas corazón y compraré una de esas casas viejas para reformarla. —Se puso serio—. Para entonces ya habré sentado cabeza y, con suerte, tendré una maravillosa esposa que será una fotógrafa premiada.

—Alto ahí, Liam —protestó Maggie—. Como habría dicho Nuala, pareces medio chiflado.

—Pero no lo estoy —replicó él en voz baja—. Maggie, por favor, ¿por qué no empiezas a mirarme con otros ojos? Desde la semana pasada que no puedo dejar de pensar en ti ni un minuto. No he hecho más que pensar en lo que te habría pasado si hubieras entrado en el momento en que ese drogadicto o lo que fuera, atacaba a Nuala. Soy un hombre fuerte, quiero cuidar de ti. Sé que son sentimientos pasados de moda, pero no puedo evitarlos. Así soy y es lo que siento. —Hizo una pausa—. Y ahora pasemos a otra cosa. ¿Qué tal está el vino?

Maggie lo miró y sonrió feliz de que no le hubiera pedido una respuesta.

—Muy bueno. Liam, quiero hacerte una pregunta: ¿de verdad piensas que un drogadicto atacó a Nuala?

Liam pareció asombrarse.

—¿Quién si no?

—No lo sé, pero fuera quien fuese no pudo dejar de ver que Nuala esperaba invitados, y aun así se tomó su tiempo para registrar toda la casa.

—Maggie, seguramente estaba desesperado por un pico y puso todo patas arriba en busca de dinero o joyas. Los periódicos dijeron que le habían quitado la alianza del dedo. Seguro que el robo debió ser el móvil.

—Sí, le quitaron la alianza —admitió ella.

—Da la casualidad que yo sé que tenía muy pocas joyas —dijo Liam—. No quiso que tío Tim le regalara un anillo de compromiso. Decía que dos en una vida eran bastantes; además, le habían robado los dos cuando vivía en Nueva York. Recuerdo que le dijo a mi madre que nunca había querido usar joyas auténticas.

—Sabes más que yo.

—Así que, salvo el dinero que pudiera tener, el asesino no se llevó mucho que digamos. Eso al menos me produce cierta satisfacción —comentó Liam con tono sombrío. Sonrió para disipar el malestar que se había cernido sobre ellos—. Ahora cuéntame cómo has pasado la semana. Espero que Newport haya empezado a hechizarte. O mejor aún, déjame seguir contándote la historia de mi vida.

Le explicó que, de niño, cuando estaba interno en la escuela, contaba las semanas que le faltaban para volver a Newport en verano. Le habló de su decisión de convertirse en agente de bolsa, como su padre, de dejar su puesto en Randolph y Marshall para fundar su propia empresa.

—Fue bastante halagador que algunos de los mejores clientes decidieran venir conmigo —dijo—. Siempre da mucho miedo lanzarse solo, pero ese voto de confianza me hizo comprender que había tomado una buena decisión.

Cuando llegó la *crème brulée,* Maggie ya estaba completamente relajada.

—Esta noche me he enterado de más cosas sobre ti que en todas las otras cenas —le dijo.

—Quizá sea un poco diferente cuando estoy en mi propio terreno. Y a lo mejor quería que vieses lo maravilloso que soy. —Levantó una ceja—. También quiero que veas cuán importante soy. Tanto que, por aquí, hasta me consideran un buen partido.

—Deja de hablar en ese tono —ordenó Maggie tratando de parecer decidida, pero incapaz de reprimir una leve sonrisa.

—De acuerdo. Ahora te toca a ti. Cuéntame cómo has pasado la semana.

Maggie no tenía muchas ganas de hablar en serio. No quería destruir la atmósfera casi festiva de la velada. Era imposible hablar de la semana sin mencionar a Greta Shipley, pero hizo hincapié en lo bien que lo había pasado con ella el tiempo que habían estado juntas, y después le contó lo de su floreciente amistad con Letitia Bainbridge.

—Conocí a la señora Shipley, una dama muy especial —dijo Liam—. Y la señora Bainbridge es una maravilla —comentó con entusiasmo—. Es toda una leyenda local. ¿Te ha contado acerca de los acontecimientos de la época dorada de Newport?

—Un poco.

—Pídele que te cuente alguna vez las historias de su madre sobre Mamie Fish. Ella sí sabía impresionar a la gente. Hay una anécdota fantástica de una cena que ofreció. Un invitado le preguntó si podía llevar al príncipe del Drago, de Córcega. Por supuesto que Mamie le dijo que sí, e imagínate su espanto al ver que el príncipe en cuestión era un mono vestido de etiqueta. —Rieron—. La señora Bainbridge probablemente sea una de las pocas personas que quedan cuyos padres asistieron a las famosas fiestas de finales del siglo pasado —añadió Liam.

—Lo bonito de la señora Bainbridge es que tenga tantos familiares que la cuidan —dijo Maggie—. Ayer, cuando la hija se enteró de que la señora Shipley había muerto, fue a buscarla para que el médico de la familia le hiciera una revisión; sabía que su madre tenía que estar muy afectada.

—Esa hija debe de ser Sarah —comentó Liam y sonrió—. ¿Te contó la señora Bainbridge la broma que el idiota de mi primo Earl le gastó a Sarah?

—No.

—Es increíble. Earl da conferencias sobre costumbres funerarias. Ya lo sabes, ¿no? Te aseguro que ese tío está chiflado. En lugar de ir a jugar a golf o a navegar como todo el mundo, su idea de pasárselo bien consiste en recorrer los cementerios para hacer calcos de lápidas.

—¡Los cementerios! —exclamó Maggie.

—Sí, pero eso no es todo. Resulta que una vez fue a dar una conferencia a Latham Manor sobre prácticas funerarias. La señora Bainbridge no se sentía bien, su hija Sarah había ido a visitarla y asistió a la conferencia.

»Earl incluyó en su charla esa historia de las campanillas victorianas. Al parecer los miembros de clase pudiente de la época victoriana tenían tanto miedo de que los enterraran vivos, que se hacían poner una campanilla en el suelo de la sepultura con un cordel atado al dedo del supuesto difunto; el cordel pasaba por un agujero en la tapa del féretro. Después pagaban a alguien para que vigilara durante una semana, por si la persona del ataúd revivía y trataba de tocar la campana.

—¡Dios mío! —exclamó Maggie.

—No, pero ahora viene lo mejor. Aunque parezca increíble, Earl tiene una especie de museo cerca de la funeraria, con todo tipo de símbolos y parafernalia mortuoria, y se le ocurrió la brillante idea de mandar *hacer* un montón de réplicas de campanillas de un cementerio victoriano para ilustrar la conferencia. Sin decirles lo que era, el idiota se las dio a doce mujeres, todas de entre sesenta y ochenta años, y les ató una cuerda al dedo anular. Les pidió que la sostuvieran con la otra mano, que movieran los dedos, y que imaginaran que estaban dentro de un ataúd tratando de comunicarse con el vigilante de la tumba.

—¡Qué terrible! —exclamó Maggie.

—Una de las ancianas se desmayó. La hija de la señora Bainbridge recogió las campanillas de Earl y estaba tan irritada que prácticamente lo echó de la residencia con todas sus campanillas. —Liam hizo una pausa y luego añadió con voz más apagada—: Lo más preocupante es que creo que a Earl no le hace ninguna gracia contar esta anécdota.

49

Neil había tratado de llamar a Maggie varias veces: primero desde los vestuarios del club, y después desde su casa. O ha estado todo el día fuera, o ha estado entrando y saliendo, o no atiende el teléfono, pensó. Pero aun así, tenía que haber visto la nota.

Acompañó a sus padres a casa de unos vecinos a tomar unos cócteles, y volvió a llamar a Maggie a las siete. Decidió ir a cenar con su propio coche, por si la encontraba más tarde.

En la cena en casa de los Canfield había seis personas. Pero aunque la langosta estaba deliciosa y su compañera de cena, Vicky, la hija de los amigos de los padres, era una ejecutiva de banca de Boston muy atractiva, Neil estuvo terriblemente nervioso.

Como sabía que saltarse la copa de sobremesa era de mala educación, soportó como pudo la charla y a las diez y media, cuando al fin todos se pusieron de pie para marcharse, se las arregló para rechazar con elegancia la invitación de Vicky a jugar al tenis con sus amigos el domingo por la mañana. Por fin, con un suspiro de alivio, logró volver a su coche.

Miró la hora: once menos cuarto. Si Maggie estaba en casa y se había acostado temprano, no quería molestarla. Justificó su decisión de pasar por delante de la casa diciéndose que simplemente quería ver si el coche de Maggie estaba allí... sólo para asegurarse de que seguía en Newport.

Su entusiasmo inicial al ver el coche quedó atenuado cuando se dio cuenta de que había otro vehículo aparcado delante, un Jaguar con matrícula de Massachusetts. Neil pasó muy despacio y vio abierta la puerta de la casa. Vislumbró a un hombre alto junto a Maggie. Sintiéndose como un *voyeur,* aceleró y giró en la esquina de Ocean Drive. Enfiló hacia Portsmouth con el estómago encogido de arrepentimiento y celos.

SÁBADO 5 DE OCTUBRE

50

En la misa de réquiem por Greta Shipley en la iglesia Trinity había mucha gente. Maggie, mientras se sentaba y escuchaba las conocidas oraciones, comprobó que todos los invitados a la cena de Nuala estaban presentes.

El doctor Lane y su esposa Odile estaban sentados en medio de un grupo de huéspedes de la residencia, entre los que se contaban todos los comensales de la cena de la señora Shipley del miércoles por la noche, salvo la señora Bainbridge.

También estaban presentes Malcolm Norton y su mujer Janice. A Maggie le pareció abatido. Cuando el abogado pasó a su lado, le dijo que había estado tratando de localizarla y que quería hablar con ella después del funeral.

Earl Bateman se había acercado a hablar con ella antes del servicio.

—Después de todo lo que ha pasado, me temo que cuando pienses en Newport sólo recordarás funerales y cementerios —le dijo.

Las gafas redondas ligeramente oscuras le daban un aire formal. Se dirigió a un asiento vacío en la primera fila sin esperar respuesta.

Liam llegó una vez comenzada la misa y se sentó a su lado.

—Lo siento —le susurró al oído—. No podía apagar la maldita alarma.

La cogió de la mano, pero ella la retiró al cabo de un instante. Sabía que era objeto de miradas de reojo y no quería que empezaran a circular rumores sobre ella y Liam. Aunque debía reconocer que, cuando el hombro sólido de él rozó el suyo, disminuyó su sensación de aislamiento.

Maggie, al desfilar ante el ataúd en la funeraria, estudió por un instante el rostro tranquilo y agradable de la mujer que apenas había conocido, pero que sin embargo le había gustado tanto. Se le ocurrió que Greta Shipley, Nuala y el resto de sus amigas probablemente estaban en una alegre reunión.

Esa idea le recordó la molesta cuestión de las campanillas victorianas.

Cuando pasó delante de las tres personas que le habían presentado como primos de la señora Shipley, notó que tenían la expresión de seriedad que requería la situación, pero que no se detectaba en ellos el dolor sincero y sentido que se veía en los amigos de Latham Manor.

Tengo que averiguar cuándo y cómo murieron las mujeres enterradas en las tumbas que he visitado, y cuántas tenían parientes cercanos, pensó Maggie, información ésta que le había parecido importante en su visita a la señora Bainbridge.

Durante las siguientes dos horas se sintió como si funcionara con un mando a distancia: observaba, registraba, pero no sentía. Soy como una cámara, pensó mientras se alejaba con Liam de la tumba de Greta después del entierro.

Sintió una mano en el brazo. Una bella mujer de cabellos plateados y de notable buen porte la detuvo.

—Señora Holloway —le dijo—, soy Sarah Bainbridge Cushing. Me gustaría agradecerle la visita que le hizo ayer a mi madre. Le ha hecho mucho bien.

Sarah, la hija que se había enzarzado con Earl por lo de las campanillas victorianas, recordó Maggie. Ojalá pudiera hablar con ella en privado.

—No sé cuánto tiempo va a quedarse en Newport, pero mañana por la mañana voy a llevar a mi madre a tomar el aperitivo y nos encantaría que nos acompañase —dijo Sarah Cushing brindándole la oportunidad.

Maggie aceptó sin vacilar.

—Está instalada en casa de Nuala, ¿no es cierto? Si le parece bien, pasaré a recogerla a las once. —Sarah Cushing se despidió con una ligera inclinación de la cabeza, se dio la vuelta y regresó al grupo con el que estaba.

—¿Por qué no vamos a comer a algún sitio tranquilo? —sugirió Liam—. Estoy seguro de que ya has cubierto tu cupo de reuniones posfunerales.

—Sí, es verdad, pero me gustaría volver a casa. Tengo que terminar de ordenar y clasificar la ropa de Nuala.

—¿Cenamos esta noche entonces?

Maggie sacudió la cabeza.

—No, gracias, voy a quedarme a ordenar hasta que caiga rendida.

—Pero me gustaría verte antes de volver a Boston mañana por la noche —protestó Liam.

Maggie sabía que no le permitiría decir que no.

—De acuerdo, llámame. Ya arreglaremos algo.

Liam la acompañó hasta el coche. Maggie acababa de poner el contacto cuando la sobresaltaron unos golpes en la ventanilla. Era Malcolm Norton.

—Tenemos que hablar —la apremió.

Maggie decidió ir al grano y no perder tiempo.

—Señor Norton, si es por el asunto de la casa de Nuala, lo único que puedo decirle es que de momento no pienso venderla. Además, y por sorpresa, he recibido una oferta sustancialmente mayor que la suya. Lo siento —murmuró, puso primera y arranco.

Ver la expresión de espanto en la cara del hombre le resultó casi doloroso.

51

Neil Stephens y su padre empezaron la partida de golf a las siete y volvieron a la sede del club al mediodía. Esta vez, el teléfono sonó dos veces y atendieron la llamada de Neil. Cuando éste reconoció la voz de Maggie suspiró aliviado.

Le explicó, de una manera un poco confusa, incluso para sí mismo, que la había llamado ese viernes en Nueva York pero que ella ya se había marchado, que luego había ido a ver a Jimmy Neary para averiguar el nombre de Nuala y poder ponerse en contacto con ella en Newport, que después se había enterado de la muerte de Nuala y que lo sentía muchísimo...

—Maggie, tengo que verte hoy mismo —concluyó.

Notó que ella vacilaba, y escuchó que le decía que tenía que quedarse en casa para terminar de arreglar los efectos personales de su madrastra.

—Bueno, por muy ocupada que estés tendrás que cenar, ¿no? —le suplicó—. Maggie, si no me dejas llevarte a cenar, me presentaré en tu casa con comida. —En ese momento recordó al hombre del Jaguar—. A menos que haya alguien que ya se ocupe del asunto —añadió.

La respuesta de Maggie hizo que se le iluminara el rostro .

—¿A las siete? Estupendo. Conozco un sitio maravilloso para comer langosta.

—Parece que has encontrado a tu Maggie —dijo Robert Stephens concisamente cuando Neil se acercó a él en la puerta del club.

—Sí. He quedado para cenar con ella esta noche.

—Muy bien, entonces tráela a cenar con nosotros. Ya sabes que festejaremos el cumpleaños de tu madre en el club.

—Pero el cumpleaños es mañana —protestó Neil.

—¡Gracias por recordármelo! La idea de celebrarlo esta noche fue tuya. Dijiste que querías volver a Nueva York mañana por la tarde.

Neil se llevó la mano a la boca como si tuviera que pensárselo. Después meneó la cabeza en silencio. Robert Stephens sonrió.

—Para mucha gente tu madre y yo somos buena compañía.

—¡Y lo sois! —protestó Neil débilmente—. Estoy seguro de que Maggie estará encantada de cenar con nosotros.

—Por supuesto. Ahora vámonos a casa. Laura Arlington, otra clienta mía, vendrá a las dos. Quiere que revises la cartera de acciones que le queda y si puedes sugerirle algún modo de aumentar sus ingresos. Gracias a ese mal bicho, el agente de bolsa, su situación es espantosa.

No quiero arriesgarme a decirle a Maggie por teléfono lo del cambio de planes, pensó Neil. Iré a su casa y la convenceré.

Al cabo de dos horas, Neil estaba sentado con la señora Arlington en el despacho de su padre. Su situación es mala de verdad, pensó. Había vendido unas acciones estupendas, y que daban buenos dividendos, para comprar esos valores absurdos. Hacía diez días la habían convencido de que comprara cien mil acciones, a cinco dólares cada una, de una basura. A la mañana siguiente se cotizaban a cinco con veinticinco, pero a la tarde habían bajado en picado. Ahora valían menos de un dólar.

Por lo tanto, quinientos mil dólares se habían reducido a ochenta mil, suponiendo que hubiera algún comprador, pensó Neil mientras miraba con lástima a una mujer de rostro ceniciento, con las manos cruzadas y los hombros encorvados que delataban su nerviosismo. Tiene la edad de mamá, sesenta y seis, pero parece veinte años mayor, pensó.

—Es espantoso, ¿no? —preguntó la señora Arlington.

—Me temo que sí —dijo Neil.

—Era el dinero con el que pensaba trasladarme a Latham Manor cuando quedara libre uno de los apartamentos grandes, pero me sentía culpable de gastar tanto de una manera egoísta. Tengo tres hijos, así que cuando Douglas Hansen me convenció y la señora Downing me contó lo que había ganado en menos de una semana, pensé, bueno, si duplico el capital podré dejarle una herencia a mis hijos y además vivir en Latham Manor. —Trató de contener las lágrimas—. Y no sólo perdí el dinero, sino que al día siguiente me llamaron para decirme que uno de los apartamentos grandes estaba libre, el que iba a ocupar Nuala Moore.

—¿Nuala Moore? —preguntó Neil.

—Sí, la mujer que asesinaron la semana pasada —respondió la señora Arlington mientras se secaba con un pañuelo las lágrimas—. Ahora no sólo no tengo el apartamento ni mis hijos tendrán herencia, sino que, además, alguno de ellos tendrá que cargar conmigo. —Sacudió la cabeza—. Hace una semana que lo sé, pero esta mañana, al ver la confirmación escrita de la compra de las acciones, casi me muero. —Se enjugó los ojos—. En fin... —Se puso en pie e intentó sonreír—. Usted es un buen muchacho; su padre no para de alabarlo. ¿Cree que no debo tocar las acciones que me quedan?

—Sin duda —respondió Neil—. Lo siento mucho, señora Arlington.

—Bueno, hay que pensar en toda esa gente en el mundo que no tiene medio millón de dólares para *pulirse,* como diría mi nieto. —Abrió los ojos de par en par—. Qué barbaridad, no puedo creer que esté usando esa palabra. Discúlpeme. ¿Sabe una cosa?, ahora que la he dicho, me siento mejor. Sus padres me han invitado, pero creo que será mejor que me vaya. Déles las gracias de mi parte, por favor.

Cuando se marchó, Neil volvió a la casa. Sus padres estaban en la galería.

—¿Dónde está Laura? —preguntó la madre.

—Sabía que no querría quedarse a hacernos una visita —comentó Robert Stephens—. Ahora empieza a tomar conciencia de los cambios que se avecinan para ella.

—Es toda una dama. Me gustaría estrangular a ese cabrón de Douglas Hansen —dijo Neil indignado—. El lunes por la mañana, lo primero que haré es rebuscar para ver si lo puedo empapelar por alguna razón, y, si hay algún modo de poner una denuncia ante la Comisión de Valores y Cambios, lo haré.

—¡Muy bien! —exclamó Robert con entusiasmo.

—Cada día te pareces más a tu padre —dijo Dolores Stephens secamente.

Más tarde, mientras veía el partido de los Yankees contra los

Red Sox, se sorprendió con la incómoda sensación de que se le había pasado algo al revisar la cartera de acciones de Laura Arlington. Había algo que no estaba bien, algo más que una inversión insensata. Pero ¿qué?, se preguntó.

52

El detective Jim Haggerty conocía a Greta Shipley de toda la vida. De niño, cuando repartía periódicos puerta a puerta, no recordaba ni una sola vez en que no hubiera sido amable y simpática con él. Además, pagaba puntualmente y daba buenas propinas cuando los sábados por la mañana pasaba a cobrar.

No era avara como los otros ricachones que debían facturas y después pagaban la cuenta de seis semanas con una propina de diez céntimos, pensó. Se acordaba especialmente de un día en que nevaba; la señora Shipley le había dicho que entrara a calentarse y, mientras él tomaba el vaso de leche caliente con cacao que le había preparado, le había puesto a secar los guantes y la gorra de lana sobre el radiador.

Aquella mañana, mientras el detective asistía al servicio en la iglesia Trinity, sabía que muchos miembros de la congregación compartían la misma idea que él no podía quitarse de la cabeza: la impresión por el asesinato de su amiga Nuala Moore había precipitado la muerte de Greta Shipley.

Si alguien tiene un ataque cardíaco mientras presencia un crimen, se puede juzgar al asesino por ambos delitos, pensó Haggerty, pero ¿qué pasa si la amiga muere mientras duerme al cabo de unos días?

Le sorprendió ver a Maggie Holloway, la hijastra de Nuala Moore, sentada junto a Liam Payne. Éste siempre le echaba el ojo a las mujeres bonitas, pensó, y Dios sabía que ellas también se lo echaban a él. Era uno de los solteros de oro de Newport.

En la iglesia también había visto a Earl Bateman. Vaya, ahí está ese tipo que, por muy educado y profesor que sea, esconde alguna baraja, había pensado. Ese museo que tiene parece sacado de la familia Addams. A Haggerty le daba escalofríos. Tendría que haber seguido con el negocio de la familia. Todo lo que posee se lo debe al pariente más cercano de alguien.

Haggerty se marchó antes del himno del celebrante, pero antes de irse pensó que Maggie Holloway debía haberse encariñado mucho con la señora Shipley para asistir al servicio religioso. En aquel momento se le ocurrió que si había visitado a Greta Shipley en Latham Manor, quizá se había enterado de algo que podía ayudar a comprender por qué Nuala Moore había decidido no venderle la casa a Malcolm Norton.

Jim Haggerty creía que Norton era un tipo que sabía algo que no decía. Con esta idea en la cabeza, se presentó sin avisar en el número 1 de la avenida Garrison a las tres de esa tarde.

Cuando sonó el timbre, Maggie estaba en el cuarto de Nuala separando la ropa plegada cuidadosamente en pilas: ropa buena y en condiciones, para beneficencia; ropa más vieja y gastada, para trapos; ropa cara y trajes de noche, para el mercadillo benéfico del hospital.

Ella pensaba guardarse el traje azul que llevaba Nuala la noche del Four Seasons, así como una de las batas que usaba para pintar. Un recuerdo, pensó.

En los armarios abarrotados había encontrado varios jerséis y algunas chaquetas de tweed. Ropa de Tim que Nuala guardaba por razones sentimentales.

Nuala y yo siempre fuimos muy parecidas en algunas cosas, se dijo pensando en la caja que tenía en el armario de su apartamento, que contenía el vestido que llevaba la noche que había conocido a Paul, así como uno de sus uniformes de aviador y un chándal.

Mientras ordenaba las prendas, su mente no paraba de buscar una explicación a la presencia de las campanillas en las tumbas. Tenía que ser Earl quien las había puesto allí, razonó. ¿Era una broma maliciosa a las mujeres de la residencia por el alboroto que habían armado a causa de que él sacara las campanillas durante la conferencia?

La explicación tenía lógica. Probablemente conocía a todas esas mujeres. Al fin y al cabo, casi todos los huéspedes de Latham Manor eran de Newport, o al menos pasaban allí el verano y la primavera.

Maggie levantó una bata, decidió que estaba muy vieja y la puso en la pila de trapos. Pero Nuala no vivía en Latham Manor, recordó. ¿Earl puso la campanilla en su tumba como un tributo a la amistad? Al parecer, le tenía mucho cariño.

Sin embargo, una de las tumbas no tenía campanilla. ¿Por qué?

Tengo el nombre de todas esas mujeres. Mañana iré al cementerio a anotar las fechas de defunción de las lápidas. Seguramente habrá una necrológica de cada una de ellas en el periódico.

La llamada del timbre fue una interrupción no deseada. ¿Quién será?, se preguntó mientras bajaba la escalera. Rogó que no fuera otra visita inesperada de Earl Bateman; esa tarde no se consideraba en condiciones de soportar algo así.

Tardó un instante en darse cuenta de que el hombre de la puerta era uno de los policías de Newport que habían atendido su llamada después del asesinato de Nuala. Se presentó como el detective Jim Haggerty. Una vez en la casa, se instaló en el sillón con aires de quien no tiene más que hacer que intercambiar cortesías.

Maggie se sentó delante de él en el borde del sofá. Si el hombre comprendía el lenguaje gestual, vería que ella esperaba que la visita fuera lo más breve posible.

Comenzó por responder una pregunta que Maggie no había hecho.

—Me temo que aún no tenemos un auténtico sospechoso en mente. Pero el crimen no quedará impune. Se lo prometo —dijo.

Maggie esperó.

Haggerty se bajó las gafas hasta la punta de la nariz. Cruzó las piernas y se masajeó el tobillo.

—Me lo fracturé hace mucho tiempo esquiando —explicó—. Me duele cada vez que cambia el tiempo. Mañana por la noche lloverá.

No has venido a hablar del tiempo, pensó Maggie.

—Señora Holloway, hace más de una semana que está aquí. Éste es un sitio tranquilo, y me alegro de que la mayoría de nuestros visitantes no sufran las desgracias que la recibieron a usted. Hoy la he visto en la iglesia, en el funeral de la señora Shipley. Supongo que se hizo amiga de ella en estos últimos días.

—Sí, así es. En realidad fue una petición que me hizo Nuala en el testamento. Pero lo hice con mucho placer.

—Una gran mujer, la señora Shipley. La conocía de toda la vida. Una lástima que no haya tenido hijos; le gustaban mucho los niños. ¿Cree que era feliz en Latham Manor?

—Sí, creo que sí. Cené con ella la noche en que murió, y era evidente que disfrutaba de la compañía de sus amigos.

—¿Le dijo por qué su mejor amiga, Nuala, cambió de idea en el último momento respecto a trasladarse a la residencia?

—Creo que eso no lo sabe nadie —contestó—. El doctor Lane me dijo que estaba seguro de que Nuala volvería y terminaría trasladándose al apartamento. Nadie sabe lo que tenía en mente.

—Esperaba que la señora Moore le hubiera explicado a la señora Shipley las razones para cancelar la reserva. Por lo que sé, Greta Shipley estaba muy contenta de vivir en el mismo lugar que su vieja amiga.

Maggie recordó la caricatura hecha por Nuala de la enfermera Markey escuchando a escondidas. Se preguntó si seguiría en el apartamento de Greta.

—No sé si tiene algo que ver —dijo Maggie con cautela—, pero creo que las dos, Nuala y la señora Shipley, tenían mucho cuidado con lo que decían cuando estaba cerca una de las enfermeras. Solía aparecer sigilosamente.

Haggerty dejó de masajearse el tobillo.

—¿Qué enfermera? —preguntó con tono alerta.

Haggerty se distendió.

—¿Ha tomado alguna decisión con respecto a la casa, señora Holloway?

—Bueno, todavía hay que tramitar la sucesión, pero hasta entonces he decidido no venderla. Quizá tampoco la venda después. Newport es muy bonito y me gustaría venir a descansar de Manhattan de vez en cuando.

—¿Lo sabe Malcolm Norton?

—Desde esta mañana. En realidad no sólo le he dicho que no quería vender, sino que además había recibido una oferta mucho más ventajosa.

Haggerty levantó las cejas.

—Vaya, es una casa antigua muy bonita. Debe de haber algún tesoro escondido; espero que lo encuentre.

—Si hay algo que descubrir, lo haré —dijo Maggie—. No descansaré hasta que alguien pague por lo que le hizo a esa mujer maravillosa.

Haggerty se puso de pie para marcharse, y Maggie, impulsivamente, le hizo una pregunta.

—¿Sabe si es posible ir a buscar información esta tarde al periódico? ¿O los sábados está cerrado?

—Creo que tendrá que esperar hasta el lunes. Lo sé porque siempre tenemos visitantes que quieren echar un vistazo a las viejas páginas de sociedad. Se mueren por leer cosas sobre las fiestas de las buenas familias.

Maggie sonrió sin hacer comentarios.

Haggerty, mientras se alejaba en el coche, tomó nota mental de entrevistar el lunes al empleado del periódico y averiguar exactamente qué información buscaba la señora Holloway en el archivo.

Maggie regresó a la habitación de Nuala, dispuesta a ordenar los armarios y el tocador antes de irse. Voy a clasificar todo lo que hay en esta habitación, se dijo mientras arrastraba cajas llenas a un tercer dormitorio pequeño.

A Nuala siempre le había gustado conservar objetos que le recordaban momentos especiales. Mientras Maggie tiraba las caracolas del tocador, los animales disecados del alféizar de la ventana, una pila de menús de restaurante de la mesilla de noche y recuerdos baratos de diversos lugares, tomó conciencia de la belleza de los muebles de madera de arce maciza. Si pusiera la cama contra esa pared, quedaría mejor, decidió. Habría que tirar ese viejo *chaise longe*... Conservaré todos los cuadros que tenía enmarcados y los colgaré. Son una parte de Nuala de la que no pienso desprenderme.

A las seis, cuando estaba a punto de terminar con la ropa del armario grande, vio una gabardina dorada oscura en el suelo, la misma que había visto el día que volvió a colgar el traje de noche azul. Como con el resto de la ropa, palpó los bolsillos para asegurarse de que estaban vacíos. El izquierdo lo estaba, pero en el derecho tocó una especie de arenilla.

Maggie sacó la mano y fue al tocador a encender la luz; la habitación ya estaba invadida por sombras alargadas. Abrió la mano y vio un terrón de tierra seca que se deshacía entre sus dedos. Seguro que Nuala no se lo había guardado en el bolsillo, pensó Maggie. Y tampoco trabajaba en el jardín con esa gabardina; estaba prácticamente nueva.

Creo que la vi en la tienda en que compré ropa el otro día, se dijo. Con aire vacilante dejó la prenda sobre la cama, e, instintivamente, decidió no quitar el resto de tierra del bolsillo.

Todavía le faltaba una cosa para terminar de arreglar el cuarto: clasificar los zapatos, las botas y las zapatillas que cubrían el suelo del armario. La mayoría irían a parar a la basura, pero algunos se podían regalar a alguna obra de beneficencia. Pero por esta noche ya está bien, decidió. Lo haré mañana.

Había llegado la hora del baño caliente que tanto le apetecía. Después se arreglaría para ir a cenar con Neil, algo en lo que no había pensado durante el día, pero que aun así tenía muchas ganas de hacer.

53

Janice y Malcolm Norton habían ido juntos al velatorio y el entierro de Greta Shipley. Los dos la conocían de toda la vida, pero nunca habían intimado demasiado con ella. Durante el panegírico, cuando Janice levantó la mirada, tomó conciencia con amargura del abismo económico que la separaba de muchos presentes.

Vio a la madre de Regina Carr cerca de ella. Regina era ahora Regina Carr Wayne. Había sido compañera de habitación de Janice en Dana Hall y después ambas habían estudiado en Vassar. Wes Wayne era ahora accionista principal y director ejecutivo de Industrias Farmacéuticas Cratus, y seguro que Regina no trabajaba de contable en ningún hogar de ancianos.

La madre de Arlene Randel Greene sollozaba en silencio. Arlene era otra chica de Newport de Dana Hall. Bob Greene, un guionista desconocido cuando Arlene se casó con él, era ahora un poderoso productor de Hollywood. Probablemente ahora estaba en un crucero por alguna parte, pensó Janice con una arruga de envidia en el entrecejo.

Y había otras madres de amigas y conocidas. Todas habían ido a darle el último adiós a su querida amiga Greta Shipley. Más tarde, mientras Janice se retiraba con ellas del cementerio, las oyó con corrosiva envidia cómo se superaban las unas a las otras relatando la ajetreada vida social de «las chicas» y los nietos.

Sintió una emoción cercana al odio al observar cómo Malcolm le iba detrás a Maggie Holloway. Mi apuesto marido, pensó con amargura. Ojalá no hubiera perdido tanto tiempo tratando de convertirlo en algo que no podía ser.

Y parecía que lo tenía todo: apuesto, de buena familia, educación excelente —Roxbury Latin, Williams, derecho en Columbia—, hasta pertenecía a Mensa, donde el requisito de admisión era ser superdotado. Pero al final, nada de todo eso había servido; las únicas credenciales que Malcolm Norton tenía eran las de perdedor.

Y encima pensaba dejarme por otra mujer y no tenía intenciones de compartir conmigo la tajada que iba a sacarse por la venta de esa casa. Sus furiosas cavilaciones quedaron interrumpidas cuando se dio cuenta de que la madre de Regina hablaba de la muerte de Nuala Moore.

—Newport ya no es lo que era —decía—. Y pensar que registraron toda la casa de arriba abajo. Me pregunto qué buscaban.

—Me he enterado de que Nuala Moore cambió el testamento un

día antes de su muerte —dijo la madre de Arlene Greene—. Quizá el beneficiario anterior buscaba el nuevo.

Janice Norton se llevó la mano a la boca para ahogar una exclamación. ¿Alguien sospechaba que Nuala preveía hacer un nuevo testamento y la había matado para impedirlo? Si hubiera muerto antes de hacerlo, entonces Malcolm habría comprado la casa sin problemas, pensó. Como había un acuerdo firmado, Malcolm, como albacea testamentario, hubiera terminado la operación. Además, razonó Janice, nadie que no estuviera al tanto de la inminente recalificación del terreno habría tenido interés en esa propiedad.

¿Estaba tan desesperado como para matar a Nuala con tal de hacerse con la casa? De pronto se le ocurrió que su marido quizá tuviera muchos secretos que le ocultaba.

Al final del sendero, la gente se despidió y se dispersó. Janice vio a Malcolm caminar lentamente hacia el coche, y, al acercarse a él, notó la expresión de angustia en su rostro y supo que Maggie Holloway le había dicho que no iba a venderle la casa.

Subieron al coche sin hablarse. Malcolm se quedó mirando al frente durante unos instantes y luego se volvió hacia ella.

—Voy a cancelar la hipoteca de nuestra casa —dijo en voz baja y tono monocorde—. Maggie Holloway por ahora no quiere vender, y dice que le han hecho una oferta más alta, lo que significa que si cambia de idea, tampoco me servirá de nada.

—No *nos* servirá de nada —le corrigió Janice, y se mordió el labio. No quería pelear con él, no en ese momento.

Si se enteraba de que ella había tenido que ver en la contraoferta hecha por la casa de Nuala, podía llegar a enfadarse tanto que quizá la matara, pensó con inquietud. Doug, su sobrino, había hecho la oferta, pero si Malcolm lo descubría, seguramente deduciría que ella le había dado la idea. ¿Maggie Holloway le habría dicho algo que pudiera implicarla?, se preguntó.

Su marido, como si le adivinara el pensamiento, se volvió hacia ella.

—¿Seguro que no has hablado con nadie, Janice? —le preguntó en voz baja.

—Me duele un poco la cabeza —le dijo él al llegar a casa con tono distante pero amable, y subió a su cuarto. Hacía años que no compartían habitación.

No bajó hasta casi las siete. Janice miraba las noticias por televisión y levantó la vista al advertir que Malcolm se entreparaba ante la puerta de la calle.

—Voy a salir —anunció—. Buenas noches, Janice.

Ella siguió la pantalla sin ver, mientras oía el ruido de la puerta que se cerraba. Se traía algo entre manos, pero ¿qué? Le dio tiempo de marcharse, apagó el televisor y cogió el bolso y las llaves del coche. Le había dicho a Malcolm que iba a salir a cenar. Últimamente estaban tan distantes que él ya no le preguntaba con quien, ni ella se molestaba en saber qué hacía él.

Si se lo hubiera preguntado, tampoco se lo habría dicho, pensó con una sonrisita mientras se dirigía a Providence. Allí, en un restaurante apartado, la esperaba su sobrino. Y allí, tras cenar un par de filetes y pedir un whisky, Doug le pasaría un sobre con su parte por haberle proporcionado información detallada sobre la situación financiera de Cora Gebhart, mientras le decía alegremente:

—Ésta ha sido un auténtico filón, tía Janice. ¡Que no falten!

54

Mientras Maggie se vestía para su cita con Neil Stephens, notó que la brisa marina que entraba por la ventana del cuarto parecía más húmeda de lo habitual. Rizos y ondas, pensó con resignación. Decidió que se limitaría a arreglarse el pelo con los dedos después de cepillárselo. En una noche así, era inevitable que sus rizos naturales hicieran acto de presencia.

Pensó en Neil. Durante los últimos tres meses cada vez esperaba más sus llamadas y se decepcionaba cuando no las recibía. Pero era evidente que, para Neil, ella no era más que una chica con la que salía de vez en cuando; él se lo había dejado muy claro. Aun así, Maggie realmente esperaba que la llamara antes de su viaje a Newport, de modo que ahora no pensaba darle demasiada importancia a esa cita. Sabía que los hijos adultos —especialmente los varones solteros—, cuando visitaban a sus padres buscaban con frecuencia alguna excusa para salir un rato.

Y también estaba Liam, pensó Maggie de pronto. No sabía qué hacer con esa súbita muestra de interés de su parte.

—En fin —dijo, y se encogió de hombros.

Toda emperifollada, pensó con ironía después de ponerse sombra de ojos, rímel, un toque de colorete y pintarse los labios cuidadosamente con un suave tono coral.

Estudió las prendas que tenía y eligió el conjunto que pensaba ponerse para la cena de Nuala: una blusa de seda de un estampado azul vivo con una falda larga haciendo juego. Las únicas joyas que llevaba eran una cadena fina y unos pendientes de oro, además de un anillo ovalado de zafiro de su madre.

Al pasar delante de la habitación de Nuala, camino de la planta baja, entró un momento y encendió la luz de la mesilla de noche. Miró alrededor y decidió definitivamente que dormiría allí. Se trasladaría al día siguiente, después de desayunar con la señora Bainbridge y su hija. Puedo cambiar los muebles de lugar, y lo único que me falta arreglar son los zapatos y lo que haya en el suelo del armario, que no me llevará mucho tiempo.

Cuando cruzó la sala, vio que las rosas que le había regalado Liam necesitaban un cambio de agua. Llenó el florero en el grifo de la cocina, buscó las tijeras en un cajón repleto, cortó los tallos de las rosas, las reacomodó y regresó a la sala. Estuvo dando vueltas, ocupada en pequeños detalles como colocar la otomana delante del butacón, quitar algunos de los muchos retratos que había sobre la repisa de la chimenea y dejar sólo aquellos en que Nuala y su marido estaban mejor, mullir los cojines del sofá.

Al cabo de unos minutos la habitación tenía un aspecto más tranquilo y ordenado. Maggie estudió el espacio y reubicó mentalmente los muebles. Sabía que el confidente detrás del cual había caído el cuerpo de Nuala tenía que desaparecer. El sólo hecho de verlo le provocaba escalofríos.

Estoy preparándome un nido. Es la primera vez que lo hago desde que Paul y yo cogimos aquel apartamentito en Texas. Estaba sorprendida y satisfecha de sí misma al mismo tiempo.

El timbre sonó a las siete menos diez. Neil llegaba temprano. Esperó un minuto antes de atender, consciente de la ambivalencia que sentía ante la noche que tenía por delante. Cuando abrió la puerta, se cuidó de impostar una voz y una sonrisa amistosas pero impersonales.

—Neil, me alegro de verte.

Neil no respondió; la miró y examinó su rostro con expresión seria y turbada.

Maggie terminó de abrir la puerta.

—Como diría mi padre, ¿te ha comido la lengua el gato? Vamos, pasa.

Neil entró, esperó a que cerrara la puerta y la siguió a la sala.

—Estás muy hermosa —dijo al fin.

Maggie levantó las cejas.

—¿Te sorprende?

—Claro que no. Pero me sentí muy mal cuando me enteré de lo que le había pasado a tu madrastra. Sé que tenías muchas ganas de pasar unos días con ella.

—Sí, muchas —coincidió Maggie—. Bueno, ¿adónde vamos a cenar?

Neil, con embarazo, le preguntó si quería ir a cenar con sus padres para celebrar el cumpleaños de su madre.

—Preferiría dejarlo para otro día —repuso Maggie amablemente—. Estoy segura de que tus padres no necesitan una perfecta desconocida en medio en una celebración familiar.

—Quieren conocerte, Maggie. No te eches atrás —rogó Neil—. Pensarán que no has querido ir por ellos.

—Bueno, supongo que en alguna parte hay que comer —suspiró Maggie.

Mientras se dirigían al restaurante, dejó que Neil se ocupara de la conversación y respondió a sus preguntas lo más directa y sucintamente posible. No obstante, notó divertida que él estaba especialmente atento y encantador, y necesitó toda su determinación para mantenerse distante.

Tenía intenciones de seguir tratando a Neil con reserva durante toda la noche, pero la amabilidad de la acogida de sus padres y su sincera consternación por lo ocurrido a Nuala, la obligaron a ceder.

—Querida, aquí no conocías a nadie —dijo Dolores Stephens—. Qué horror haber tenido que pasar por todo eso sola.

—En realidad conozco bastante bien a una persona... al hombre que me llevó a la fiesta del restaurante Four Seasons donde me reencontré con Nuala. —Maggie miró a Neil—. A lo mejor lo conoces: Liam Payne. También está en el mundo de las finanzas. Tiene su propia empresa en Boston, pero suele ir habitualmente a Nueva York.

—Liam Payne... —repitió Neil, pensativo—. Lo conozco un poco. Es muy buen asesor financiero. Demasiado bueno para la empresa donde estaba, Randolph y Marshall, si no me equivoco. Se llevó a algunos de los mejores clientes cuando se instaló por su cuenta.

Maggie no pudo evitar cierta satisfacción al ver el ceño de Neil. Que piense que es alguien importante en mi vida, se dijo. Él ya dejó claro lo poco que le importo.

Sin embargo, en el transcurso de una relajada cena con langosta y champán, disfrutó de verdad de la compañía de los padres de Neil y la halagó que Dolores Stephens conociera sus fotos de modas.

—Cuando leí en el periódico lo de la muerte de tu madrastra —dijo la señora Stephens— y después, cuando Neil nos habló de ti, no relacioné el nombre con el de la fotógrafa. Pero esta tarde, mientras leía *Vogue*, vi tu nombre debajo de las fotos de la colección de Armani. Hace mil años, cuando era soltera, trabajé en una pequeña agencia de publicidad de la que Givenchy era cliente, antes de que se hiciera famoso. Solía ir a todas las sesiones fotográficas.

—Entonces debe saber mucho sobre... —empezó Maggie.

Al cabo de un rato, estaba contando anécdotas sobre diseñadores temperamentales y modelos difíciles, hasta acabar con su último trabajo, el que había hecho antes de ir a Newport. Todos coincidieron en que no había nada peor para un fotógrafo que un director artístico nervioso e indeciso.

Al entrar en confianza, Maggie les contó que pensaba conservar la casa.

—Todavía no estoy muy segura, por eso de momento no haré nada. Aunque el hecho de vivir esta semana en la casa, en cierto modo me ha hecho comprender por qué Nuala se resistía a dejarla.

Respondiendo a una pregunta de Neil, les explicó que Nuala había cancelado su reserva en Latham Manor.

—Había solicitado el apartamento más grande, que era el que realmente le interesaba. Y comprendo que se les acaben rápido.

—Neil y yo hemos estado allí esta mañana —comentó Robert Stephens—. Mi hijo está informándose para uno de sus clientes.

—Me parece que nos ofrecieron el apartamento que rechazó tu madrastra —dijo Neil.

—Y el mismo que quería Laura Arlington —añadió el padre—. Esos apartamentos están muy solicitados.

—¿Alguien más lo quería? —preguntó Maggie—. ¿La mujer cambió de idea?

—No; la convencieron de invertir el grueso de su capital en unas acciones volátiles y por desgracia lo perdió todo —dijo Neil.

La conversación se desvió hacia otros temas y la madre la hizo hablar poco a poco de su infancia. Mientras Neil y su padre conversaban sobre los pasos que el primero podía seguir para investigar la fallida inversión de la señora Arlington, Maggie se sorprendió contándole a Dolores Stephens que su madre había muerto en un accidente cuando ella era muy pequeña y lo felices que habían sido los cinco años con Nuala.

—Bueno, basta de nostalgia y de vino, que me estoy poniendo sentimental —dijo; se sentía al borde de las lágrimas.

Neil la llevó a casa, la acompañó hasta la puerta y le cogió la llave de la mano.

—Me quedaré un minuto —le dijo mientras abría—. Sólo quiero ver una cosa. ¿Dónde está la cocina?

—Al fondo del comedor. —Maggie, intrigada, lo siguió.

Neil fue directamente a la puerta y examinó la cerradura.

—Por lo que he leído, la policía cree que el intruso encontró esta puerta sin llave o que tu madrastra le abrió.

—Así es.

—Yo tengo una tercera hipótesis: esta cerradura es tan floja que cualquiera podría abrirla con una tarjeta de crédito. —Y procedió a demostrarlo.

—Ya he llamado a un cerrajero —dijo Maggie—. Supongo que vendrá el lunes.

—No me parece muy seguro. Mi padre es un manitas en estas cosas, y yo, a mi pesar, me crié ayudándole. Mañana pasaré, o mejor dicho, pasaremos los dos para instalar una buena cerradura y comprobar las ventanas.

No se le ocurre decir «si quieres» o «si te parece bien», pensó Maggie con súbita cólera. No, sólo «así será y punto».

—He quedado para desayunar —le dijo.

—Bueno, a las dos ya habrás terminado. Quedamos a partir de esa hora, o, si prefieres, dime dónde dejas la llave.

—No; estaré aquí.

Neil cogió una silla de la cocina y apalancó el pomo de la puerta.

—Por lo menos hará ruido si alguien trata de entrar —le dijo. Miró alrededor y se volvió hacia ella—. Maggie no quiero asustarte, pero, por lo que sé, todo el mundo piensa que el asesino de tu madrastra buscaba algo; nadie sabe qué ni si lo encontró.

—Suponiendo que fuera un asesino y no una asesina —señaló Maggie—. Pero tienes razón; eso es exactamente lo que cree la policía.

—No me agrada que te quedes aquí sola —comentó mientras se dirigían a la puerta.

—No te preocupes, Neil. Hace mucho tiempo que me cuido sola.

—Y si estuvieras preocupada nunca lo reconocerías, ¿no?

Maggie levantó la mirada y observó su expresión seria e inquisitiva.

—Así es —respondió sin más.

Neil suspiró mientras se volvía para abrir la puerta.

—Lo he pasado muy bien esta noche —dijo—. Hasta mañana.

Más tarde, mientras daba vueltas en la cama, se dio cuenta de que no había disfrutado hiriendo a Neil, y era evidente que lo había herido. Ojo por ojo, se dijo, pero eso tampoco la hizo sentir mejor. Los juegecitos en las relaciones emocionales no eran su pasatiempo preferido.

Los últimos pensamientos que tuvo antes de dormirse fueron inconexos, en apariencia irrelevantes, surgidos directamente del subconsciente.

Nuala había presentado la solicitud para un apartamento en Latham Manor, y moría poco después de retirarla. La amiga de los Stephens, Laura Arlington, había solicitado el mismo apartamento, y poco después perdía todo su dinero. ¿Estaba gafado ese apartamento? Y si era así, ¿por qué?

DOMINGO 6 DE OCTUBRE

55

A instancias de su mujer, el doctor William Lane había decidido desayunar con los huéspedes de Latham Manor y sus invitados los domingos por la mañana.

Como había señalado Odile, la residencia funcionaba como una familia, y los visitantes que iban a desayunar eran huéspedes en potencia que de ese modo podían hacerse una opinión muy favorable de Latham Manor.

—No digo que tengamos que pasar horas allí, querido —revoloteó—, pero tú eres una persona tan responsable y cariñosa, y si la gente sabe que sus madres o tías o lo que sean están en tan buenas manos, cuando les llegue el momento de hacer un cambio a lo mejor deciden venir aquí.

Lane había pensado mil veces que a Odile la excusaba ser tonta; de lo contrario habría sospechado que era sarcástica. Pero la verdad era que desde que habían empezado con los *brunch* del domingo, que también habían sido sugerencia de ella, y desde que habían comenzado a asistir ellos, el número de solicitudes que indicaba un «posible interés futuro» había aumentado mucho.

Pero ese domingo por la mañana, cuando Odile y él entraron en el salón, el doctor Lane, al ver a Maggie Holloway con Sarah Cushing, la hija de la señora Bainbridge, sintió cualquier cosa menos alegría.

Odile también las había visto.

—Parece que a Maggie Holloway no le cuesta mucho hacer amigas —le susurró.

Cruzaron el salón juntos y se detuvieron a conversar con algunos huéspedes, saludar familiares y ser presentados a otros.

Maggie no los vio acercarse, y, cuando se dirigieron a ella, esbozó una sonrisa de disculpa.

—Pensarán que soy una visita permanente —dijo—, pero la señora Cushing me invitó a desayunar con su madre, y, como la señora Bainbridge esta mañana se sentía un poco cansada, pensó que era mejor que no saliéramos.

—Su presencia es siempre bienvenida —dijo Lane galantemente, y se volvió hacia Sarah—. ¿Quiere que vaya a ver a su madre?

—No —contestó Sarah—, enseguida bajará. Doctor, ¿es verdad que Eleanor Chandler ha decidido trasladarse aquí?

—Sí, efectivamente. Cuando se enteró del fallecimiento de la señora Shipley, llamó para solicitar el apartamento. Quiere que su decorador lo renueve, así que probablemente no se instalará hasta dentro de unos meses.

—Y creo que es lo mejor —intervino Odile Lane—. Así los amigos de la señora Shipley tendrán un período para asimilarlo, ¿no le parece?

Sarah Cushing ignoró la pregunta.

—La única razón por la que pregunto por la señora Chandler es que no quiero que la pongan en la mesa de mi madre. Es una mujer imposible. Y le sugiero que la siente con huéspedes un poco sordos, así no tendrán que oír sus opiniones arrogantes.

El doctor Lane sonrió nervioso.

—Tomaré nota de su petición, señora Cushing. A propósito, ayer vino un caballero a pedir información sobre la suite de dos habitaciones para los Van Hilleary de Connecticut. Piensa recomendar que vengan a ver las instalaciones. Si les gusta, quizá a su madre le interese tenerlos en la mesa.

Un caballero... Está hablando de Neil, pensó Maggie.

La señora Cushing enarcó una ceja.

—Naturalmente que me agradaría conocerlos antes, pero a mi madre le gusta que haya hombres en la mesa.

—Sí, a tu madre le gusta —dijo secamente la señora Bainbridge. Todos se volvieron a saludarla—. Lamento llegar tarde, Maggie. Últimamente cada vez tardo más para hacer menos. ¿Es verdad que ya está vendido el apartamento de Greta Shipley?

—Sí, así es —dijo con suavidad el doctor Lane—. Los parientes de la señora Shipley vendrán esta tarde a recoger sus objetos personales y disponer que retiren sus muebles. Ahora, si nos disculpan, vamos a saludar a otros huéspedes.

—Sarah, cuando cierre los ojos para siempre asegúrate de que nadie se acerque a mi apartamento hasta el día primero del mes siguiente —dijo Letitia Bainbridge cuando se alejaron—. Se supone que la mensualidad de manutención al menos garantiza eso. Parece que aquí encuentran alguien que te reemplace sin siquiera esperar a que te enfríes.

Una suave campanilla anunció que el desayuno estaba servido. En cuanto se sentaron a la mesa, Maggie notó que todos habían cambiado de sitio y se preguntó si era una costumbre después de la muerte de alguien.

Pensó que Sarah Cushing era la persona que el grupo necesitaba aquel día. Sabía contar historias, como su madre. Mientras Maggie tomaba unos huevos pasados por agua y café, oyó con admiración cómo Sarah hablaba de temas que permitían que todos participaran y estuvieran alegres.

Durante el segundo café, sin embargo, la charla giró sobre Greta Shipley. Raquel Crenshaw, sentada junto a su marido frente a Maggie, dijo:

—Todavía no me hago a la idea. Sé que todos vamos a morir, y cuando trasladan a alguien a la unidad de cuidados paliativos es sólo cuestión de tiempo. Pero Greta y Constance... ¡fue todo tan súbito!

—Y el año pasado Alice y Janice nos dejaron de la misma manera —dijo la señora Bainbridge, y suspiró.

Alice y Jeanette, pensó Maggie. Esos nombres estaban grabados en las tumbas que visité con la señora Shipley, y las dos tenían campanillas enterradas junto a las lápidas. La mujer cuya tumba no tenía campanilla se llamaba Winifred Pierson.

—La señora Shipley tenía una amiga llamada Winifred Pierson —dijo Maggie tratando de aparentar escaso interés—. ¿También vivía en Latham Manor?

—No, Winifred vivía en su casa. Greta iba a visitarla con frecuencia —respondió la señora Crenshaw.

A Maggie se le secaba la boca y comprendió lo que tenía que hacer; la impresión de darse cuenta tan repentinamente casi la obligó a levantarse de la mesa. Tenía que ir a la tumba de Greta Shipley a ver si habían dejado alguna campanilla.

Cuando se despidieron, la mayoría de los huéspedes se trasladó a la biblioteca, donde un violinista ofrecería una velada musical.

Sarah Cushing se quedó con su madre, y Maggie se dirigió hacia la puerta. En ese momento, impulsivamente, se dio la vuelta y subió al apartamento de Greta Shipley. Ojalá estén los primos, rogó.

La puerta estaba abierta, y vio el desorden típico de cuando se prepara un traslado y a los tres parientes que había visto en el funeral.

Como sabía que no había una manera sencilla de hacer la petición, les dio el pésame brevemente y fue al grano.

—El miércoles, cuando vine a visitar a la señora Shipley, me mostró un dibujo que habían hecho ella y mi madrastra. Está en aquel cajón —dijo Maggie señalando la mesa que había junto al sofá—. Es una de las últimas cosas que dibujó Nuala, y, si no tiene intención de conservarlo, me gustaría tenerlo, para mí significa mucho.

—No hay problema, cójalo —dijeron al unísono amistosamente.

Maggie abrió el cajón ansiosa y... estaba vacío. El dibujo sobre el que Nuala había agregado su cara, la de la señora Shipley y la imagen de la enfermera Markey oyendo a escondidas, había desaparecido.

—No está —dijo.

—Puede que Greta lo pusiera en otro lado o lo tirara —dijo un primo que tenía un asombroso parecido con la señora Shipley—. El doctor Lane nos dijo que cuando muere un residente, cierran el apartamento hasta que llega la familia para recoger los efectos personales. Díganos cómo era el dibujo, por si lo encontramos.

Maggie se lo describió, les dio su teléfono, les dio las gracias y se marchó. Alguien se había llevado el dibujo, pensó mientras se iba. Pero ¿por qué?

En el pasillo estuvo a punto de tropezar con la enfermera Markey.

—Ay, perdone, señora Holloway —se disculpó—. Voy a ver si puedo echarles una mano a los parientes de la señora Shipley.

56

Earl Bateman llegó al cementerio de Saint Mary al mediodía. Avanzó lentamente por los senderos serpenteantes, cada vez más ansioso de echar un vistazo a las personas que dedicaban parte del domingo a visitar a algún ser querido.

Notó que aquel día no había demasiada gente: un par de ancianos, una pareja de mediana edad, una familia numerosa, probablemente para la conmemoración de algún aniversario, después del cual tomarían el aperitivo en el restaurante de la carretera. Los típicos visitantes de domingo.

Se dirigió a la parte antigua del cementerio Trinity, aparcó y bajó del coche. Echó una rápida mirada alrededor y empezó a estudiar las lápidas en busca de inscripciones interesantes. Hacía años que no hacía calcos por allí y temía haber pasado algunas por alto.

Se enorgullecía de que su percepción de las sutilezas había mejorado considerablemente desde entonces. Sí, pensó, las lápidas serían un tema para tratar en los programas de televisión. Empezaría con una cita de *Lo que el viento se llevó,* que decía que tres niños pequeños, los tres llamados Gerald O'Hara Junior, estaban enterrados en el panteón familiar de Tara. «Ah, las esperanzas y los sueños que vemos grabados en piedra se desvanecen ignorados, ya nadie los lee, pero aún llevan un mensaje del amor duradero. Pensad en ello... ¡tres hijos pequeños!» Así empezaría la conferencia.

Pasaría rápidamente del tono trágico al optimista hablando de una lápida del cementerio de Cape Cod: un anuncio de que el negocio del difunto continuaba bajo la dirección del hijo, e incluía la nueva dirección.

Earl frunció el entrecejo mientras miraba alrededor. A pesar de que era un cálido y agradable día de octubre, y de que disfrutaba de su lucrativo pasatiempo, estaba molesto y enfadado.

La noche anterior, tal como habían quedado, Liam había pasado por su casa a tomar una copa y después habían salido a cenar. Aunque había dejado el cheque de tres mil dólares al lado de la botella de vodka, en un lugar donde no se podía dejar de ver, Liam lo había ignorado deliberadamente. En cambio, recalcó que Earl, en lugar de pasar tanto tiempo rondando los cementerios, tenía que jugar más a golf.

¡Rondar!, pensó Earl encolerizado. Podría enseñarle muy bien lo que significa rondar.

Además, no iba a permitir que volviera a decirle que se mantuviera alejado de Maggie Holloway. Sencillamente no era problema suyo. Liam le había preguntado si la había visto de nuevo, y, cuando él le respondió que sólo en el cementerio y, por supuesto, en el funeral de la señora Shipley, su primo había comentado: «Ay, Earl, tú y tus cementerios. Empiezas a preocuparme. Te estás volviendo obsesivo».

—No me creyó cuando traté de explicarle mis premoniciones —murmuró en voz alta—. Nunca me toma en serio.

Miró alrededor. No había nadie. No pienses más en ello, se riñó. En todo caso, ahora no.

Caminó por los senderos más antiguos del cementerio, donde había algunas inscripciones borrosas sobre las pequeñas lápidas que databan del siglo XVII. Se agachó delante de una que estaba casi derrumbada y se esforzó por leer lo que decía: «Prometida a Roger Samuels pero entregada al Señor...», y las fechas.

Earl abrió su maletín para hacer un calco de la piedra. Otro tema interesante para tratar en una de sus conferencias sobre lápidas era la tierna edad a la que morían muchas personas antiguamente. «No había penicilina para tratar las neumonías que provocaba el frío del invierno cuando penetraba en los pulmones de...»

Se arrodilló y sintió la fresca humedad de la tierra filtrarse a través de sus viejos pantalones. Mientras empezaba la minuciosa tarea de transferir el conmovedor sentimiento de la piedra al pergamino fino y casi traslúcido, se sorprendió pensando en la muchacha que yacía debajo de él, en ese cuerpo que moraba en la tierra sin edad.

Acababa de cumplir dieciséis años, calculó.

¿Habría sido bonita? Sí, muy bonita, decidió, con una cabellera morena y rizada, ojos azul zafiro y complexión menuda.

La cara de Maggie Holloway flotó delante de él.

A la una y media, mientras se dirigía a la entrada principal del cementerio, Earl pasó junto a un vehículo con matrícula de Nueva York aparcado junto al bordillo. Era el Volvo de Maggie Holloway. ¿Qué hace otra vez aquí?, se preguntó. La tumba de Greta Shipley estaba cerca, pero sin duda Maggie no era tan amiga de Greta como para volver un día después del funeral.

Redujo la velocidad y miró alrededor. Cuando la vio a lo lejos, caminando hacia él, pisó el acelerador. No quería que lo viese. Era evidente que algo pasaba y tenía que pensar en ello.

Tomó una decisión. Como al día siguiente no tenía clases, se quedaría un día más en Newport, y, le gustara o no a Liam, iría a visitar a Maggie Holloway.

57

Maggie se alejó de la sepultura de Greta Shipley con las manos en los bolsillos de la chaqueta y sin mirar el sendero por el que caminaba.

Sentía escalofríos en todo el cuerpo. Allí estaba, enterrada tan profundamente que, de no haber rebuscado palmo a palmo por la base de la lápida, no la habría encontrado.

Una campanilla. Exactamente igual a la que había sacado de la tumba de Nuala y de las otras tumbas. Iguales a las que los aristócratas victorianos ponían en sus tumbas por temor a que los enterraran vivos. ¿Quién había vuelto al día siguiente del funeral para poner ese objeto en la sepultura de la señora Shipley?, se pregunto. ¿Y para qué?

Liam le había dicho que su primo Earl tenía doce campanillas de ese tipo para ilustrar sus conferencias. También le había comentado que aparentemente había disfrutado asustando a las mujeres de Latham Manor al enseñárselas durante su charla.

¿Era idea de Earl la extraña broma de poner las campanillas en las tumbas de los huéspedes de Latham Manor? Es posible, se dijo mientras llegaba al coche. A lo mejor era su forma retorcida de vengarse de las críticas en público que le había hecho la hija de la señora Bainbridge. Según Liam, Sarah había recogido las campanillas, se las había arrojado a Earl y después prácticamente lo había echado de la residencia.

La venganza era una explicación lógica, aunque espantosa. Me alegro de haber sacado la tumba de Nuala, pensó Maggie. Quiero sacar también las otras, especialmente la de Greta Shipley.

Pero decidió no hacerlo, al menos de momento. Quería estar segura de que no fuera nada más que un acto de Earl, infantil y repugnante, de venganza. Además, tengo que irme a casa. Neil me dijo que vendría a las dos.

Mientras avanzaba por la calle, vio dos coches aparcados delante de su casa. Entró por el sendero y se encontró a Neil y a su padre sentados en los escalones con una caja de herramientas.

El señor Stephens desechó sus disculpas con la mano.

—Si no es tarde, apenas un minuto o dos. A menos que mi hijo se equivoque, lo cual es bastante posible, habíamos quedado a las dos.

—Aparentemente cometo muchos errores —dijo Neil mirando a Maggie a los ojos, que ignoró el comentario y se negó a morder el anzuelo.

—Os agradezco que hayáis venido —dijo mientras abría la puerta y los hacía pasar.

Robert Stephens examinó la puerta de entrada mientras ella la cerraba.

—Hay que ponerle burletes —señaló—. Muy pronto empezará a hacer frío y el viento marino será bastante fuerte. Bueno, me gustaría empezar por la puerta de la que me habló Neil, la de detrás. Después revisaremos los pestillos de las ventanas y veremos si hay que cambiar algunos. He traído unos pocos; si hacen falta más, volveremos.

Neil se quedó junto a Maggie, que, consciente de su proximidad, se apartó.

—Síguele la corriente, Maggie. Mi abuelo construyó un refugio atómico después de la Segunda Guerra Mundial. De pequeño, lo usábamos con mis amigos como guarida. Por entonces la gente ya se había dado cuenta de que esos refugios serían tan inútiles ante un ataque nuclear como una sombrilla ante un tornado. Mi padre ha heredado algo de esa mentalidad: siempre listo para lo peor. Siempre listo para lo inconcebible.

—Así es —coincidió Robert Stephens—. Y diría que en esta casa hace diez días sucedió lo inconcebible.

Maggie vio que a Neil se le crispaba el rostro, por lo que se apresuró a decir:

—Le agradezco mucho que haya venido.

—Si tienes algo que hacer, no te preocupes por nosotros —dijo Robert Stephens al entrar en la cocina. Abrió la caja de herramientas y las desparramó sobre la mesa.

—Creo que será mejor que te quedes con nosotros por si necesitamos algo —pidió Neil.

Maggie deseó tener la cámara consigo mientras miraba a Neil con su camisa color habano, pantalones informales y zapatillas de deporte. Había un aspecto de Neil que nunca había notado en la ciudad. Hoy no tiene ese aire de «no invadas mi territorio». Parece como si de verdad le importaran los sentimientos ajenos, hasta los míos, pensó.

Una arruga de preocupación le surcaba la frente y sus ojos castaños tenían esa mirada inquisitiva que Maggie le había visto la noche anterior.

—Maggie, estoy seguro de que hay algo que te inquieta. ¿Por qué no me lo cuentas? —dijo en voz baja mientras el padre trabajaba con la cerradura vieja.

—Neil, pásame el destornillador grande —pidió el padre.

Maggie se sentó en una vieja silla de madera.

—Voy a mirar cómo lo hace; a lo mejor aprendo algo útil.

Padre e hijo trabajaron durante casi una hora; revisaron las ventanas de todos los cuartos, reforzaron algunos pestillos y tomaron nota de los que había que cambiar. En el estudio, Robert Stephens le pidió que le mostrara las esculturas de arcilla que había sobre la mesa. Cuando Maggie le enseñó el busto de Greta Shipley que estaba modelando, comentó:

—Me han dicho que al final no estaba muy bien. La última vez que la vi parecía llena de vida y energía.

—¿Es Nuala? —preguntó Neil señalando el otro busto.

—Todavía le falta mucho trabajo, pero sí, es Nuala. Creo que mis dedos vieron algo que yo no noté. Siempre tenía una expresión muy alegre, pero aún no he conseguido reflejarla.

Mientras bajaban por la escalera, Robert Stephens señaló la habitación de Nuala.

—Espero que te traslades a ese cuarto. Es el doble de grande que el de invitados.

—Ya estoy instalada en él —admitió Maggie.

El señor Stephens se detuvo en la puerta.

—Esa cama no está bien así, debería estar frente a la ventana.

Maggie se sintió impotente.

—Sí, voy a cambiarla de lugar.

—¿Y quién va a ayudarte?

—Pensaba hacerlo sola. Soy más fuerte de lo que parezco.

—¿Bromeas? ¿No irás a decirme que vas a empujar esos muebles de madera maciza sola? Ven, Neil, empezaremos con la cama. ¿Dónde quieres el tocador, Maggie?

Neil se detuvo un instante para decirle:

—No te lo tomes como cosa personal. Es así con todo el mundo.

—Con todo el mundo que me preocupa —lo corrigió el padre.

Cambiaron los muebles de lugar en menos de diez minutos. Maggie, mientras los observaba, imaginó cómo decoraría la habitación. Había que cambiar el viejo empapelado, decidió, y volver a pulir el suelo. Y compraría alfombras más pequeñas para reemplazar la moqueta verde desteñida.

—Muy bien, ya está —anunció Robert Stephens. Maggie y Neil lo siguieron escaleras abajo mientras añadía—: Tengo que irme. Dentro de un rato pasarán unos amigos a tomar una copa. Neil, ¿vendrás el fin de semana próximo?

—Sí —respondió—. Voy a tomarme el viernes libre otra vez.

—Maggie, pasaré en otro momento con los pestillos, pero te llamaré antes —dijo Robert Stephens al salir por la puerta.

Antes que pudiera darle las gracias, ya estaba en el coche.

—Tu padre es maravilloso —comentó mientras lo observaba alejarse.

—Aunque parezca increíble, yo también lo pienso —dijo Neil sonriendo—. Alguna gente lo encuentra insoportable. —Hizo una pausa—. Maggie, ¿has estado en la tumba de tu madrastra?

—No, ¿por qué?

—Tienes las rodillas del pantalón sucias de tierra, y estoy seguro de que no has estado trabajando en el jardín con esta ropa.

Maggie se dio cuenta de que, con Neil y su padre en la casa, había olvidado la profunda inquietud causada por la campanilla hallada en la sepultura de Greta Shipley. La pregunta de Neil le despertó de nuevo la preocupación.

Pero no podía hablar de eso ahora, ni con Neil ni con nadie, decidió. Al menos hasta que descubriera cómo averiguar si Earl Bateman había puesto esas campanillas.

Neil notó el cambio en su expresión.

—Maggie, ¿qué demonios pasa? —le dijo con voz grave y firme—. Estás enfadada conmigo y no sé por qué. Lo único que se me ocurre es que no te llamé para pedirte el número antes de que te fueras. Y me reñiré por eso toda la vida. Si hubiera sabido lo que había pasado, habría venido antes.

—¿Ah, sí? —Maggie meneó la cabeza y apartó la mirada—. Neil, estoy tratando de resolver una serie de cosas que no tienen sentido y que quizá sean producto de mi imaginación hiperactiva. Pero tengo que resolverlas sola. ¿Podemos dejarlo así por el momento?

—Supongo que no tengo alternativa —dijo Neil—. Bueno, debo irme. Mañana por la mañana tengo una reunión del consejo de administración. Pero te llamaré y volveré el jueves por la tarde. ¿Te quedas hasta el domingo?

—Sí —respondió Maggie, y añadió para sus adentros: quizá para entonces ya tenga respuestas a mis preguntas sobre Earl Bateman, esas campanillas y...

Sus pensamientos se interrumpieron cuando la Residencia Latham Manor apareció espontáneamente en su mente.

—Neil, anoche dijiste que habías estado con tu padre en Latham Manor. Fuiste a mirar un apartamento de dos habitaciones para unos clientes tuyos, ¿no?

—Sí. ¿Por qué?

—Nuala estuvo a punto de cogerlo. ¿Y no dijiste que otra mujer también lo habría cogido si no hubiera perdido todo su dinero en una mala inversión?

—Sí, así es. Y también tenían otra clienta de mi padre en la lista de espera, Cora Gebhart. Es otra cosa de la que tengo que ocuparme esta semana. Voy a investigar al cabrón que enredó a las dos para que compraran esas acciones, y si encuentro algo para empapelar a Doug Hansen, lo denunciaré ante la Comisión de Valores y Cambios. Maggie, ¿qué estás insinuando?

—¡Doug Hansen! —exclamó.

—Sí. ¿Por qué? ¿Lo conoces?

—En realidad no, pero avísame si descubres algo sobre él —dijo mientras recordaba que le había dicho a Hansen que no le interesaba su oferta—. Me han hablado de él.

—Pues no inviertas dinero en nada que te ofrezca —dijo Neil con una sonrisa—. Bueno, me voy. —Se agachó y la besó en la mejilla—. Cierra la puerta cuando salgas.

Vio alejarse el coche. Las ventanas de la fachada daban al este, y las sombras del atardecer se filtraban a través del follaje.

La casa pareció de pronto vacía y silenciosa. Maggie se miró las rodillas de los pantalones claros y pensó en las manchas de tierra sobre las que Neil le había preguntado.

Voy a cambiarme y a subir un rato al taller, decidió. Mañana por la mañana terminaré con el suelo del armario y pondré mis cosas en la habitación de Nuala. Trabajar en su escultura será una forma de comunicarme con ella. Quizá pueda intuir con mis dedos lo que no llegamos a hablar. Y podría hacerle preguntas que necesitaban respuesta; por ejemplo: Nuala, ¿por alguna razón tenías miedo de vivir en Latham Manor?

LUNES 7 DE OCTUBRE

58

El lunes por la mañana Malcolm Norton abrió su oficina, como siempre, a las nueve y media. Pasó por delante del escritorio de Barbara Hoffman que estaba frente a la puerta. El escritorio estaba vacío; Barbara se había llevado todos sus objetos personales. Las fotos enmarcadas de sus tres hijos y sus respectivas familias, el jarrón estrecho en el que ponía de vez en cuando flores de la estación o un ramillete de hojas, la pila ordenada de papeles en los que trabajaba... ya no estaban.

Norton se estremeció ligeramente. La recepción volvía a parecer antiséptica y fría. El concepto de decoración que tenía Janice, pensó con tristeza. Frío. Estéril. Como ella.

Y como el mío, pensó con amargura mientras entraba en su despacho. Ningún cliente, ninguna cita... el día surgía ante él largo y silencioso. De pronto recordó que tenía dos mil dólares en el banco. ¿Por qué no los sacaba y desaparecía?, se preguntó.

Si Barbara estuviera dispuesta a irse con él, no se lo pensaría dos veces y lo haría en ese mismo instante. Que Janice se quedara con la casa hipotecada. Bien vendida, valía el doble de la hipoteca. Una distribución equitativa, pensó, al recordar el extracto bancario que había encontrado en el maletín de su esposa.

Pero Barbara se había marchado. Ahora empezaba a digerir el hecho. En el momento en que el comisario Brower se marchaba de su despacho, Norton se había dado cuenta de que se iría. El interrogatorio que les había hecho a los dos la había aterrorizado. Barbara había notado el tono de hostilidad del policía..., era lo que necesitaba para terminar de decidirse: debía marcharse.

¿Qué sabía Brower?, se preguntó Norton. Se sentó al escritorio y entrelazó las manos. Lo había planeado todo tan bien... Si el acuerdo de compra de la casa de Nuala hubiera entrado en vigor, le habría dado los veinte mil dólares del fondo de pensiones y habrían cerrado la operación al cabo de noventa días, lo que le habría dado tiempo para firmar un acuerdo con Janice y después pedir un crédito para cubrir la compra.

Ojalá Maggie Holloway no hubiera entrado en escena, pensó con amargura.

Ojalá Nuala no hubiera hecho un nuevo testamento.

Ojalá no hubiera tenido que contarle a Janice lo de la recalificación de los terrenos.

Ojalá...

Esa mañana, Malcolm había pasado delante de la casa de Barbara. Tenía el aspecto de las casas de los veraneantes en invierno: las persianas de todas las ventanas cerradas, un montículo de hojas sin barrer en el porche y el sendero. Barbara seguramente se había ido a Colorado el sábado. No lo había llamado. Sencillamente se había marchado.

Malcolm Norton, sentado en su despacho oscuro y silencioso, reflexionó sobre su próxima jugada. Sabía lo que iba a hacer, la única pregunta era cuándo.

59

El lunes por la mañana, Lara Horgan le pidió a un ayudante de la oficina del forense que investigara a Zelda Markey, la enfermera de la Residencia Latham Manor de Newport que había encontrado el cuerpo de Greta Shipley.

El informe preliminar le llegó a última hora de la mañana. Indicaba que tenía buenos antecedentes laborales y no constaba ninguna queja contra ella. Había vivido toda su vida en Rhode Island. A lo largo de veinte años de dedicación profesional había trabajado en tres hospitales y cuatro geriátricos, todo en el mismo estado. Formaba parte de la plantilla de Latham Manor desde la inauguración.

Sin contar la residencia, había cambiado bastante de trabajo, pensó la doctora Horgan. «Consulte a la gente con la que trabajó —le había dicho al ayudante—. Hay algo en esa mujer que no me gusta.»

Después llamó a la policía de Newport y pidió hablar con el comisario Brower. En la breve temporada que llevaba como forense, habían llegado a apreciarse y respetarse. Le preguntó a Brower por la investigación del asesinato de Nuala Moore y éste le explicó que no tenían pistas concretas pero que estaban investigando algunas cosas y trataban de enfocar el crimen desde todos los ángulos lógicos posibles. Mientras hablaban, el detective Jim Haggerty asomó la cabeza en la oficina.

—Espere un momento, Lara —dijo Brower—. Haggerty ha hecho una pequeña investigación sobre la hijastra de Nuala Moore y tiene cara de haber descubierto algo.

—Quizá —dijo Haggerty mientras sacaba su bloc de notas—. A las diez cuarenta y cinco de esta mañana, Maggie Holloway, la hijastra de Nuala Moore, fue a los archivos del *Newport Sentinel* y pidió ver los obituarios de cinco mujeres. Como eran personas de Newport de toda la vida, había largos artículos sobre cada una. La señora Holloway se llevó fotocopias y se marchó.

Brower le repitió a Lara Horgan lo que le había explicado Haggerty y añadió:

—La señora Holloway llegó hace diez días, y es la primera vez que está en Newport; sin duda no conocía a ninguna de esas mujeres salvo a Greta Shipley. Vamos a estudiar esos artículos para ver por qué le interesan tanto y la vuelvo a llamar.

—Comisario, hágame un favor —pidió la doctora Horgan—. Mándeme copias por fax, ¿de acuerdo?

60

Janice Norton observó con cierto cinismo que la vida en Latham Manor seguía su curso a pesar del momentáneo trauma provocado por una muerte reciente. Estimulada por cómo la había halagado su sobrino por su inapreciable ayuda en suministrarle información sobre la situación económica de Cora Gebhart, estaba ansiosa por estudiar de nuevo el archivo de solicitudes que el doctor Lane guardaba en su despacho.

Tenía que cuidarse de que no la vieran acercarse al escritorio. Para evitar que la descubrieran, programaba sus visitas furtivas cuando estaba segura de que el médico se ausentaba de la residencia.

El lunes por la tarde era uno de esos momentos perfectos. Los Lane tenían que ir a Boston para asistir a un acontecimiento social, un cóctel y una cena de médicos. Janice sabía que el resto del personal administrativo aprovecharía la ausencia y se iría a las cinco en punto.

Ése sería el momento perfecto para sacar todo el archivo, llevárselo a su despacho y estudiarlo cuidadosamente.

Lane está de muy buen humor, pensó Janice a las tres y media, cuando el médico asomó la cabeza en su despacho para avisar que se marchaba. Le contó que la persona que había pasado el fin de semana a mirar el apartamento grande para unos clientes se los había recomendado, y ella enseguida comprendió la razón de su optimismo. Los Van Hilleary habían llamado para decir que vendrían el domingo próximo.

—Por lo que sé, son personas muy bien situadas que quieren que la residencia sea su base en el noroeste —dijo el doctor Lane con visible satisfacción—. Ojalá tuviéramos más huéspedes de este tipo.

Lo que significa menos servicio por todo ese dinero, pensó Janice. No creo que nos sirvan de mucho a Doug y a mí. Si les gusta este lugar, ya tienen un apartamento disponible. Pero aunque vayan a parar a la lista de espera, es demasiado arriesgado timar a un matrimonio con bienes importantes, razonó. Seguro que están rodeados de asesores financieros que vigilan sus inversiones con ojo de águila. Hasta a su encantador sobrino le costaría ganárselos.

—Bueno, espero que Odile y usted disfruten del viaje, doctor —dijo Janice mientras volvía sin más al ordenador. El médico habría sospechado si ella, de golpe, hubiera empezado a charlar animadamente.

El resto de la tarde transcurrió lentamente. Sabía que no era sólo por la ansiedad de registrar el archivo, sino también por la leve sospecha de que alguien había estado hurgando en su maletín.

Es ridículo, se dijo. ¿Quién va a hacerlo? Malcolm, que ni siquiera se acerca a mi cuarto, no se va a convertir ahora en un fisgón. Entonces se le ocurrió algo que la hizo sonreír: me estoy poniendo paranoica porque es exactamente lo que estoy haciendo con el doctor Lane: fisgonear. Además, a Malcolm no le da la cabeza para espiarme.

Pero por otro lado, tenía la sospecha de que estaba a punto de hacer algo. Resolvió que, en adelante, guardaría los extractos de su cuenta bancaria y las copias de los archivos en algún lugar al que él no tuviera posibilidad de *acercarse*.

61

Las dos reuniones de Neil del lunes a primera hora lo mantuvieron fuera de su oficina hasta las once. Cuando por fin llegó, llamó a Maggie, pero no contestó nadie.

A continuación llamó a los Van Hilleary, les transmitió sucintamente sus impresiones sobre Latham Manor y les recomendó que fueran a ver el lugar para poder juzgarlo.

Después hizo una llamada al investigador privado que trabajaba para Carson y Parker, y le pidió un informe sobre Douglas Hansen.

—Investigue a fondo —le recomendó—. Tiene que haber algo. Este tío es un estafador de primera.

Volvió a telefonear a Maggie y se tranquilizó cuando ésta contestó. Parecía sin aliento.

—Acabo de entrar —le dijo.

Neil percibió agitación y ansiedad en su voz.

—Maggie, ¿hay algún problema?

—No, en absoluto —negó casi con un susurro, como si temiera que alguien la oyera.

—¿Hay alguien contigo? —preguntó Neil con súbita inquietud.

—No; estoy sola, pero acabo de entrar.

Repetir no era típico de ella, pero Neil se dio cuenta de que, una vez más, Maggie no pensaba decirle qué la preocupaba. Le hubiera gustado bombardearla a preguntas: «¿Dónde has estado? ¿Has resuelto las cosas que te preocupaban? ¿Puedo ayudarte?»; pero no lo hizo. Sabía que no debía.

—Maggie, estoy aquí —le dijo en cambio—. Si necesitas hablar con alguien, no lo olvides.

—De acuerdo.

Pero no lo harás, pensó Neil.

—Muy bien, te llamaré mañana.

Colgó el auricular y se quedó pensando durante un rato hasta que decidió marcar el número de sus padres. Contestó el padre y Neil fue directo al grano.

—¿Papá, has comprado esos pestillos para las ventanas de Maggie?

—Sí, acabo de hacerlo.

—Perfecto. Hazme un favor, llámala y dile que quieres pasar a ponérselos esta tarde. Creo que ha ocurrido algo que la ha puesto nerviosa.

—No te preocupes, lo haré.

Menudo consuelo que Maggie estuviera más dispuesta a confiar en su padre que en él, pensó Neil con ironía. Pero al menos había alertado a Robert y éste advertiría cualquier indicio de problemas.

Trish entró en su oficina en el momento en que acababa de colgar. Llevaba una pila de mensajes en la mano. Mientras los dejaba sobre el escritorio, señaló el de encima.

—Por lo que veo, su nueva clienta le ha pedido que vendiera unas acciones que no eran suyas —dijo con severidad.

—¿De qué está hablando? —preguntó Neil.

—De nada, pero la cámara de compensación nos ha informado que no consta que Cora Gebhart posea esas acciones que vendió para ella el viernes.

62

Maggie colgó el auricular al terminar de hablar con Neil y se dirigió a la cocina. Llenó la tetera para tomar algo caliente que le quitara el frío interior. Necesitaba algo que la ayudara a separar la estremecedora realidad de las notas necrológicas, de las ideas perturbadoras, demenciales incluso, que bullían en su mente.

Hizo un repaso mental de todo lo que se había enterado hasta el momento.

La semana anterior, cuando había llevado a Greta Shipley al cementerio, habían dejado flores en la tumba de Nuala y en la de cinco mujeres más. Alguien había puesto campanillas en tres de esas sepulturas y en la de Nuala.

En la tumba de la señora Rhinelander había una marca, como si hubiera habido una campanilla enterrada junto a la lápida, pero, por alguna razón, ya no estaba.

Greta Shipley había muerto al cabo de dos días mientras dormía, y apenas veinticuatro horas después del entierro, también habían puesto una campanilla en su tumba.

Maggie dejó las copias de los obituarios sobre la mesa y les echó otro vistazo. Confirmaban lo que se le había ocurrido el día anterior: Winifred Pierson, la única mujer de ese grupo que no tenía campanilla, poseía una familia grande y cariñosa. Había muerto bajo los cuidados de su médico de cabecera.

Salvo Nuala, que había sido asesinada en su casa, las demás habían muerto mientras dormían.

A todas las había atendido el doctor William Lane, director de Latham Manor. El doctor Lane. Maggie recordó que Sarah Cushing se había llevado a su madre rápidamente para que la viera un médico de fuera. ¿Lo sabía o quizá, inconscientemente, sospechaba que el doctor Lane no era buen médico? ¿O quizá era demasiado buen médico?, inquirió una fastidiosa vocecilla interna. Recuerda que a Nuala la asesinaron.

No pienses así, se riñó, pero se mirara como se mirase, Latham Manor había sido una maldición para mucha gente. Dos clientas del señor Stephens habían perdido todo su dinero mientras esperaban trasladarse a la residencia, y cinco mujeres, todas huéspedes del lugar, que no eran tan viejas ni estaban tan enfermas, habían muerto mientras dormían.

¿Por qué razón Nuala había decidido no vender la casa para irse a vivir allí?, volvió a preguntarse. ¿Y por qué había aparecido Douglas Hansen, el que les había vendido esas acciones a las mujeres que se habían arruinado, para comprar la casa? Sacudió la cabeza. Tenía que haber alguna relación. Pero ¿cuál?

La tetera hervía. En el momento en que se levantó para apagar el fuego, sonó el teléfono. Era el padre de Neil.

—Maggie, tengo los pestillos. Voy para allá. Si tienes que salir, dime dónde puedes dejarme la llave.

—No; estaré aquí.

Al cabo de veinte minutos llamaba al timbre.

—Me alegro de verte, Maggie —dijo—. Empezaré por arriba.

Mientras cambiaba los pestillos, ella se dedicó a ordenar los trastos que había en los cajones de la cocina. El sonido de sus pasos en el piso de arriba era tranquilizador y Maggie, mientras trabajaba, volvió a repasar mentalmente todo lo que sabía. Al poner en orden las piezas del rompecabezas, tomó una decisión: todavía no tenía derecho a expresar ninguna sospecha sobre el doctor Lane, pero no había razón para que no hablara de Douglas Hansen.

Robert Stephens bajó a la cocina.

—Bueno, ya está. Es gratis, pero acepto una taza de café. Me conformo con uno instantáneo. Soy una persona fácil de satisfacer.

Se sentó en una silla y Maggie se dio cuenta de que la estudiaba. Lo ha enviado Neil, pensó. Se dio cuenta de que estaba alterada.

—Señor Stephens, ¿sabe algo sobre Douglas Hansen?

—Lo suficiente para decir que ha arruinado a unas buenas personas, Maggie. Pero no lo conozco. ¿Por qué lo preguntas?

—Porque las dos mujeres que se arruinaron por su culpa pensaban instalarse en Latham Manor, lo que significa que podían permitirse un gran desembolso de dinero. Mi madrastra también pensaba trasladarse allí, pero cambió de idea en el último momento. La semana pasada, Hansen apareció por aquí y me ofreció por la casa cincuenta mil dólares más del precio por el que Nuala estuvo a punto de venderla, y, por lo que sé, es mucho más de lo que vale.

—La cuestión es cómo consiguió ponerse en contacto con las mujeres que invirtieron en sus valores, y me pregunto cómo llegó hasta aquí. Tiene que ser algo más que una coincidencia.

63

Earl Bateman pasó delante de la casa de Maggie dos veces. La tercera, vio que el coche con matrícula de Rhode Island se había marchado. El Volvo de Maggie, sin embargo, seguía en el sendero.

Se detuvo lentamente y cogió el retrato enmarcado que había llevado.

Estaba seguro de que si la hubiera llamado para decirle que quería verla, Maggie habría puesto alguna excusa. Pero ahora no había alternativa. No tenía más remedio que invitarlo a entrar.

Llamó al timbre dos veces antes de que le abrieran la puerta. Era evidente que se sorprendía de verlo. Sorprendida y nerviosa, pensó.

Earl sacó rápidamente el paquete.

—Un regalo para ti —dijo con entusiasmo—. Una foto maravillosa de Nuala tomada en el restaurante Four Seasons. La hice enmarcar para ti.

—Qué amable —respondió Maggie tratando de sonreír pero con una expresión de incertidumbre en la cara, y alargó la mano.

Earl retiró el paquete y lo retuvo.

—¿No me vas a invitar a entrar? —preguntó con tono gracioso.

—Claro, pasa.

Maggie se apartó y lo dejó entrar, pero para fastidio de Earl, dejó la puerta completamente abierta.

—Yo en tu lugar la cerraría. No sé si has salido, pero sopla un viento helado. —Volvió a ver incertidumbre en la cara de Maggie y sonrió forzadamente—. No sé qué te habrá dicho mi querido primo, pero no muerdo —bromeó mientras le daba al fin el paquete.

Caminó delante de ella hasta la sala y se sentó en el sillón.

—Imagino que Tim se instalaba aquí cómodamente con sus libros y periódicos, mientras Nuala revoloteaba alrededor de él. ¡Eran un par de tortolitos! De vez en cuando me invitaban a cenar, y a mí me gustaba mucho venir. Nuala no era muy ama de casa que digamos, pero sí una cocinera excelente. Tim me contó que cuando estaban solos viendo la televisión hasta tarde, Nuala a menudo se acurrucaba en el sillón con él. Era una mujer tan menuda... —Echó una mirada alrededor—. Veo que ya has dejado tu marca en la casa. Me gusta. Tiene una atmósfera más acogedora. ¿Ese confidente no te incomoda?

—Voy a cambiar algunos muebles —respondió Maggie con precaución.

Bateman la observó mientras abría el paquete y se felicitó por haber pensado en la foto. Ver la expresión de alegría de Maggie le confirmó su acierto.

—Vaya, ¡qué foto más bonita de Nuala! —exclamó con entusiasmo—. Esa noche estaba muy guapa. Gracias. Me alegra mucho tenerla. —Su sonrisa era auténtica.

—Lamento que Liam y yo también estemos en la foto —dijo Bateman—. Quizá puedas borrarnos con un aerógrafo.

—No haré algo así —replicó Maggie—. Te agradezco que te hayas tomado la molestia de traérmela.

—No hay de qué —respondió mientras se apoltronaba cómodamente en el sillón.

No piensa irse, pensó consternada. Su mirada escrutadora la ponía incómoda. Se sentía como debajo de un foco. Los ojos de Bateman, demasiado grandes detrás de las gafas redondas, estaban fijos en ella. A pesar del esfuerzo evidente que hacía por parecer relajado, tenía el cuerpo rígido y alerta. No me lo imagino acurrucado en ninguna parte, ni cómodo en su propia piel, se dijo Maggie. Es como un alambre tensado a punto de romperse.

«Nuala era una mujer tan menuda... No era muy ama de casa... una cocinera excelente...»

¿Venía a esta casa con mucha frecuencia?, se preguntó Maggie. ¿La conocía bien? Quizá sabía por qué Nuala había decidido no trasladarse a Latham Manor, pensó, a punto de hacer la pregunta. Pero otra idea la sobresaltó: o quizá sospechaba por qué... ¡y la mató!

Dio un respingo cuando sonó el teléfono. Se disculpó y fue a la cocina a contestar. Era el comisario Brower.

—Señora Holloway, me gustaría pasar a verla esta tarde.

—De acuerdo. ¿Hay alguna novedad sobre Nuala?

—No, nada especial. Sólo quiero hablar con usted. Quizá vaya con alguien. ¿Le parece bien? La llamaré antes.

—Muy bien —respondió, y, sospechando que Earl Bateman estaba oyéndola, levantó ligeramente la voz—. Comisario, ahora mismo estoy con Earl Bateman, que me ha traído una fotografía muy bonita de Nuala. Lo espero.

Cuando volvió a la sala, vio que la butaca delante del sillón de Earl estaba apartada, lo que significaba que se había levantado. Así que me estaba escuchando. Perfecto.

—Era el comisario Brower —dijo con una sonrisa. Algo que ya sabes, añadió para sus adentros—. Va a pasar esta tarde. Le dije que estabas aquí de visita.

Bateman asintió con gesto solemne.

—Es un buen jefe de policía. Respeta a la gente. No como en ciertas culturas. ¿Sabes lo que pasa en algunos lugares cuando muere un rey? Durante el período de luto, la policía toma el control del gobierno y a veces asesinan a la familia real. En realidad, en algunas culturas era algo habitual. Podría darte muchos ejemplos. ¿Sabes que doy conferencias sobre ritos funerarios?

Maggie se sentó, extrañamente fascinada por aquel hombre. Él había adoptado una expresión ensimismada casi religiosa. Se había transformado de profesor torpe y distraído en una criatura mesiánica de voz grave. Hasta su forma de sentarse era diferente. El colegial de postura rígida había dado paso a un hombre seguro de sí mismo. Se inclinó ligeramente hacia ella, con el codo sobre el apoyabrazos del sillón y la cabeza un poco ladeada. Ya no la miraba, tenía los ojos fijos en algún punto a su izquierda.

A Maggie se le secó la boca. Se había sentado involuntariamente en el confidente, y se dio cuenta de que Earl tenía la vista fija en el sitio donde había estado el cuerpo de Nuala.

—¿Sabes que doy conferencias sobre ritos funerarios? —repitió, y Maggie advirtió sobresaltada que no había respondido.

—Sí —dijo rápidamente—. ¿Recuerdas que me lo contaste la noche que nos conocimos?

—Me gustaría hablar del tema contigo —dijo Bateman con seriedad—. Una cadena de televisión por cable está muy interesada en que presente una serie de programas, en concreto trece programas de media hora. Tengo material de sobra, pero quisiera incluir algunas imágenes.

Maggie esperó.

Earl entrelazó las manos. Su voz era ahora apremiante.

—No puedo demorar la respuesta a una oferta de este tipo. Tengo que actuar rápido. Tú eres muy buena fotógrafa. Las imágenes son lo tuyo. Si pudieras visitar hoy mismo mi museo, me harías un gran favor. Está en el centro, al lado de la funeraria que tenía mi familia. ¿Te importaría si te robara una hora? Te enseñaré el material en exhibición, te explicaré qué significa, y quizá puedas ayudarme a escoger qué objetos debo sugerir a los productores. —Hizo una pausa—. Por favor, Maggie.

Liam le había hablado de las réplicas de las campanillas victorianas. Tiene que tener doce. Supón que están en exhibición, y que ahora tiene sólo seis. Si es así, entonces cabría pensar que él puso el resto en las tumbas.

—Me encantaría ir —dijo al cabo de un momento—. Le dejaré una nota al comisario diciendo que estoy contigo en el museo, por si llega antes, y que volveré a las cuatro.

Earl sonrió.

—Me parece muy bien. Tendremos tiempo de sobra.

64

A las dos de la tarde, Brower llamó al detective Haggerty para que fuera a su oficina. Le dijeron que había salido hacía unos minutos, pero que volvería enseguida. Cuando apareció, llevaba en la mano los mismos papeles que Brower tenía sobre el escritorio, las copias de los obituarios que Maggie Holloway había consultado en el *Newport Sentinel.* Haggerty sabía que Lara Horgan había recibido por fax otro juego de copias en el despacho forense de Providence.

—¿Qué has visto, Jim? —preguntó Brower.

Haggerty se dejó caer en la silla.

—Probablemente lo mismo que usted, comisario: que cinco de las seis difuntas vivían en esa elegante residencia.

—Correcto.

—Que ninguna de las cinco tenía parientes cercanos. Brower lo miró con benevolencia.

—Muy bien.

—Todas murieron mientras dormían.

—Vaya.

—Y el doctor William Lane, director de Latham Manor, era el

médico de todas, lo que significa que firmó todos los certificados de defunción.

Brower sonrió aprobadoramente.

—Eres rápido, ¿eh?

—Además —continuó Haggerty—, lo que los artículos no dicen es que cuando muere un huésped de Latham Manor, el estudio o el apartamento que compró revierte a manos de la sociedad propietaria de la residencia, lo que significa que puede venderlos de nuevo.

Brower frunció el entrecejo.

—No lo había considerado desde ese ángulo —admitió—. Acabo de hablar con la forense. Ella también lo vio enseguida. Ha ordenado que investiguen al doctor William Lane. Ya estaba investigando a una enfermera de allí, Zelda Markey. Quiere ir conmigo esta tarde a hablar con Maggie Holloway.

Haggerty se quedó pensativo.

—Yo conocía a la señora Shipley, la mujer que murió la semana pasada en Latham Manor, y le tenía mucho cariño. Pensé que sus familiares quizá aún estaban en la ciudad, así que pregunté por ahí. Me enteré de que se alojaban en el hotel Harbordside y fui a verlos.

Brower esperó. Haggerty tenía su expresión más inocente, lo que significaba que había averiguado algo.

—Les di el pésame y hablé con ellos un rato. Resulta que ayer fue a verlos a Latham Manor nada menos que Maggie Holloway.

—¿Y por qué estaba allí? —soltó Brower.

—La había invitado la anciana señora Bainbridge y su hija. Pero después subió a hablar con los parientes de la señora Shipley mientras ordenaban sus efectos personales. —Suspiró—. La señora Holloway les hizo una petición extraña. Dijo que su madrastra, Nuala Moore, que enseñaba pintura en Latham, había ayudado a la señora Shipley a hacer un dibujo. Les preguntó si les importaba que se lo llevara. Lo curioso es que no estaba.

—Quizá la señora Shipley lo rompió.

—No creo. De todos modos, más tarde fueron unos huéspedes a hablar con los familiares de la señora Shipley y éstos les preguntaron por el dibujo. Una de las ancianas dijo que lo había visto. Era un dibujo de un cartel de la Segunda Guerra Mundial que mostraba a un espía escuchando a escondidas a dos obreros de la industria militar.

—¿Y para qué lo quería Maggie Holloway?

—Porque Nuala Moore había dibujado la cara de Greta Shipley encima de la de uno de los obreros, y, en el lugar de la del espía, adivine la de quién estaba.

Brower miró a Haggerty con los ojos entrecerrados.

—La de la enfermera Markey —respondió el detective—. Y una cosa más, comisario. En Latham Manor, como norma, cuando muere alguien se cierra con llave la habitación o el apartamento hasta que llegue la familia para retirar los objetos de valor. En otras palabras, nadie tenía por qué haber entrado allí a llevarse ese dibujo. —Hizo una pausa—. Da que pensar, ¿no cree?

65

Neil canceló la comida que tenía y decidió tomar un bocadillo y un café en su despacho. Había dado instrucciones a Trish de que sólo le pasara las llamadas más urgentes, mientras trabajaba febrilmente para adelantar su calendario de trabajo de los próximos días.

A las tres, cuando Trish volvió con otro fajo de papeles, llamó a su padre.

—Papá, esta noche voy para allá —dijo—. He tratado de hablar con ese Hansen por teléfono, pero siempre me dicen que ha salido. Así que voy a ver si puedo localizarlo yo mismo. Creo que está metido en algo más gordo que dar malos consejos financieros a ancianas.

—Eso ha dicho Maggie; estoy seguro de que está tras la pista de algo.

—¡Maggie!

—Al parecer, cree que tiene que haber alguna relación entre Hansen y las mujeres que presentaron solicitudes en Latham Manor. He hablado con Laura Arlington y Cora Gebhart. Resulta que ese Hansen apareció como por arte de magia.

—¿Por qué no lo mandaron a paseo? La mayoría de la gente no hace caso a agentes de bolsa desconocidos que ofrecen su mercancía por teléfono.

—Aparentemente utilizaba como garantía el nombre de Alberta Downing. Les dijo que ella les daría referencias. Pero después, y aquí viene lo interesante, les hablaba de la pérdida de poder adquisitivo de algunas acciones por culpa de la inflación y, «por casualidad», les daba como ejemplo las mismas acciones y bonos que tenían ellas.

—Sí —dijo Neil—, recuerdo que la señora Gebhart me comentó algo. Tengo que hablar con la señora Downing. Aquí hay algo que no cuadra. Por cierto, esperaba que me llamaras en cuanto hubieras visto a Maggie —añadió con tono de fastidio—. Estaba preocupado por ella. ¿Cómo está?

—Pensaba llamarte en cuanto hubiera terminado de comprobar las sospechas de Maggie sobre Hansen —respondió Robert Stephens—. Pensé que era más importante que presentarte un informe —añadió mordazmente.

Neil miró al cielo.

—Lo siento —dijo—, y gracias por ir a verla.

—Quiero que sepas que fui inmediatamente. Da la casualidad que esa muchacha me cae muy bien. Una cosa más: Hansen pasó a verla la semana pasada y le hizo una oferta por la casa. He hablado con agentes inmobiliarios para recabar opiniones sobre el valor de esa propiedad. Maggie pensaba que la oferta era demasiado alta, teniendo en cuenta las condiciones en que está la casa, y tenía razón. Trata de descubrir qué juego se trae entre manos Hansen con ella.

Neil recordó el sobresalto de Maggie cuando mencionó el nombre de Hansen, lo evasiva que había sido su respuesta cuando le había preguntado si lo conocía.

Pero en una cosa yo tenía razón: Maggie se sinceró con papá, pensó. Cuando llegue a Newport iré directamente a su casa y no pienso marcharme hasta que me diga qué he hecho mal.

Al colgar, levantó la mirada y vio a Trish con los papeles en la mano.

—Tendrá que ocuparse usted, Trish, porque me voy ahora mismo.

—Vaya, vaya —replicó su secretaria con cariñosa burla—. Así que se llama Maggie y está usted preocupado por ella. Esta experiencia le enseñará mucho, Neil. —Frunció el entrecejo—. ¿Tan preocupado está?

—No lo dude.

—¿A qué espera entonces? Muévase.

66

—Estoy muy orgulloso de mi museo —le explicó Earl mientras le abría la puerta del coche a Maggie.

Ella había rechazado la oferta de ir en el coche de él y notó que su negativa le había fastidiado.

Mientras seguía al Oldsmobile gris de Earl y pasaba por delante de la Funeraria Bateman, se dio cuenta de por qué no había visto el museo hasta entonces. Daba a una calle lateral, al fondo del edificio grande, y tenía su propio aparcamiento detrás, en el que sólo había otro vehículo, un coche fúnebre.

Earl lo señaló.

—Tiene treinta años —explicó con orgullo—. Mi padre iba a venderlo cuando ingresé en la universidad, pero le pedí que me lo regalara. Lo tengo en el garaje y sólo lo saco en verano, cuando abro el museo al publico, aunque sólo un par de horas los fines de semana. De alguna manera marca la pauta del lugar, ¿no crees?

—Supongo que sí —respondió Maggie insegura.

Durante los últimos diez días he tenido coches fúnebres para el resto de mi vida, pensó. Se volvió para estudiar la casa victoriana de tres pisos, con un amplio porche y adornos cursis. Estaba pintada igual que la Funeraria Bateman, de blanco satinado con persianas negras. Unas cintas negras colgadas de la puerta de entrada se agitaban al viento.

—La casa fue construida en 1850 por mi tatarabuelo —explicó Earl—. Fue nuestra primera funeraria. En aquella época, la familia vivía en el piso de arriba. Mi abuelo construyó el edificio actual y mi padre lo amplió. Por una temporada ésta fue la casa del vigilante. Hace diez años, cuando vendimos el negocio, separamos esta casa y cuatro mil metros de terreno de los que me hice cargo. Abrí el museo poco después, pero había estado preparando la colección durante años.

Earl cogió a Maggie del codo.

—Hoy tendrás el gusto de conocer el museo. Y recuerda que quiero que mires todo con ojo de fotógrafa y me indiques qué material gráfico debería proponer. No me refiero sólo a los programas, sino también a algo que pueda servir de apertura y de cierre, una especie de firma propia.

Estaban en el porche, una plataforma amplia con barandilla y varias jardineras de violetas y clavellinas, como para compensar esa especie de ambiente mortuorio. Bateman levantó el borde de la jardinera más cercana y sacó la llave.

—¿Ves cómo confío en ti, Maggie? Te estoy mostrando dónde escondo la llave. Es una cerradura antigua y la llave pesa mucho para llevarla encima. —Se detuvo en la puerta y señaló las cintas—. En nuestra sociedad se acostumbraba ponerlas en la puerta para indicar que la casa estaba de luto.

¡Dios mío! ¿Cómo puede disfrutar con esto?, pensó Maggie temblando ligeramente. Se dio cuenta de que tenía las manos húmedas y se las metió en los bolsillos de los tejanos. De pronto tuvo la idea irracional de que no podía entrar en una casa de luto vestida con una camisa a cuadros y tejanos.

La llave chirrió al girar, Earl Bateman empujó la puerta y dio un paso atrás.

—¿Qué me dices de todo esto? —preguntó orgulloso mientras Maggie entraba despacio.

El muñeco de un hombre tamaño natural con librea negra esperaba en el recibidor, como dispuesto a recibir invitados.

—Emily Post, en su primer libro de urbanidad, publicado en 1922, escribió que si alguien moría, el mayordomo debía estar en la puerta vestido con su ropa habitual hasta que lo reemplazara un lacayo con librea.

Earl quitó de la manga del maniquí algo que Maggie no alcanzó a ver.

—Verás —dijo con seriedad—, las salas de esta planta están dedicadas a las costumbres fúnebres de este siglo; pensé que una figura con librea sorprendería a los visitantes. ¿Cuántas personas hoy en día, por muy ricas que sean, tendrían un lacayo con librea de pie en la puerta cuando muere un familiar?

La mente de Maggie dio un brusco salto en el tiempo, hasta el penoso día, cuando ella tenía diez años, en que Nuala le había dicho que se marchaba. «Sabes, Maggie —le había explicado—, después de la muerte de mi primer marido, durante mucho tiempo llevaba unas gafas oscuras encima. Lloraba con tanta facilidad que me daba vergüenza. Cuando sentía que iba a empezar, las cogía y pensaba: Es hora de volverse a poner el equipo de duelo. Ojalá tu padre y yo nos hubiéramos querido tanto. Lo intenté, pero no pudo ser. Y, durante el resto de mi vida, cada vez que te eche de menos, tendré que sacar mis gafas de duelo.»

Cada vez que recordaba aquel día, se le llenaban los ojos de lágrimas. Ojalá ahora tuviera mis gafas de duelo, pensó mientras se secaba la mejilla.

—¡Maggie, te has emocionado! —dijo Earl con tono reverente—. Qué comprensiva eres. Como te he dicho, en esta planta se exhiben los ritos fúnebres de nuestro siglo. —Apartó una pesada cortina—. En esta sala escenifiqué la versión de Emily Post de un pequeño funeral. ¿Ves?

El maniquí de una mujer joven, con un vestido de seda verde claro, yacía sobre un sofá de brocado. Los rizos pelirrojos cubrían una almohada fina de satén y las manos cruzadas sostenían un ramillete de lirios de tela.

—¿No es una imagen encantadora? Parece estar durmiendo, ¿verdad? —susurró Earl—. Fíjate. —Señaló un discreto atril de plata cerca de la entrada—. Hoy en día sería el libro que firman los visitantes, pero yo copié una página del original de Emily Post sobre el cuidado de los deudos. Voy a leértelo. Es fascinante. —La voz sonó en la silenciosa sala—: «A los deudos afligidos hay que llevarlos a una habitación soleada, con una chimenea encendida. Si no se sienten con ánimos de sentarse a la mesa, hay que llevarles muy poca comida en una bandeja. Una taza de té, café o caldo, una tostada fina, un huevo pasado por agua, leche caliente. La leche fría es muy mala para las personas destempladas. El cocinero puede sugerir algún plato que suela gustarles...». —Se interrumpió—. ¿Qué te parece? ¿Cuántas personas hoy en día, por muy ricas que sean, tienen un cocinero al que le preocupe qué plato les gusta? Creo que ésta sería una imagen maravillosa para el programa, ¿no? Pero para la apertura y el cierre de la serie tendríamos que elegir una toma más general. —La cogió del brazo—. Sé que no tienes mucho tiempo, pero acompáñame al primer piso, donde tengo unas réplicas fantásticas de los ritos arcaicos de separación. Mesas de banquetes, por ejemplo. Parece que diversos pueblos consideraban que la muerte tenía que incluir un banquete o un festín al final de la ceremonia, porque el luto prolongado es muy debilitador para el individuo y la comunidad. Tengo montados algunos ejemplos típicos.

»Hay también mi sección de entierros —continuó con entusiasmo mientras subían por la escalera—. ¿Te he mencionado la costumbre sudanesa de estrangular a su líder cuando estaba viejo o débil? Verás, el principio era que el líder encarnaba la vitalidad de la nación, y no debía morir porque en ese caso moría toda la nación con él. De modo que cuando se hacía evidente que perdía su poder, lo mataban en secreto y lo emparedaban en una choza de barro. La costumbre era creer que no moría, sino que desaparecía. —Se rió.

Llegaron al primer piso.

—En la primera sala he hecho una réplica de la choza de barro. Entre tú y yo, ya he empezado a trabajar en un museo al aire libre, para que la sección de entierros sea aún más real. Está a unos quince kilómetros de aquí. Hasta ahora he hecho algunas excavaciones, y fundamentalmente demoliciones. Lo estoy diseñando yo solo. Cuando esté terminado, será precioso. En una parte pondré una réplica en miniatura de una pirámide, con un sarcófago trasparente, así la gente podrá ver cómo los antiguos egipcios sepultaban a los faraones con oro y joyas valiosas para que los acompañaran en su viaje al más allá...

¿Qué dice?, pensó Maggie con una sensación de súbita inquietud. ¡Está loco! Mientras iban de una sala a otra, todas con una elaborada puesta de escena, la mente de Maggie no paraba de asombrarse. Earl la llevaba de la mano, mostrándole y explicándole todo febrilmente.

Estaban casi al final del pasillo, y Maggie se dio cuenta de que aún no había visto ni rastro de las campanillas encontradas en las tumbas.

—¿Qué hay en el segundo piso? —preguntó.

—Todavía no esta listo para exhibición —contestó él con aire ausente—. Lo uso como almacén.

Se detuvo bruscamente, volvió la cabeza y le clavó la mirada. Estaban al final del pasillo, delante de una puerta grande.

—¡Ah, Maggie, ésta es una de mis mejores salas!

Earl abrió la puerta con reverencia teatral.

—Junté dos salas para lograr el efecto buscado. Representa un funeral aristocrático de la antigua Roma. —La hizo entrar—. Voy a explicártelo. Primero construían un féretro, después ponían una especie de sofá dentro, con dos colchones encima. Quizá ésta sería una buena imagen para el comienzo. Por supuesto que las antorchas serán con bombillas rojas, pero podríamos encenderlas de verdad. El anciano que fabricó el féretro era un auténtico artesano. Lo copió exactamente del dibujo que le di. Mira las frutas y las flores talladas en la madera. Tócalas.

Le cogió la mano y le hizo tocar el ataúd.

—Y este maniquí es un tesoro. Está vestido exactamente como un aristócrata romano. Encontré esta ropa maravillosa en una tienda de disfraces. Piensa, ¡estos funerales debían ser todo un espectáculo! Heraldos, músicos, antorchas llameantes... —Se calló bruscamente—. Cuando hablo de esto me dejo llevar por el entusiasmo. Discúlpame.

—No; me fascina —replicó Maggie, tratando de parecer tranquila. Esperaba que no hubiera notado el sudor en la mano que al fin había logrado liberar.

—Me alegro. Pues bien, queda una sala más, aquí al lado. Mi sala de ataúdes. —Abrió la última puerta—. ¿No dirías que también es una sala espléndida?

Maggie se echó atrás. No quería entrar en aquella sala. Hacía sólo diez días había tenido que elegir el féretro de Nuala.

—Earl, creo que tengo que irme, se me hace tarde —dijo.

—Ah, qué lástima. Me hubiera gustado hablarte un poco de cada uno. A lo mejor puedes venir otro día. A finales de semana me traerán el más nuevo. Tiene forma de barra de pan. Fue diseñado para el cuerpo de un panadero. En algunas culturas africanas existe la costumbre de enterrar al difunto en un féretro que simboliza su vida. Hablé de ello en una conferencia que di en un club de mujeres de Newport.

Ese comentario le daba pie para hacer la pregunta que quería.

—¿Das conferencias en Newport a menudo?

—No, ya no. —Earl cerró la puerta de la sala de ataúdes despacio, como si no quisiera irse—. Sin duda conoces el dicho de que nadie es profeta en su tierra. Primero esperan que lo hagas gratis, y después te insultan.

¿Hablaba de la reacción provocada en la conferencia de Latham Manor?, se preguntó Maggie. Las puertas cerradas de las salas hacían que el pasillo estuviese en penumbra, pero aun así se vio cómo la cara de Earl enrojecía.

—Pero seguro que a ti nadie te habrá insultado, ¿verdad? —preguntó con interés mesurado.

—Una vez —dijo apesadumbrado—. Y me molestó mucho.

Maggie no se atrevió a decirle que Liam le había hablado del incidente de las campanillas.

—Ah, ahora recuerdo que... —dijo Maggie en voz baja—. Una vez que fui a visitar a la señora Shipley a Latham Manor, creo que alguien comentó que habías tenido una experiencia desagradable el día que fuiste a dar una conferencia. ¿No pasó algo con la hija de la señora Bainbridge?

—Exactamente, a eso me refería —replicó Earl bruscamente—. Me molestó tanto que dejé de hablar de uno de mis temas favoritos.

Mientras bajaban por la escalera, pasaban junto al maniquí de librea de la entrada y salían al porche donde después de la oscuridad del museo, el sol parecía muy fuerte, Bateman le contó lo ocurrido en Latham Manor y le habló de las réplicas de campanillas victorianas que había llevado.

—Las hicieron especialmente para mí en una fundición —dijo con un inquietante tono de ira—. Doce campanillas. A lo mejor no fue una idea brillante de mi parte enseñárselas a los ancianos, pero no era motivo para que esa mujer me tratara así.

Maggie respondió con cuidado.

—Pero seguro que no todo el mundo reaccionó igual.

—Fue muy molesto para nosotros. Zelda estaba furiosa.

—¿Zelda? —preguntó Maggie.

—La enfermera Markey. Conoce mi trabajo y me ha escuchado varias veces. Fui allí porque ella le había dicho al encargado de actividades de Latham Manor que mis conferencias eran muy interesantes.

La enfermera Markey, pensó Maggie.

Earl entrecerró los ojos y Maggie se dio cuenta de que la estudiaba.

—A mí me parece que debe ser un tema muy interesante —insistió ella—. Y quizá esas campanillas serían una buena imagen para la apertura y el cierre del programa.

—No, olvídalo. Están en una caja en el almacén de arriba, y ahí se quedarán.

Volvió a dejar la llave debajo de la jardinera.

—No le digas a nadie que está aquí, Maggie.

—No, por supuesto.

—Pero si quieres volver y tomar algunas fotos de las cosas que crees debo enviar a la gente de la televisión, no hay ningún problema. Ya sabes dónde está la llave. —La acompañó hasta el coche—. Tengo que volver a Providence —dijo—. ¿Pensarás en las imágenes y me darás algunas sugerencias? ¿Puedo llamarte mañana o pasado?

—Naturalmente —respondió Maggie mientras, aliviada, se instalaba en el asiento—. Y gracias —añadió, sabiendo que, si podía evitarlo, no tenía la menor intención de usar esa llave ni de volver a ese lugar.

—Bueno, espero que sea hasta pronto. Saluda al comisario Brower de mi parte.

—Adiós, Earl. Ha sido muy interesante —saludó mientras ponía el coche en marcha.

—Mi museo cementerio también va a ser muy interesante. Ah, eso me recuerda que tengo que guardar el coche fúnebre en el garaje. Cementerio, coche fúnebre... es curioso cómo funciona la mente, ¿no?

Maggie, al alejarse calle abajo, vio por el retrovisor a Earl sentado en el coche fúnebre con un teléfono. Tenía la cabeza vuelta en dirección a ella.

Maggie sintió su mirada intensa y luminosa clavada en su espalda hasta que se perdió de vista.

67

El doctor William Lane llegó al hotel Ritz-Carlton de Boston poco antes de las cinco. Había un cóctel y una cena en honor a un cirujano que se retiraba. Odile había llegado antes para hacer unas compras e ir a su peluquería favorita. Como siempre que tenían ese tipo de actividades, ella cogía una habitación en el hotel para pasar la tarde.

Mientras cruzaba Providence, el buen humor de Lane fue desapareciendo gradualmente. La satisfacción que sentía por las noticias de los Van Hilleary daba paso a una alarma mental parecida a un detector de humos. Algo iba mal, pero todavía no sabía qué.

La alarma mental había empezado a sonar nada más salir de la residencia, después de que Sarah Bainbridge Cushing telefoneara para decir que iba a visitar otra vez a su madre. Le dijo que Letitia Bainbridge la había llamado poco después del almuerzo para decirle que no se sentía bien, y que estaba nerviosa porque la enfermera Markey seguía entrando a su habitación sin llamar.

La semana anterior, tras las quejas de Greta Shipley, ya le había llamado la atención a Markey por ese mismo motivo. ¿Qué pretendía? El doctor Lane echaba chispas. Muy bien, no volvería a hablar con ella, llamaría directamente a Residencias Prestigio y les diría que la echaran.

En el momento en que llegó al Ritz, Lane estaba completamente alterado, y cuando entró en la habitación de su mujer y la vio con una bata de volantes empezando a maquillarse, se puso aún de peor humor. No puedo creer que haya estado de compras hasta esta hora, pensó con creciente irritación.

—Hola, cariño —le sonrió Odile con expresión aniñada—. ¿Qué te parece mi pelo? He dejado que Magda probara algo diferente. Espero que no me haya dejado como una enredadera. —Sacudió la cabeza juguetona.

Era verdad que Odile tenía una bonita cabellera rubia, pero Lane estaba cansado de tener que admirarla todo el tiempo.

—Estás bien —dijo sin ocultar su irritación.

—¿Bien nada más? —repuso su mujer con un aleteo de pestañas.

—Mira, Odile, me duele la cabeza. Y creo que no hace falta que te diga que estas últimas semanas en la residencia no han sido fáciles.

—Ya lo sé, cariño. ¿Por qué no te acuestas un rato mientras termino de ondear el rizo?

Ésa era otra bobada de Odile que lo sacaba de quicio, siempre decía «ondear el rizo» en lugar de «rizar el rizo». Le encantaba que alguien la corrigiera, porque entonces aprovechaba para señalar que la expresión provenía de Shakespeare y se citaba mal: «Dorar el oro pulido, ondear el rizo».

La aspirante a intelectual, pensó Lane con dentera.

—Escucha, Odile. La fiesta empieza dentro de diez minutos —dijo echando un vistazo al reloj—. ¿No es mejor que empieces a moverte?

—Ay, William, nadie llega a un cóctel a la hora en punto —dijo con la vocecilla de niña—. ¿Por qué estás enfadado conmigo? Sé que algo te preocupa pero, por favor, háblalo conmigo y trataré de ayudarte. Otras veces te he ayudado, ¿no? —Parecía a punto de hacer pucheros.

—Claro que sí —dijo Lane cediendo, y decidió hacerle el cumplido que la tranquilizaría—. Odile, eres una mujer guapísima. —Trató de parecer cariñoso—. Incluso antes de que ondees el rizo, estás guapísima. Podrías ir a la fiesta tal como estás y eclipsarías a todas las demás. —Y, mientras ella empezaba a sonreír, añadió—: Pero tienes razón, estoy preocupado. La señora Bainbridge no se encontraba muy bien esta tarde, y me sentiría mejor si estuviera cerca, por si hubiera alguna urgencia. Así que...

—Ay... —suspiró ella, sabiendo lo que se avecinaba. ¡Qué desilusión! Esta noche tenía ganas de ver a todos los invitados y pasar un rato con ellos. Quiero mucho a nuestros huéspedes, pero tampoco debemos entregarles nuestra vida entera.

Era la reacción que Lane esperaba.

—No quiero que te sientas decepcionada —dijo con determinación—. Quédate y diviértete. Mira, duerme en el hotel y vuelve mañana. No quiero que conduzcas de noche sola.

—¿Estás seguro?

—Completamente. Ahora voy a asomarme un momento a la fiesta, y después vuelvo a Newport. Saluda de mi parte a todos los que pregunten por mí.

La alarma de aviso en su mente se había convertido en una sirena estridente. Quería salir corriendo, pero se detuvo para despedirse de su mujer con un beso, que le cogió la cara entre las manos.

—Ay, querido, espero que no le pase nada a la señora Bainbridge, al menos por el momento. Es muy mayor, es verdad, y no se puede esperar que viva eternamente, pero es un amor. Si sospechas que pasa algo grave, llama a su médico de cabecera inmediatamente. No quiero que vuelvas a firmar otro certificado de defunción tan pronto. Recuerda los problemas en la última residencia.

Lane le sujetó las manos. Quería estrangularla.

68

Cuando Maggie regresó a la casa se quedó un buen rato en el porche respirando hondo, inhalando el aroma fresco, límpido y salado del océano. Después de la visita al museo, aún sentía el olor de la muerte.

Earl Bateman disfrutaba con la muerte, pensó con un escalofrío de repugnancia. Le gustaba hablar de ella, recrearse en ella.

Liam le había dicho que Earl disfrutaba contando cómo se habían asustado las mujeres de Latham cuando les había hecho coger las campanillas. Maggie comprendía el miedo que debieron sentir, aunque la versión de Earl del incidente era distinta; según él, lo había perturbado tanto que había guardado las campanillas en el almacén del segundo piso.

Quizá había un poco de las dos cosas, pensó. Por un lado había disfrutado asustándolas y, por el otro, sin duda se había puesto furioso cuando lo echaron.

Estaba tan ansioso de enseñarle todo lo que había en ese extraño museo que... ¿Por qué no había querido mostrarle las campanillas? Seguro que no era sólo por los recuerdos dolorosos de Latham Manor.

¿No sería porque las había metido en las tumbas de las mujeres de la residencia, mujeres que a lo mejor formaban parte del público la tarde de la conferencia? De pronto la sobresaltó otra idea: ¿Nuala también había asistido?

Había cruzado los brazos y temblaba. Al volverse para entrar en la casa, cogió la nota que le había dejado al comisario Brower en la puerta. Una vez dentro, lo primero que vio fue la foto enmarcada que le había llevado Earl.

—Ay, Nuala —dijo en voz alta mientras la cogió—. Finn-u-ala.

Estudió la foto durante un minuto. Podía cortarla para que quedara sólo Nuala, y después ampliarla.

Para esculpir el busto de Nuala había reunido las fotos más recientes que había en la casa, pero ninguna lo era tanto como ésa. Sería una ayuda perfecta para la etapa final. Decidió llevársela arriba.

Brower le había dicho que pasaría por la tarde, pero ya eran más de las cinco. Decidió continuar trabajando en la escultura, pero, de camino al taller, recordó que el comisario le había dicho que llamaría antes de ir, y desde el taller no oiría el teléfono.

Al pasar por delante del cuarto, cambió de opinión y decidió terminar de sacar los zapatos de Nuala del armario. Antes llevaría la foto al taller.

Una vez en el taller, sacó la fotografía del marco y la sujetó a un tablero, junto a la mesa de trabajo. Encendió un foco y la examinó detenidamente.

Seguro que el fotógrafo les dijo que sonrieran, pensó. La sonrisa surgía con naturalidad en el rostro de Nuala. Pero no es un auténtico primer plano, no muestra lo que vi en sus ojos la noche de la cena.

De pie junto a Nuala, Earl Bateman parecía incómodo, tenso, con una sonrisa forzada. Sin embargo, nada en él indicaba la aterradora obsesividad que ella había visto esa tarde.

Recordó que Liam le había dicho una vez que en la familia había una veta de locura. En aquel momento no se había tomado muy en serio el comentario, pero ahora no estaba tan segura.

Liam probablemente nunca ha salido mal en una foto, pensó mientras seguía estudiando el retrato. Los dos primos tienen un fuerte parecido familiar, sobre todo en la estructura de la cara. Pero lo que en Earl es raro, en Liam es agradable.

Qué suerte tuve de que Liam me llevara a esa fiesta, y qué suerte de ver a Nuala, siguió cavilando mientras bajaba por la escalera. Recordó que habían estado a punto de no verse. Maggie había decidido irse a casa porque Liam, que iba de un lado a otro saludando primos, no le hacía caso. Esa noche se había sentido absolutamente abandonada. Aunque la verdad es que ha cambiado bastante desde que estoy aquí.

Qué debo contarle al comisario Brower cuando venga, se preguntó. Si Earl Bateman puso esas campanillas en las tumbas, el hecho no tiene nada de ilegal. Pero ¿por qué iba a mentirme diciéndome que estaban en el almacén?

Entró en el cuarto y abrió la puerta del armario. Las únicas dos prendas colgadas eran el traje azul de cóctel que Nuala llevaba en el restaurante Four Seasons y la gabardina dorada que había vuelto a colgar cuando Neil y su padre habían movido la cama.

El suelo del armario, sin embargo, estaba lleno de zapatos, zapatillas y botas en desorden.

Maggie se sentó en el suelo y se puso a ordenarlo. Algunos zapatos estaban muy gastados, y los apartó para tirarlos. Pero otros, como el par que creía recordar que Nuala llevaba la noche de la fiesta, eran nuevos y parecían bastante caros.

La verdad es que Nuala no era ninguna maniática del orden, pero nunca hubiera tirado un par de zapatos nuevos de esa manera, decidió Maggie. Se le cortó el aliento. Sabía que el intruso que había matado a Nuala había revuelto todos los cajones, pero ¿también se había tomado la molestia de registrar los zapatos?

Dio un brinco al oír el teléfono. El comisario Brower, pensó, y se dijo que no le molestaba en absoluto verlo.

Sin embargo, era el detective Haggerty que la llamaba en lugar de Brower para decirle que el comisario tenía que postergar la visita hasta la mañana siguiente a primera hora.

—Lara Horgan, la médica forense del estado, y él han tenido que salir por una emergencia.

—De acuerdo —respondió Maggie—. Aquí estaré. Por cierto, detective Haggerty, esta tarde Earl Bateman me ha invitado a su museo. —Escogió las palabras con cuidado—. Tiene un hobby tan... peculiar.

—Sí, he estado en ese museo —dijo Haggerty—. Vaya sitio. Aunque no me parece un hobby tan peculiar, teniendo en cuenta que viene de una familia de cuatro generaciones de empresarios de pompas fúnebres. A su padre lo desilusionó que él no quisiera seguir con el negocio. Pero se podría decir que, a su manera, sí ha seguido. —Sonrió.

—Supongo que sí. —Maggie hablaba despacio, sopesando sus palabras—. Me han dicho que sus conferencias tienen mucho éxito, pero me he enterado de que hubo un lamentable incidente en Latham Manor. ¿Sabe algo de eso?

—No mucho, pero si yo tuviera la edad de esa gente, tampoco me gustaría que me hablaran de funerales. ¿Y a usted?

—No, desde luego.

—Nunca he ido a ninguna de sus conferencias —continuó Haggerty—. No me gusta cotillear, pero la gente de aquí cree que eso del museo es una locura. Pero, vaya, los Bateman tienen capital para comprar y vender a todos los Moore juntos. Quizá a Earl no se le note, pero tiene mucho dinero. Le viene por el lado paterno.

—Comprendo.

—El clan Moore lo llama el «primo bicho raro», pero yo diría que están celosos.

Maggie se acordó de cómo había visto a Earl ese mismo día: mirando fijamente el lugar donde había caído el cuerpo de Nuala, llevándola de sala en sala frenéticamente, sentado en el coche fúnebre con la vista clavada en ella.

—O a lo mejor porque lo conocen demasiado bien —dijo—. Gracias por llamar, detective Haggerty.

Colgó, aliviada de no haber mencionado las campanillas. Estaba segura de que Haggerty, risueño, habría atribuido la extraña aparición de las campanillas en las tumbas a otra excentricidad de rico.

Maggie volvió a ocuparse de los zapatos. Esta vez decidió que lo más sencillo era meter la mayoría en bolsas de basura. Unos zapatos viejos y pequeños no le servirían a nadie. Sin embargo, valía la pena conservar las botas forradas de piel; la izquierda estaba caída. Cogió la izquierda y alargó la mano para coger la otra. Mientras la levantaba, oyó un tañido amortiguado que venía del interior del calzado.

—¡Dios mío, no!

Sabía lo que encontraría, incluso antes de meter la mano dentro del forro de piel. Los dedos se cerraron sobre el metal frío, y, al retirarlo, estuvo segura de haber hallado lo que el asesino de Nuala buscaba: la campanilla que faltaba.

Nuala la encontró en la tumba de la señora Rhinelander, pensó; su mente funcionaba al margen de sus manos temblorosas. La miró: exactamente igual a la encontrada en la tumba de Nuala.

Tenía unas motas de tierra seca pegadas al borde. Otras diminutas partículas se deshicieron sobre sus dedos. Recordó los terrones de tierra encontrados en el bolsillo de la gabardina, y que cuando había vuelto a colgar el traje de cóctel, había tenido la impresión de que algo se caía.

Nuala llevaba la gabardina el día que sacó la campanilla de la tumba de la señora Rhinelander, pensó. Seguramente se asustó y la dejó en el bolsillo por alguna razón. ¿La encontró el día que cambió el testamento? ¿El día antes de su muerte? ¿De alguna manera confirmaba las sospechas que había empezado a tener sobre la residencia?

Earl le había asegurado que las campanillas que había hecho forjar estaban en el almacén del museo. Si las doce seguían allí, entonces otra persona había puesto otras en las tumbas, razonó.

Earl había vuelto de Providence y la llave del museo estaba debajo de la jardinera del porche. Aunque le contara a la policía lo de las campanillas, y suponiendo que la tomaran en serio, cosa que creía poco probable, no tendrían derecho legal de entrar en el museo a buscar las doce que Earl afirmaba tener.

Pero él me invitó a ir al museo cuando quisiera para ver qué imágenes pueden servir para los programas, pensó. Llevaré la cámara como excusa, por si alguien me ve. Pero no quiero que me vea nadie. Esperaré a la noche e iré después. Hay una sola manera de averiguarlo: buscar la caja de las campanillas en el almacén. Estoy segura de que no encontraré más de seis. Y si es así, sabré que ha mentido. Tomaré unas fotos para comparar las campanillas con las de las tumbas y las dos que tengo. Y mañana, cuando venga el comisario Brower, le daré el carrete y le diré que creo que Earl Bateman encontró la manera de vengarse de los huéspedes de Latham Manor con la ayuda de la enfermera Zelda Markey.

¿Venganza? Maggie se quedó de piedra ante la magnitud de lo que estaba pensando. Sí, poner las campanas en las tumbas de las mujeres que habían sido cómplices de la humillación era una forma de venganza. Pero ¿eso le había bastado? ¿O cabía la posibilidad de que, en cierto modo, estuviera implicado en sus muertes? Y era evidente que la enfermera Zelda Markey estaba ligada a Earl de alguna manera. ¿Sería su cómplice?

69

Aunque hacía rato que había pasado la hora de la cena, Brower todavía estaba en la comisaría. Había sido una tarde frenética y absurdamente trágica, con dos incidentes terribles. Un coche lleno de adolescentes de juerga había atropellado a un matrimonio de ancianos que estaban muy graves. Y un marido enfadado había transgredido una orden judicial que le prohibía acercarse a su mujer, de la que estaba separado, y le había pegado un tiro.

—Por fortuna la mujer está fuera de peligro; tiene tres hijos —dijo Brower a Haggerty.

Haggerty asintió.

—¿Dónde has estado? —preguntó Brower—. Lara Horgan quiere saber a qué hora puede recibirnos Maggie Holloway mañana.

—Me dijo que estaría en casa toda la mañana —respondió Haggerty—. Pero antes de que llame a la doctora Horgan, quiero hablarle de la visita que hice a Sarah Cushing. Su madre, la señora Bainbridge, vive en Latham Manor. De niño yo era compañero del hijo de Sarah Cushing en los *boy scouts.* La conozco muy bien; es una mujer muy agradable. Impresionante, muy inteligente.

Brower sabía que era inútil dar prisas a Haggerty cuando se embarcaba en uno de esos relatos. Además, parecía bastante satisfecho de sí mismo. Para acelerar un poco las cosas, el comisario le hizo la pregunta que esperaba.

—¿Y por qué has ido a verla?

—Por algo que me dijo Maggie Holloway cuando la llamé. Mencionó a Earl Bateman. Créame, comisario, esa señorita tiene olfato para las cosas raras. Estuvimos un rato de palique.

Como ahora, pensó Brower.

—Y creo que Maggie Holloway está muy nerviosa por Bateman, diría que hasta tiene miedo.

—¿De Bateman? Es inofensivo —repuso Brower.

—Eso es exactamente lo que habría pensado yo, pero quizá Maggie Holloway tiene buen ojo para juzgar a la gente. Es fotógrafa, ¿sabe? En fin, mencionó un pequeño problema que tuvo Bateman en Latham Manor, un pequeño incidente ocurrido no hace mucho tiempo. Así que llamé a un amigo cuya prima es asistenta en la residencia. Charlé un poco con la chica y al final me contó que una tarde Bateman había dado una conferencia que casi mató de susto a una de las viejas. Sarah Cushing estaba presente por casualidad, y le montó un número.

Haggerty vio que el comisario torcía la boca; era su señal de que había llegado el momento de ir al grano.

—Por eso fui a ver a la señora Cushing, y me contó que el motivo por el que echó a Bateman era que había trastornado a los huéspedes con una conferencia sobre gente que temía que la enterraran viva. Después sacó unas réplicas de campanillas que ponían en las tumbas de la época victoriana. Parece que les ataban una cuerda o un alambre y el otro extremo al dedo del finado. La cuerda estaba dentro de un tubo que pasaba por un agujero del ataúd hasta la superficie de la tumba. Así, si uno se despertaba dentro del ataúd, con sólo mover el dedo la campana sonaba. El vigilante lo oía y empezaba a cavar.

»Bateman les dijo a las ancianas que pasaran el dedo anular por el lazo que había en el extremo de la cuerda, que se imaginaran que estaban enterradas vivas y que intentaran hacer sonar la campanilla.

—¡Estás bromeando!

—No, señor. Ahí empezó todo el desaguisado. Una anciana octogenaria y claustrofóbica comenzó a gritar y se desmayó. La señora Cushing dijo que recogió las campanillas, interrumpió la conferencia y puso a Bateman de patitas en la calle. Después se ocupó de averiguar quién había recomendado que Bateman diera esa conferencia. —Haggerty hizo una pausa para conseguir un efecto teatral—. Nada más y nada menos que Zelda Markey, la enfermera que acostumbra a entrar sin autorización a las habitaciones. Sarah Cushing se ha enterado por cotilleos que, hace años, Markey se ocupaba de cuidar a una tía de Bateman en un geriátrico, y así se hizo amiga de la familia. También sabe que los Bateman fueron muy generosos con ella por la atención especial que le brindaba a la anciana tía.

»Las mujeres siempre saben cómo enterarse de las cosas, ¿no le parece, comisario? —Meneó la cabeza—. Ahora la pregunta es si hubo algún problema con todas esas mujeres que murieron mientras dormían en la residencia. La señora Cushing recuerda que algunas estaban presentes en la conferencia, y, no está muy segura, pero cree que todas las que han muerto últimamente estaban allí.

Antes de que Haggerty terminara, Brower estaba llamando a la forense Lara Horgan. Tras hablar con ella, colgó y se volvió hacia el detective.

—Lara va a iniciar el procedimiento para que se exhumen los cuerpos de las señoras Shipley y Rhinelander, las dos muertes más recientes en Latham Manor. Y eso sólo para empezar.

70

Neil consultó el reloj a las ocho. Pasaba por la salida Mystic Seaport de la carretera 95. Le faltaba una hora para llegar a Newport. Pensó en volver a llamar a Maggie, pero desistió; no quería darle la oportunidad de que le dijera que no quería verlo esa noche. Si no está, aparcaré delante de su casa hasta que vuelva, se dijo.

Estaba enfadado por no haber salido antes. Si no tenía suficiente con coger todo el tráfico de la hora punta, encima se había quedado atascado por un maldito camión basculante que había colapsado todo el tráfico hacia el norte durante más de una hora.

Aunque no todo había sido tiempo perdido. Finalmente había tenido la ocasión de pensar en lo que le fastidiaba de la conversación con la señora Arlington, la clienta de su padre que había perdido casi todo su dinero con Hansen: la confirmación de la compra; había algo que no parecía muy correcto.

Al final se dio cuenta de qué era. Laura Arlington le había dicho que «acababa» de recibir la confirmación de la compra de las acciones. Esos documentos se enviaban inmediatamente después de la transacción, por lo tanto tenía que haberlos recibido antes.

Después, esa mañana, se había enterado de que no constaba que Cora Gebhart poseyera las acciones que Hansen afirmaba haber comprado a nueve dólares cada una, y que aquel día ya habían bajado a dos. ¿El juego de Hansen consistía en hacer creer a la gente que había comprado las acciones a un precio —acciones que sabía que iban a bajar— y antes de hacer la transacción esperar a que descendiera bastante la cotización? De ese modo, Hansen podía embolsarse la diferencia.

Llevar a cabo una operación de ese tipo implicaba falsificar la orden de la cámara de compensación. No era sencillo, pero tampoco imposible, reflexionó Neil. A lo mejor he dado con lo que Hansen está haciendo, pensó mientras pasaba junto al cartel de BIENVENIDOS A RHODE ISLAND. ¿Pero por qué demonios le ha hecho esa oferta a Maggie por la casa? ¿Qué relación hay entre eso y robarles dinero a ancianas crédulas? Aquí tiene que haber algo más.

71

A las ocho y media, Maggie Holloway decidió salir rumbo al museo funerario de Earl Bateman. Había cogido la campanilla encontrada en el armario para compararla con la de la tumba de Nuala. Las dos estaban sobre la mesa del taller, iluminadas por un foco.

Casi sin pensarlo había sacado la Polaroid que utilizaba cuando preparaba una sesión fotográfica, para hacer una foto de las dos campanillas juntas. Sin embargo, no se quedó a esperar a ver la imagen, sacó la foto de la cámara y la dejó sobre la mesa del taller para estudiarla cuando volviera.

Después, con el pesado equipo fotográfico a cuestas, dos cámaras y todos los carretes y lentes, salió de la casa. Detestaba tener que volver a ese lugar, pero no había otra manera de buscar las respuestas que necesitaba.

Acaba de una vez con esto, se dijo mientras echaba doble llave a la puerta de entrada y subía al coche.

Al cabo de quince minutos pasaba por delante de la Funeraria Bateman. Al parecer habían tenido una tarde ajetreada. Una hilera de coches salía en aquel momento del camino.

Mañana otro funeral... Bueno, al menos no es alguien relacionado con Latham Manor, pensó Maggie con tristeza. Ayer, por lo menos, estaba todo el mundo, no faltaba nadie.

Giró a la derecha por la tranquila calle donde se emplazaba el museo, entró en el aparcamiento, aliviada de no ver el coche fúnebre, y recordó que Earl le había dicho que iba a guardarlo en el garaje.

Mientras se acercaba al viejo edificio, se sorprendió al ver que detrás de la cortina de una ventana de la planta baja emergía una luz débil. Seguramente está conectada a un temporizador y se apagará más tarde, pensó. Bueno, me ayudará a orientarme. No obstante, había llevado una linterna; aunque Earl Bateman le había dicho que podía volver, no quería encender luces que revelaran su presencia.

La llave estaba debajo de la jardinera, donde la había dejado Earl. Produjo un chasquido seco, como cuando él la hizo girar en la vieja cerradura. Y también como en la visita anterior, lo primero que vio fue el lacayo de librea, aunque esta vez su mirada parecía más hostil que atenta.

No me agrada nada estar aquí, pensó mientras subía corriendo por la escalera, intentando evitar echar siquiera un vistazo a la sala donde yacía el maniquí de la muchacha en el sofá.

De igual modo, al llegar al rellano y encender la linterna, trató de no pensar en las salas del primer piso. Dirigió el haz hacia abajo y siguió hasta el segundo rellano a pesar de que el recuerdo de lo que había visto la agobiaba: esas dos habitaciones grandes al final del pasillo, una con el funeral del aristócrata de la antigua Roma, la otra llena de ataúdes. Ambas eran espeluznantes, pero el espectáculo de los ataúdes le parecía el más turbador.

Tenía la esperanza de que el segundo piso fuera como el de la casa de Nuala: un taller con armarios grandes y estanterías. Desgraciadamente se encontró con otra planta llena de habitaciones. Consternada, recordó que Earl le había dicho que la planta superior había sido originariamente la casa de sus tatarabuelos.

Abrió la primera puerta tratando de no ponerse nerviosa. Apuntando la linterna cuidadosamente hacia abajo, vio que había una escena en preparación, una especie de cabaña sobre una estructura de dos palos. Dios sabe qué demonios será o para qué servirá, pensó con un escalofrío. Pero al menos no había ninguna otra cosa digna de repulsión.

Las siguientes dos habitaciones eran parecidas; ambas contenían escenografías inacabadas de ritos mortuorios.

La última era la que buscaba. Era un almacén amplio, con las paredes cubiertas de estanterías llenas de cajas. Los dos percheros de ropa, que tenían desde túnicas de gala hasta prácticamente harapos, cubrían las ventanas. Unos cajones de madera cerrados estaban apilados en desorden.

¿Por dónde empiezo?, pensó al tiempo que la embargaba una sensación de impotencia. Tardaría horas en revisar todo aquello, y, aunque acababa de llegar, ya estaba ansiosa por irse.

Respiró hondo, reprimiendo el impulso de salir corriendo. Dejó el bolso del equipo en el suelo y cerró la puerta del almacén para que no se escapara ni un rayo de luz por las ventanas sin cortinas del pasillo.

Se dijo que todas aquellas cortinas en las ventanas del almacén impedirían que se viera la luz desde fuera. A pesar de todo, mientras avanzaba vacilante por la habitación, se dio cuenta de que temblaba. Tenía la boca seca. Todo su ser se estremecía y le decía que se marchara de aquel lugar.

A su izquierda había una escalera de mano. Obviamente servía para llegar a los estantes de arriba. Parecía vieja y pesada, lo que significaba que, si tenía que arrastrarla cada pocos metros, tardaría más tiempo. Decidió empezar la búsqueda por los estantes que había justo detrás de la escalera, y a partir de allí recorrer toda la habitación. Al subir y mirar hacia abajo, vio que todas las cajas estaban etiquetadas. Al menos Earl tenía todo clasificado; por primera vez vio un destello de esperanza y pensó que quizá no sería un proceso tan difícil como temía.

Aun así, las cajas no parecían seguir ningún orden concreto. Algunas, con la etiqueta de MÁSCARAS MORTUORIAS, llenaban toda una sección de estanterías. Había otras con diferentes etiquetas: ROPA DE LUTO, LIBREAS, RÉPLICAS DE ANTORCHAS, TAMBORES, PLATILLOS DE BRONCE, PINTURAS RITUALES y cosas por el estilo... pero no campanillas.

Es inútil, nunca las encontraré, se dijo. Había movido la escalera sólo dos veces, y ya hacía más de media hora que buscaba. Movió otra vez la escalera; le molestaba el chirrido que hacía en el suelo. Empezó a subir, pero al llegar al tercer peldaño su mirada se posó sobre una caja grande, apretada entre otras dos, casi oculta detrás de ellas. La etiqueta rezaba: CAMPANILLAS/SEPULTADOS VIVOS.

Cogió la caja y tiró de ella hasta conseguir sacarla. Casi perdió el equilibrio con la caja en brazos. Bajó de la escalera y la apoyó en el suelo. Con una prisa frenética se arrodilló y levantó la tapa. Apartó el material de embalaje y quedó a la vista la primera campanilla de metal, cubierta de plástico, un envoltorio que le daba un engañoso brillo. Sus dedos se movieron con agilidad entre el material de embalaje, hasta que tuvo la certeza de que había sacado todas las campanillas de la caja. Eran seis, idénticas a las que ella había encontrado.

El papel de embalaje todavía estaba dentro de la caja: «12 campanillas victorianas de fundición, encargadas por el Sr. Earl Bateman», rezaba. Doce... pero sólo había seis.

Voy a sacar unas fotos a las campanillas y al papel de embalaje, y después me largo, pensó Maggie. De pronto tuvo unas ganas terribles de marcharse de ese lugar, de estar a salvo con la prueba de que Earl Bateman era un mentiroso y, posiblemente, un asesino.

No supo muy bien qué le hizo darse cuenta de que ya no estaba sola. ¿Fue el ruido amortiguado de una puerta que se abría o el fino haz de luz de otra linterna lo que la alertó?

Se dio la vuelta y levantó la linterna. En ese momento algo la golpeó en la cabeza.

Y después sólo tuvo una impresión de voces y movimiento, y por último, la serenidad de perder la conciencia hasta que despertó a la terrible oscuridad silenciosa de una tumba.

72

Neil llegó a casa de Maggie sobre las nueve, mucho después de lo que había previsto. Sintió una terrible decepción al ver que no estaba su coche, pero tuvo un momento de esperanza cuando advirtió una luz encendida en el estudio.

Quizá había llevado el coche al mecánico, se dijo. Pero después de llamar al timbre con insistencia, comprobó que no había nadie y volvió al coche a esperar. A medianoche finalmente se dio por vencido y se dirigió a casa de sus padres en Portsmouth.

Encontró a su madre en la cocina preparando chocolate caliente.

—No sé por qué no podía dormir —le dijo ésta.

Neil sabía que lo esperaba desde hacía horas y se sintió culpable de haberla preocupado.

—Tendría que haberte llamado —dijo—. Pero ¿por qué no me llamaste al teléfono del coche?

Dolores Stephens sonrió.

—Porque ningún hombre de treinta y siete años quiere que su madre lo llame para saber por qué llega tarde. Pensé que a lo mejor habías pasado por casa de Maggie, así que no estaba tan preocupada.

Neil meneó la cabeza.

—Sí, pasé por su casa pero no estaba y la esperé hasta ahora.

Dolores Stephens estudió a su hijo.

—¿Has cenado? —preguntó cariñosamente.

—No, pero no te molestes.

La madre lo ignoró y abrió la nevera.

—A lo mejor tenía una cita —dijo ella.

—Ha salido en su coche, y es lunes por la noche —replicó Neil—. Mamá, estoy preocupado. Voy a llamarla cada media hora hasta que llegue a casa.

A pesar de sus protestas de que no tenía hambre, se comió el suculento bocadillo que su madre le preparó. A la una llamó a Maggie.

Su madre estaba sentada con él cuando volvió a intentarlo a la una y media, después a las dos, a las dos y media, y otra vez a las tres.

A las tres y media apareció el padre.

—¿Qué pasa? —preguntó con ojos de dormido. Mientras se lo explicaban, dijo bruscamente—: Por el amor de Dios, llama a la policía y pregunta si ha habido algún accidente.

El agente que atendió a Neil le aseguró que era una noche muy tranquila.

—Ningún accidente, señor.

—Dale una descripción de Maggie. Dile qué coche lleva. Déjale tu nombre y este número de teléfono —dijo Robert Stephens—. Dolores, ¿has estado despierta hasta ahora? Duerme un poco, yo me quedaré con Neil.

—Pero...

—Seguro que no habrá pasado nada —dijo su marido amablemente, pero cuando ella se alejó, añadió—: Tu madre se ha encariñado mucho con Maggie. —Miró a su hijo—. Sé que hace tiempo que sales con ella. ¿Por qué se muestra tan indiferente contigo, fría incluso?

—No lo sé —admitió Neil—. Ella siempre mantuvo las distancias, y supongo que yo también. Pero estoy seguro de que le pasa algo conmigo. —Meneó la cabeza—. No paro de darle vueltas al asunto. Seguro que no es sólo que no la haya llamado a tiempo para pedirle el número antes de que viniera aquí. Maggie no es tan quisquillosa. He pensado mucho en ello durante el viaje, y se me ha ocurrido algo que tal vez lo explique. Le habló a su padre de la vez que la había visto llorar en el cine.

—Pensé que no debía entrometerme —dijo—. En aquel momento creía que simplemente tenía que darle tiempo. Pero ahora me pregunto si me vio y ahora está resentida porque no le dije ni una palabra. ¿Qué tendría que haber hecho?

—Te diré lo que habría hecho yo —le respondió su padre—. Si hubiera visto a tu madre en una situación semejante, me habría acercado a ella y le habría puesto la mano en el hombro. Quizá no habría dicho nada, pero le hubiera demostrado de alguna manera que estaba allí. —Miró a Neil con severidad—. Lo habría hecho estuviera o no enamorado de ella. Por otro lado, si hubiera tratado de negarme a mí mismo que la amaba, o tuviera miedo de comprometerme, entonces quizá habría huido. Ya conoces la metáfora bíblica de lavarse las manos.

—Venga, papá —murmuró Neil.

—Y si hubiera estado en el lugar de Maggie, habría percibido que tú estabas allí, quizá hasta habría querido abrirme a ti, y te habría maldecido si huías de mí —concluyó Robert Stephens.

Sonó el teléfono. Neil lo cogió.

Era el agente de policía con el que había hablado poco antes.

—Señor, hemos encontrado el vehículo que nos describió aparcado en Marley Road. Es una zona desierta en la que no hay casas, así que no sabemos cuándo lo dejaron allí, ni quién, ni si fue la señora Holloway u otra persona.

MARTES 8 DE OCTUBRE

73

El martes a las ocho y media de la mañana, Malcolm Norton bajó de su cuarto y entró en la cocina. Janice ya estaba sentada a la mesa leyendo el periódico y tomando café.

Le hizo el ofrecimiento sin precedentes de servirle un café.

—¿Tostadas? —le preguntó a continuación.

Malcolm dudó.

—¿Por qué no? —respondió y se sentó frente a ella.

—Hoy sales muy temprano, ¿no?

Vio que su mujer estaba nerviosa. Sin duda sabía que él estaba a punto de hacer algo.

—Terminarías de cenar muy tarde anoche —continuó Janice mientras dejaba la taza de café humeante delante de él.

—Mmmm —respondió Malcolm disfrutando de su intranquilidad. Sabía que ella estaba despierta cuando él había vuelto a medianoche.

Bebió un par de sorbos de café y empujó la silla hacia atrás.

—Pensándomelo mejor, creo que me saltaré las tostadas. Adiós, Janice.

Malcolm Norton, cuando llegó a la oficina, se sentó durante unos minutos en el escritorio de Barbara. Ojalá pudiera escribirle unas líneas, algo que le recordara lo que había significado para él, pero era injusto. No quería mezclar su nombre con todo aquello.

Entró en su despacho y volvió a mirar las fotocopias que había hecho de los papeles encontrados en el maletín de Janice, así como la de su extracto bancario.

Se había imaginado lo que se traía entre manos. Y la otra noche, al ver al bribón de su sobrino darle un sobre en el restaurante al que la había seguido, lo había adivinado. El extracto bancario sólo había confirmado lo que ya sospechaba.

Janice le estaba pasando a Doug Hansen información privilegiada sobre las solicitudes de Latham Manor, para que él engañara a las viejas ricas. Quizá un cargo de «tentativa de defraudación» contra Janice no sería muy grave, pero sin duda no la ayudarían en aquella ciudad. Y, por supuesto, perdería su trabajo.

Perfecto, pensó.

Hansen era el que le había hecho la oferta a Maggie Holloway por la casa. Norton estaba seguro. Janice le había dado el soplo del inminente cambio de legislación. Probablemente pensaban subir la oferta hasta que Holloway vendiera.

Ojalá Maggie Holloway no hubiera entrado en escena para echarlo todo a perder, pensó con amargura. El habría sacado una buena tajada con esa casa y encontrado la manera de conservar a Barbara.

Sacar una buena tajada, pensó con tristeza. ¡Hacerse rico!

Ahora ya no importaba. Jamás compraría esa casa. Jamás compartiría su vida con Barbara. Ya no le quedaba más vida. Todo había acabado. Pero por lo menos se darían cuenta de que no era ese cabeza de chorlito que Janice había despreciado durante años.

Puso el sobre marrón dirigido al comisario Brower en la esquina del escritorio. No quería mancharlo.

Abrió el cajón de debajo, sacó la pistola y la estudió cuidadosamente. Marcó el número de la comisaría y pidió para hablar con el comisario Brower.

—Soy Malcolm Norton —dijo mientras levantaba la pistola con la mano derecha y se la apoyaba contra la sien—. Creo que estoy a punto de matarme.

Mientras apretaba el gatillo, oyó una única palabra final:

—¡Noooo !

74

Maggie sentía la sangre pegajosa en el pelo, sobre la sien que aún le dolía cuando se la tocaba.

—Tranquila —murmuraba—. No pierdas la calma.

¿Dónde estoy enterrada?, se preguntó. Probablemente en algún sitio solitario, en un bosque donde nadie podrá encontrarme. Cuando tiraba de la cuerda que tenía atada al dedo anular, sentía un peso en el otro extremo.

Ha atado la cuerda a una de las campanillas victorianas, se dijo. Deslizó el índice por el tubo por el que pasaba la cuerda. Parecía de metal, de dos centímetros de diámetro. Por ahí entraría suficiente aire para respirar, a menos que se obturara.

Pero ¿para qué ha hecho todo esto?, se preguntó. Estaba segura de que la campanilla no tenía badajo, pues de lo contrario oiría al menos un débil tañido. Eso significaba que nadie la oiría.

¿Estaba en un cementerio auténtico? Si así era, ¿cabía la posibilidad de que alguien fuera de visita o asistiera a un entierro? ¿Oiría, aunque fuera débilmente, el ruido de los coches?

Seguiría tirando de la cuerda hasta tener el dedo en carne viva, hasta que la abandonaran las fuerzas. Si estaba enterrada en algún sitio por el que pasara gente, entonces siempre cabía la esperanza de que el movimiento de la campanilla llamara la atención.

También trataría de gritar pidiendo ayuda a intervalos de diez minutos, según sus cálculos. Por supuesto que no había manera de saber si su voz saldría por el tubo, pero debía intentarlo. Sin embargo, no tenía que quedarse ronca, porque si no sería incapaz de llamar la atención si oía a alguien cerca.

¿Él volvería?, se preguntó. Estaba loco; de eso no cabía duda. Si oía que ella gritaba, taparía el tubo y dejaría que se asfixiara. Tenía que tener mucho cuidado... y suerte.

Pensó que tal vez todo eso no serviría para nada. Era muy probable que estuviera enterrada en un lugar aislado, y que él se imaginara cómo ella arañaba la tapa del ataúd y tiraba de la cuerda de la manera que supuestamente hacían los victorianos cuando comprendían que los habían enterrado vivos. Sólo que esa gente tenía alguien que vigilaba, y ella, dondequiera que estuviese, sabía que estaba completamente sola.

75

A las diez de la mañana, Neil y su padre estaban sentados terriblemente nerviosos en el despacho del comisario Brower, mientras éste les comunicaba el contenido de la nota de suicidio de Malcolm Norton.

—Norton era un hombre amargado y desengañado —dijo—. Por lo que explicó sobre el cambio de las leyes de protección del medio ambiente, la casa de la señora Holloway va a valer mucho dinero. Cuando le hizo la oferta de comprar la casa a Nuala Moore, era evidente que pensaba engañarla y no decirle lo que realmente valía, así que probablemente intuyó que ella había cambiado de idea y no iba a venderle la casa, y la mató. Quizá registró toda la casa en busca del nuevo testamento. —Hizo una pausa mientras releía un párrafo de la larga nota.

»Es evidente que culpaba a Maggie Holloway de que todo le hubiera salido mal, y, aunque no lo dice, tal vez se haya vengado. No hay duda de que se las arregló para causarle graves problemas a su esposa.

Esto no puede estar pasando, pensó Neil. Sintió la mano de su padre sobre el hombro y tuvo ganas de quitársela de encima. Tenía miedo de que la compasión socavara su determinación, y no lo permitiría. No iba a rendirse. Maggie no está muerta, pensó. No puede estar muerta.

—Hablé con la señora Norton —continuó Brower—. Su marido ayer regresó a la hora de costumbre, después salió y no volvió hasta medianoche. Esta mañana, cuando trató de averiguar dónde había estado, él no le contestó.

—¿Y hasta qué punto Maggie conocía a ese Norton? —preguntó Robert Stephens—. ¿Por qué razón iba a acceder a encontrarse con él? ¿Cree posible que la haya obligado a subir a su propio coche y conducir hasta el lugar donde encontraron el vehículo? Pero después, ¿qué hizo con Maggie? Y, puesto que dejó el coche allí, ¿como volvió a su casa?

Brower meneaba la cabeza mientras Stephens hablaba.

—Estoy de acuerdo, es muy poco probable que haya sido así, pero es una posibilidad que debemos investigar. Hemos llevado perros para seguir el rastro de la señora Holloway, de modo que si está en la zona, la encontraremos. Pero está muy lejos de la casa de Norton. Tiene que haber actuado en complicidad con alguien, o haberle pedido a alguien que lo llevara a casa. Y, francamente, las dos posibilidades parecen muy poco verosímiles. Barbara Hoffman, la mujer de la que estaba enamorado, está en Colorado en casa de su hija. Ya lo hemos comprobado. No se ha movido de allí desde el fin de semana.

En aquel momento sonó el intercomunicador y Brower cogió el auricular.

—Sí, pásamelo —dijo al cabo de un momento.

Neil se llevó las manos a la cara. Que no hayan encontrado el cuerpo de Maggie, rogó en silencio.

La conversación de Brower duró sólo un minuto.

—Creo que tenemos buenas noticias —dijo tras colgar—. Malcolm Norton cenó anoche en el Log Cabin, un pequeño restaurante cerca de donde vivía Barbara Hoffman. Aparentemente, los dos cenaban allí a menudo. El dueño dice que Norton se marchó bastante después de las once, así que debió irse directamente a su casa.

Lo que significa, pensó Neil, que casi seguro no tuvo nada que ver con la desaparición de Maggie.

—¿Y ahora qué piensa hacer? —preguntó Robert Stephens.

—Interrogar a las personas que la señora Holloway nos señaló: Earl Bateman y la enfermera Markey —respondió Brower.

Volvió a sonar el intercomunicador. Después de oír sin hacer comentarios, Brower colgó y se puso de pie.

—No sé qué se trae Bateman entre manos, pero acaba de llamar para denunciar que anoche alguien robó un ataúd de su museo.

76

El doctor William Lane tenía muy poco que decirle a su mujer ese martes por la mañana. El silencio de ésta le indicaba que hasta ella tenía sus límites.

Ojalá no hubiera vuelto a casa anoche y no me hubiera encontrado así, pensó. Hacía siglos que no bebía, o al menos eso le parecía; no había vuelto a hacerlo desde el incidente en su último trabajo. Lane sabía que le debía este empleo a Odile. Había conocido a los dueños de Residencias Prestigio en un cóctel y lo había recomendado para el puesto de director de Latham, que en aquel momento estaban renovando.

Latham Manor iba a ser una concesión de Prestigio, a diferencia de las residencias que ellos gestionaban directamente; no obstante, habían accedido a recibirlo y más adelante Lane le había enviado el currículum al concesionario. Sorprendentemente, consiguió el puesto.

Todo gracias a Odile, como ella no paraba de recordarle, pensó con amargura.

Sabía que el error de la noche anterior era producto de la presión que soportaba: las órdenes de mantener esos apartamentos ocupados, de que no pasara un mes sin que se vendieran, con la amenaza implícita de que lo echarían si no lo conseguía. Echarme... ¿Adónde?

Después del último incidente, Odile le había dicho que si volvía a verlo borracho una vez más, lo abandonaría. Por muy atractiva que fuera la perspectiva, no podía dejar que pasara algo así. La verdad era que la necesitaba. ¿Por qué Odile no se había quedado en Boston a pasar la noche?, pensó. Porque sospechaba que él estaba aterrorizado, se respondió. Y tenía razón, naturalmente. Estaba aterrado desde que se había enterado que Maggie Holloway había estado buscando un dibujo de Nuala Moore que mostraba a la enfermera Markey escuchando a escondidas. Hacía tiempo que debía haber encontrado la manera de deshacerse de esa mujer, pero la había mandado Residencias Prestigio, y, en general, era una buena enfermera. Sin duda muchos huéspedes la valoraban. De hecho, a veces se preguntaba si no era demasiado buena enfermera. En muchas cosas parecía saber más que él.

En fin, pasara lo que pasara con Odile, el doctor Lane sabía que tenía que ir a la residencia y hacer su ronda de visitas matinales.

Encontró a su mujer tomando café en la cocina. Increíblemente, esa mañana no se había molestado en ponerse ni una gota de maquillaje. Parecía agotada.

—Zelda Markey acaba de llamar —le dijo con un destello de enfado en la mirada—. La policía le ha dicho que quiere interrogarla y no sabe por qué.

—¿Interrogarla? —Lane sintió que la tensión le atenazaba cada músculo. Es el final, pensó.

—También me ha dicho que Sarah Cushing ha dado órdenes estrictas de que ni tú ni ella entréis en la habitación de su madre. Parece que la señora Bainbridge no está bien y la señora Cushing está haciendo los arreglos para que la trasladen al hospital. —Odile lo miró acusadoramente—. Pensaba que anoche habías salido corriendo para ver a la señora Bainbridge. No que te hubieran prohibido acercarte a ella. Pero me he enterado de que no apareciste en la residencia hasta casi las once. ¿Qué estuviste haciendo hasta esa hora?

77

Neil y Robert Stephens se dirigieron a la lejana carretera donde el Volvo de Maggie seguía aparcado, rodeado ahora por una cinta policial. Al bajar del coche, oyeron los ladridos de los sabuesos en el bosque de los alrededores.

Desde que habían salido de la comisaría, ninguno de los dos había hablado. Neil aprovechó el tiempo para repasar todo lo que sabía. Se dio cuenta de que era muy poco, y cuanto más perdido se sentía, mayor era su frustración.

Comprendió que la presencia comprensiva de su padre le hacía bien, que le resultaba esencial. Algo que yo no le ofrecí a Maggie, se reprochó con amargura.

A través del espeso follaje del bosque divisó la silueta de un grupo de personas. ¿Policías o voluntarios?, se preguntó. Sabía que hasta el momento no habían encontrado nada, por lo tanto la búsqueda se había extendido a una zona más amplia. Notó, desesperado, que esperaban encontrar el cuerpo de Maggie.

Se metió las manos en los bolsillos y bajó la cabeza.

—No puede estar muerta. —Rompió por fin el silencio—. Si estuviera muerta, lo sabría.

—Neil, vamos —dijo su padre en voz baja—. No sé por qué hemos venido. Nuestra presencia aquí no va a ayudar a Maggie.

—¿Y qué sugieres que haga? —preguntó Neil; la ira y la frustración enronquecían su voz.

—Por lo que ha dicho el comisario, la policía aún no ha hablado con ese Hansen, pero han averiguado que tiene que ir a su oficina en Providence al mediodía. En este momento, lo de él no es muy importante. Pasarán la información que dejó Norton sobre sus estafas al fiscal. Pero creo que no estaría de más que estuviéramos en el despacho de Hansen cuando llegue.

—Papá, ¿esperas que en este momento me preocupe por unas transacciones bursátiles? —dijo Neil enfadado.

—No, y en este momento a mí tampoco me preocupan. Pero ha autorizado la venta de cincuenta mil acciones que Cora Gebhart no posee, y sin duda tienes derecho a ir a la oficina de Hansen a exigir una explicación —le insistió Robert Stephens. Miró a su hijo a los ojos—. ¿No ves adónde quiero llegar? Algo que tiene que ver con Hansen intranquilizó mucho a Maggie. No creo que sea una coincidencia que fuera él precisamente el que le hiciera una oferta por la casa. Lo más probable es que se ponga a la defensiva por lo de las acciones, pero la auténtica razón por la que quiero verlo ahora mismo es intentar averiguar si sabe algo sobre la desaparición de Maggie.

Como Neil seguía negando con la cabeza, Robert Stephens señaló el bosque.

—Si crees que el cuerpo de Maggie está por allí, entonces ve a buscarlo con los demás. Pero yo espero..., creo que aún está viva, y, si es así, apuesto a que el secuestrador no la dejó cerca del coche. —Se volvió para marcharse—. Pídele a alguien que te lleve. Yo voy a ver a Hansen.

Subió al vehículo y cerró de un portazo. Mientras ponía el motor en marcha, Neil se sentó en el asiento del pasajero.

—Tienes razón —admitió—. No sé dónde la encontraremos, pero seguro que aquí no.

78

A las once y media, Earl Bateman esperaba al comisario Brower y al detective Haggerty en el porche de su museo funerario.

—El ataúd estaba aquí ayer por la tarde —dijo Bateman acaloradamente—. Lo sé porque di una vuelta por el lugar y recuerdo que lo señalé. No puedo creer que alguien tenga la insolencia de profanar una importante colección como ésta sólo para hacer una broma. Todos los objetos de este museo fueron comprados tras una búsqueda meticulosa.

»Falta poco para Halloween —continuó, nervioso, mientras daba un puñetazo sobre su palma izquierda—. Estoy seguro de que alguna pandilla juvenil es responsable de esta gamberrada. Y lo digo desde ahora: si eso es lo que ha sucedido, pienso presentar cargos. No quiero excusas de "chiquilladas", ¿comprende?

—Profesor Bateman, ¿por qué no entramos y hablamos tranquilamente? —dijo Brower.

—Por supuesto. Hasta es posible que tenga alguna foto del ataúd en el despacho. Es un objeto de especial interés, y pensaba darle un sitio relevante cuando amplíe el museo. Pasen, por aquí.

Los dos policías lo siguieron por el recibidor, pasaron junto al maniquí de tamaño natural vestido de negro, y se dirigieron hacia lo que había sido la cocina. En la pared opuesta había un fregadero, una nevera y una cocina. Debajo de las ventanas del fondo había archivadores grandes, y en el centro de la habitación un viejo escritorio lleno de planos y bocetos.

—Estoy planificando una exposición al aire libre —les dijo Bateman—. Tengo un terreno cerca que es el sitio perfecto. Adelante, tomen asiento. Voy a ver si encuentro la foto.

Está desquiciado, pensó Jim Haggerty. ¿Estaba tan nervioso el día que lo echaron de Latham Manor? Quizá no sea un bicho raro tan inofensivo como yo aseguraba.

—¿Y si antes de buscar la foto le hacemos unas preguntas? —sugirió Brower.

—Muy bien. —Bateman retiró la silla del escritorio y se sentó.

Haggerty sacó el bloc de notas.

—¿Notó alguna otra cosa, profesor Bateman? —preguntó Brower.

—No. Todo lo demás parecía en orden. Gracias a Dios que no destrozaron el lugar. Hay que tener en cuenta que puede ser obra de una sola persona porque también falta el catafalco. Pudieron llevárselo sobre ruedas.

—¿Dónde estaba el ataúd?

—En el primer piso, pero hay un montacargas. —Sonó el teléfono—. Discúlpeme, debe de ser mi primo Liam. Estaba en una reunión cuando lo llamé para contarle lo ocurrido. Pensaba que le interesaría. —Bateman cogió el auricular—. Diga —respondió, y afirmó con la cabeza para indicar que era la llamada que esperaba.

Brower y Haggerty escucharon su parte de la conversación mientras le explicaba el robo a su primo.

—Una antigüedad muy valiosa —dijo excitado—. Un ataúd victoriano. Me costó diez mil dólares, una ganga. Éste tenía el tubo original para respirar y era... —Se detuvo súbitamente, como si lo hubieran interrumpido. Después, conmocionado, exclamó—: ¿Cómo que Maggie Holloway ha desaparecido? ¡Es imposible!

Cuando colgó parecía aturdido.

—¡Es terrible! ¡No puedo creer que le haya pasado algo a Maggie! Oh, lo sabía, sabía que no estaba a salvo. Tuve una premonición. Liam está muy alterado. Eran muy amigos. Me ha llamado desde el coche; acababa de oír la noticia por la radio y viene hacia aquí desde Boston. —Bateman frunció el ceño—. ¿Ustedes sabían que Maggie había desaparecido? —preguntó con aire recriminatorio.

—Sí —respondió Brower bruscamente—. Y también sabemos que ayer por la tarde estuvo aquí con usted.

—Sí, claro. Le llevé una foto de Nuala Moore tomada en una reunión familiar hace poco, y ella me lo agradeció mucho. Como es una fotógrafa tan famosa, le pedí que me ayudara a buscar imágenes para unos programas de televisión sobre ritos funerarios que voy a hacer. Por eso vino a ver el museo —explicó—. Echó un vistazo a casi todo. Fue una lástima que no hubiera traído la cámara, así que cuando se marchó le dije que podía volver cuando quisiera y le mostré dónde escondía la llave.

—Eso fue ayer por la tarde —dijo Brower—. ¿Volvió ella por la noche?

—No lo creo. ¿Para qué iba a venir por la noche? Una mujer no lo haría. —Parecía trastornado—. Espero que no le haya pasado nada malo. Es una mujer muy agradable, y muy guapa. En realidad, me atrae bastante. —Meneó la cabeza y añadió—: No; estoy casi seguro de que ella no ha robado el ataúd. Si ayer, cuando le mostré la sala de féretros, no quiso ni entrar.

¿Es una broma?, se preguntó Haggerty. Este tío tiene una respuesta para todo. Apuesto diez contra uno a que ya sabía que Maggie Holloway había desaparecido.

Bateman se puso de pie.

—Voy a buscar la foto.

—Espere un momento —dijo Brower—. Antes me gustaría hablar con usted sobre un pequeño altercado que tuvo durante una conferencia en Latham Manor. Me han contado algo sobre unas campanillas de la época victoriana y que fue usted invitado a marcharse del lugar.

Bateman, enfadado, dio un puñetazo sobre el escritorio.

—¡No quiero hablar de eso! ¿Qué les pasa a todos? Ayer tuve que contarle la misma historia a Maggie Holloway. Esas campanillas están guardadas en mi almacén y ahí se quedarán. ¡No quiero hablar del tema! ¿Está claro? —Tenía la cara lívida de ira.

79

El tiempo estaba cambiando y empezaba a hacer frío. El sol de la mañana había dado paso a las nubes, y a las once el cielo estaba gris y oscuro.

Neil y su padre se sentaron en sendas sillas de madera que, junto con la silla y el escritorio de la secretaria, eran los únicos muebles de la sala de espera de la oficina de Douglas Hansen.

La única empleada era una chica lacónica de unos veinte años, que sin gran interés les informó que el señor Hansen estaba fuera desde el jueves por la tarde y que le había dicho que estaría en la oficina a eso de las diez.

La puerta que daba al despacho estaba abierta, y vieron que había tan pocos muebles como en la sala de espera. Una silla, un escritorio, un archivador y un ordenador personal era lo único que se veía.

—No parece una agencia financiera muy boyante —comentó Robert Stephens—. Diría que más bien parece un garito preparado para ser desmontado en un santiamén si alguien da el soplo.

A Neil le resultaba espantoso quedarse allí sentado sin hacer nada. No paraba de preguntarse dónde estaba Maggie.

Está viva, se repetía con decisión, y voy a encontrarla. Trató de concentrarse en lo que su padre decía y respondió:

—No creo que le enseñe este lugar a sus potenciales clientas.

—En absoluto —respondió Robert Stephens—. Las lleva a buenos restaurantes. Según Cora Gebhart y Laura Arlington tiene mucho encanto, pero al mismo tiempo da la impresión de que sabe mucho de inversiones.

—Habrá hecho un curso intensivo en alguna parte. El detective con el que trabajamos, y que lo ha investigado, me ha dicho que lo echaron de dos agencias de bolsa por inepto.

Los dos giraron la cabeza rápidamente en cuanto se abrió la puerta, a tiempo de ver la expresión de susto de Douglas Hansen cuando los vio.

Cree que somos policías, dijo Neil. Ya se habrá enterado del suicidio de su tío.

Se pusieron de pie y Robert Stephens tomó la palabra.

—Represento a las señoras Cora Gebhart y Laura Arlington —dijo con formalidad—. Estoy aquí en calidad de contable para hablar sobre unas recientes inversiones que usted afirma haber hecho para ellas.

—Y yo represento a Maggie Holloway —dijo Neil, enfadado—. ¿Dónde estuvo usted anoche y qué sabe de su desaparición?

80

Maggie empezó a temblar. ¿Cuánto hacía que estaba allí? ¿Se había dormido o había perdido la conciencia? Le dolía la cabeza, y tenía sed y la boca reseca.

¿Cuánto hacía que había gritado por última vez pidiendo ayuda? ¿Alguien la buscaba? ¿Alguien se había percatado de su desaparición?

Neil. Dijo que la llamaría esa noche. No, anoche, se dijo tratando de no perder el sentido del tiempo. Recordó que a las nueve estaba en el museo. Hace horas que estoy aquí. Ahora debe de ser por la mañana. ¿O por la tarde?

Neil la llamaría.

¿Lo haría?

Como había rechazado sus muestras de preocupación, quizá no la llamaría. Como se había mostrado fría con él, quizá Neil se desentendería de ella. No, no, rogó. Neil jamás haría algo así. La buscaría.

—Búscame, Neil, por favor, búscame —murmuró y reprimió las lágrimas.

La cara de Neil apareció en su mente. Alterado, preocupado por ella. Ojalá le hubiera contado lo de las campanillas de las tumbas, ojalá le hubiera pedido que la acompañara al museo.

¡El museo!, pensó de repente. La voz detrás de ella.

Volvió a ver mentalmente la secuencia del ataque. Al girarse, se encontró con aquella expresión maligna y homicida antes de que la linterna la golpeara en la cabeza. Seguro que tenía esa cara cuando mató a Nuala.

Ruedas. No estaba totalmente inconsciente cuando sintió que la llevaban sobre ruedas. Y una voz de mujer. Oyó una voz familiar de mujer hablando con él. Maggie gimió al recordar de quién era la voz.

Tengo que salir de aquí, pensó. No puedo morir; sabiendo lo que sé, no debo morir. Ella volverá a hacerlo para él. Sé que volverá a hacerlo.

—¡Socorro! —gritó.

Gritó una y otra vez hasta que se obligó a callar. No caigas presa del pánico, se riñó. Y no te desesperes. Contaré despacio hasta quinientos y después gritaré tres veces, decidió, y seguiré así.

Oyó un ruido regular y amortiguado en lo alto, y sintió una gota fría en la mano. Llovía, y el agua entraba por el tubo del cordel.

81

A las once y media, el comisario Brower y el detective Haggerty entraron en Latham Manor. Era evidente que los huéspedes sabían que pasaba algo. Estaban de pie en pequeños grupos en el vestíbulo y la biblioteca.

Los policías notaron sus miradas curiosas cuando la empleada los llevó a la sección administrativa.

El doctor Lane los recibió amablemente.

—Adelante, por favor. En qué puedo servirlos —les dijo mientras los invitaba a sentarse.

Tiene una pinta horrible, pensó Haggerty mientras observaba los ojos inyectados en sangre, las profundas arrugas alrededor de la boca y las gotas de sudor en la frente del médico.

—Doctor Lane, de momento sólo queremos hacerle unas preguntas, nada más —empezó Brower.

—¿Nada más que qué? —preguntó Lane intentando sonreír.

—Doctor, antes de que le dieran este puesto estuvo unos años sin trabajo. ¿Por qué motivo?

Lane guardó silencio durante un momento y después dijo en voz baja:

—Supongo que ya sabe la respuesta.

—Preferiríamos escuchar su versión —intervino Haggerty.

—Mi versión, como usted dice, es que hubo un brote de gripe en el geriátrico que dirigía. Tuvimos que ingresar a cuatro mujeres en el hospital. Después, cuando otras mujeres enfermaron con los mismos síntomas, naturalmente di por sentado que se habían contagiado del mismo virus.

—Pero no fue así —dijo Brower en voz baja—. En realidad, en esa parte del geriátrico había un radiador de calefacción defectuoso. Las mujeres sufrían los efectos de una intoxicación de monóxido de carbono, y tres murieron, ¿no es así?

Lane apartó la mirada y no dijo nada.

—¿Y es verdad que el hijo de una de las señoras le dijo que el mareo de su madre no parecía un síntoma de gripe y hasta le pidió que comprobara la posible presencia de monóxido de carbono?

Lane siguió sin contestar.

—Le retiraron la colegiación, pero no obstante consiguió este puesto. ¿Cómo lo hizo? —preguntó Brower.

—Porque la gente de Residencias Prestigio fue lo bastante justa para reconocer que era director de una institución superpoblada y de bajo presupuesto, que trabajaba quince horas al día, que muchos huéspedes tenían gripe, y, por consiguiente, el error de diagnóstico era comprensible. Al hombre que se quejó todo le parecía mal: la temperatura del agua caliente, las puertas que chirriaban, la corriente que se filtraba por las ventanas. —Se puso de pie—. Este interrogatorio me resulta ofensivo. Tengan la bondad de abandonar este lugar inmediatamente. Ya han trastornado bastante a nuestros huéspedes. Parece que alguien les ha informado de que ustedes vendrían.

—Habrá sido la enfermera Markey —dijo Brower—. Por favor, ¿dónde puedo encontrarla?

Zelda Markey, sentada frente a Brower y Haggerty en su pequeño despacho del primer piso, se mostraba abiertamente hostil. La cara de rasgos duros estaba roja de ira y los miraba con rabia fría.

—Debo atender a mis pacientes —dijo con aspereza—. Saben que el marido de Janice Norton se suicidó y se han enterado de que ella hacía algo ilegal en la residencia. Y cuando se enteren de que Maggie Holloway ha desaparecido, estarán más alterados aún. Todos los que la conocían le tenían mucho cariño.

—¿Usted también, señora Markey? —preguntó Brower.

—No la conocía tanto como para tenerle cariño. Las pocas veces que hablé con ella me pareció muy agradable.

—Señora Markey, es usted amiga de Earl Bateman, ¿verdad?

—Para mí la amistad implica confianza. Conozco y admiro al profesor Bateman. Él y toda su familia eran muy amables con su tía Alice Bateman, que era huésped de la Residencia Seaside, donde yo trabajaba antes.

—En realidad los Bateman fueron muy generosos con usted, ¿no?

—Creían que me ocupaba muy bien de Alice y tuvieron la amabilidad de recomendarme.

—Ya. Me gustaría saber por qué pensó que una conferencia sobre la muerte podía interesar a los residentes de Latham Manor. ¿No cree que todos se enfrentarán a ella bastante pronto?

—Comisario Brower, soy consciente de que esta sociedad tiene horror a la palabra «muerte». Pero la generación de nuestros mayores tiene más sentido de la realidad. Al menos la mitad de los residentes han dejado instrucciones específicas para cuando les llegue la hora, e incluso bromean con frecuencia sobre el tema. —Vaciló un instante—. Sin embargo, le diré que yo pensaba que el profesor

Bateman iba a disertar sobre los funerales de la realeza a través del tiempo, que, desde luego, es un tema bastante interesante. Si hubiera seguido con esa idea... —Hizo una pausa y al cabo de un momento continuó—. Admito que el empleo de esas campanillas perturbó a algunas señoras, pero la forma en que Sarah Cushing trató al profesor fue imperdonable. Él no pretendía asustar a las residentes, pero ella lo trató de una manera inhumana.

—¿Cree que el profesor se enfadó mucho? —preguntó Brower con suavidad.

—Creo que se sintió humillado, por lo tanto, es posible que se enfadara, sí. Es una persona muy tímida.

Haggerty levantó la vista de sus notas. Se advertía una inconfundible ternura en el tono y la expresión de la enfermera. Interesante, pensó. Estaba seguro de que Brower también lo había notado. «La amistad implica confianza.» A mi parecer, la dama pone demasiados reparos, decidió.

—Señora Markey, ¿qué sabe de un dibujo que Nuala Moore hizo con la difunta Greta Shipley?

—Absolutamente nada —espetó.

—Estaba en el apartamento de la señora Shipley y parece que se esfumó tras su muerte.

—Eso es imposible. Las habitaciones o apartamentos se cierran con llave inmediatamente. Todo el mundo lo sabe.

—Ya. —El tono de Brower se hizo más confidencial—. Enfermera Markey, entre nosotros, ¿qué piensa del doctor Lane?

Lo miró con severidad y aguardó antes de responder.

—En este momento, y aunque signifique herir a alguien a quien tengo mucho cariño, estoy dispuesta a perder otro trabajo por decir lo que pienso. Al doctor Lane no le llevaría ni a mi gato. Probablemente es el médico más estúpido que he conocido en mi vida, y créame, he conocido a muchos. —Se puso de pie—. También he tenido el honor de trabajar con médicos excelentes. Por esa razón no comprendo cómo Residencias Prestigio eligió a Lane para dirigir este establecimiento Y, antes de que me lo pregunte, ése es el motivo de que vigile tanto a los huéspedes que me preocupan, porque no lo considero capaz de brindarles la atención que necesitan. Soy consciente de que a veces les molesto, pero sólo lo hago por su bien.

82

Neil y Robert Stephens se dirigieron a la comisaría de Newport.

—Qué suerte que ayer conseguiste esa orden judicial —le comentó Robert a su hijo—. Ese tío estaba preparado para huir. Así, con su cuenta bancaria bloqueada, al menos tenemos la posibilidad de conseguir que nos devuelvan el dinero de Cora, o al menos una parte.

—Pero no sabe nada de Maggie —dijo Neil con amargura.

—No, creo que no. Es imposible asistir a una boda en Nueva York a las cinco de la tarde, con docenas de testigos que pueden declarar que has estado durante toda la fiesta, y estar aquí al mismo tiempo.

—Tenía mucho más que decir sobre su coartada que sobre sus operaciones financieras. Papá, en el despacho de ese tío no hay nada que indique que hace operaciones en el mercado de valores. ¿Has visto algún balance, algún folleto de emisión, o alguna de las cosas que tengo en mi despacho?

—No, nada.

—Créeme, no trabaja desde ese agujero de mala muerte. Esas transacciones salen de otro lado, de alguien que probablemente se dedica al mismo tipo de timo —Neil miró con tristeza por la ventanilla—. Menudo tiempo asqueroso.

Hace frío y llueve. ¿Dónde estará Maggie?, pensó. ¿Estará a la intemperie? ¿Tendrá miedo?

¿Estará muerta?

Neil rechazó la idea una vez más. No podía estar muerta. Era como si la oyera pedirle ayuda.

Llegaron a la comisaría; Brower no estaba, pero los recibió el detective Haggerty.

—No hay ninguna novedad importante —respondió a sus ansiosas preguntas sobre Maggie—. Nadie recuerda haber visto el Volvo anoche en la ciudad. Hemos hablado con sus vecinos. A las siete, cuando pasaron por delante de su casa para ir a una cena, el coche estaba en el camino de entrada. Cuando regresaron, a eso de las nueve y media, ya no estaba. Así que fue a alguna parte durante esas dos horas y media.

—¿Es lo único que puede decirnos? —preguntó Neil con incredulidad—. Dios mío, tiene que haber algo más.

—Ojalá lo hubiera. Sabemos que el lunes por la tarde fue a ese museo funerario. Hablamos con ella antes y después.

—¿Un museo funerario? —dijo Neil—. No parece muy propio de Maggie. ¿Qué fue a hacer?

—Según el profesor Bateman, lo estaba ayudando a seleccionar imágenes para unos programas de televisión —respondió Haggerty.

—¿El profesor Bateman? —intervino de repente Robert Stephens.

—Bueno, me refiero a que no hay razón para que dudemos del profesor. Puede que sea un poco excéntrico, pero es de aquí, la gente lo conoce, y no tiene antecedentes de ningún tipo. —Dudó—. Voy a serles franco. Al parecer había algo en él que perturbaba a la señora Holloway. Investigamos y nos enteramos de que, aunque no era cuestión policial, Bateman había tenido un altercado en la Residencia Latham Manor con un grupo de huéspedes. Parece que terminaron echándolo del lugar.

¡Otra vez Latham Manor!, pensó Neil.

—Bateman también le dijo a Maggie dónde estaba escondida la llave del museo y que podía volver con su cámara cuando quisiera.

—¿De verdad cree que volvió allí anoche? ¿Sola? —preguntó Neil incrédulo.

—No, no lo creo. La cuestión es que anoche hubo un robo en el museo. Parece increíble, pero ha desaparecido un ataúd. Estamos interrogando a unos chicos del barrio con los que ya hemos tenido problemas. Quizá hayan sido ellos. Pensamos que tal vez también puedan darnos información sobre Maggie Holloway. Si fue al museo y vieron su coche aparcado allí, entonces tuvieron que esperar a que se marchara para entrar.

Neil se levantó para irse. Tenía que largarse de allí, tenía que hacer algo. Además, sabía que en la comisaría no se enteraría de nada más, pero podía ir a Latham Manor y averiguar alguna cosa. Hablaría con el director con la excusa de la posible solicitud de los Van Hilleary.

—Lo llamaré más tarde —le dijo a Haggerty—. Iré a Latham Manor a ver si puedo enterarme de algo. Nunca se sabe quién puede tener información que tal vez resulte útil. Y tengo una buena excusa para la visita. Fui el viernes pasado en nombre de un matrimonio al que asesoro, y ahora vuelvo para hacer unas preguntas más.

Haggerty enarcó las cejas.

—Probablemente se enterará de que hemos estado hace un rato.

—¿Por qué? —preguntó Robert Stephens.

—Hablamos con el director y con una enfermera, Zelda Markey, que parece muy amiga del profesor Bateman. No puedo decirles nada más.

—Papá, ¿qué número de teléfono tienes en el coche? —preguntó Neil.

Robert Stephens cogió una tarjeta y se lo escribió al dorso.

—Aquí tienes.

Neil le tendió la tarjeta a Haggerty.

—Si hay alguna novedad, llámenos a este número. De cualquier forma, nosotros los iremos llamando cada hora.

—Muy bien. Maggie Holloway es muy amiga suya, ¿no?

—Es más que eso —dijo Robert Stephens bruscamente—. Considérenos su familia.

—Comprendo —dijo Haggerty y miró a Neil—. Si mi mujer hubiera desaparecido, estaría pasando por el mismo infierno que usted. Conozco a la señora Holloway; es muy inteligente, y muy hábil. Si puede hacer algo por salvarse, estoy seguro de que lo hará.

La mirada de auténtica compasión de Haggerty le hizo tomar repentina conciencia de lo cerca que estaba de perder a alguien, y, asombrosamente, ahora no podía imaginarse la vida sin ella. Se le hizo un nudo en la garganta, y, sin poder hablar, saludó con la cabeza y se marchó.

En el coche, le dijo a su padre:

—Tengo la sensación de que Latham Manor es el nudo de todo esto.

83

—Maggie, no estarás pidiendo ayuda, ¿no? Eso no está bien.

¡Dios mío, no! ¡Ha vuelto! Su voz, grave y resonante, apenas se oía a través de la lluvia y de la tierra.

—Te estarás mojando ahí debajo. Me alegro. Quiero que te mojes, que tengas frío y miedo. Apuesto a que también tienes hambre. ¿O quizá sólo sed?

No respondas, se dijo. No le supliques. Eso es lo que quiere.

—Habéis arruinado mi vida, Nuala y tú. Ella había empezado a sospechar, por eso tenía que morir. Y todo iba tan bien. Latham Manor... Yo soy el dueño, ¿sabes?, pero el equipo de dirección no sabe quién soy. Tengo un *holding*. Y tenías razón con lo de las campanillas. Esas mujeres no fueron enterradas vivas, sino sólo un poco antes de lo que Dios tenía previsto. Les puse las campanillas en las tumbas porque tendrían que haber vivido un poco más. Una pequeña broma personal. Tú eres la única que he enterrado viva.

»Cuando exhumen sus cuerpos le echarán la culpa al doctor Lane. Pensarán que fue un error suyo ese cóctel de medicamentos. De todas formas es un médico terrible con unos antecedentes espantosos, y, para colmo, ha tenido problemas con el alcohol. Por eso lo hice contratar. Pero por tu estúpida injerencia no podré llamar a mi ángel de la muerte para que ayude a esas viejecillas a irse a la tumba un poco antes. Y es una desgracia; deseo ese dinero. ¿Sabes cuánto se gana vendiendo esas habitaciones? Mucho. ¡Muchísimo!

Maggie cerró los ojos tratando de borrar de su mente la cara de aquel loco asesino. Era casi como si pudiera verlo.

—Supongo que habrás adivinado que la campanilla de tu tumba no tiene badajo. Ahora adivina esto: ¿cuánto durarás cuando tape el tubo de ventilación?

Sintió que le caía un puñado de tierra sobre la mano. Intentó frenéticamente meter el dedo en el tubo para que no se tapara, pero cayó otro puñado de tierra.

—Ah, una cosa más, Maggie. —La voz sonó de repente más amortiguada—. He quitado las campanillas de las otras tumbas. Me pareció una buena idea. Cuando vuelvan a enterrar los cuerpos, las pondré otra vez. Espero que tengas un buen sueño eterno.

Oyó el ruido de un golpe en el tubo, y después silencio. Se había marchado. Y había tapado el tubo. Maggie empezó a hacer lo único que creía que podía salvarla: mover la mano izquierda de modo que el cordel impidiera que el barro se endureciera. Dios mío, rogó, que alguien vea que la campanilla se mueve. ¿Cuánto tardaría en consumir el oxígeno? ¿Horas? ¿Días?

—Neil, ayúdame, ayúdame —susurró—. Te necesito. Te quiero. No quiero morir.

84

Letitia Bainbridge se había negado rotundamente a ir al hospital.

—Anula esa ambulancia que has llamado, o ve tú en ella —le dijo a su hija con tono cortante—, porque no pienso ir a ninguna parte.

—Pero mamá, no estás bien —protestó Sarah Cushing, que sabía de sobras que no valía la pena discutir. Cuando su madre se empecinaba, era inútil seguir hablando.

—¿Y quién está bien a los noventa y cuatro años? —replicó la señora Bainbridge—. Sarah, te agradezco tu preocupación, pero aquí están pasando muchas cosas y no pienso perdérmelas.

—¿Al menos dejarás que te suban la comida en una bandeja?

—No pienso cenar. Sabes muy bien que el doctor Evans me visitó hace pocos días y no me encontró nada.

Sarah Cushing se dio por vencida de mala gana.

—Muy bien, pero tienes que prometerme una cosa. Si no te sientes bien, dejarás que te lleve a ver otra vez al doctor Evans. No quiero que te visite el doctor Lane.

—Ni yo. La enfermera Markey, por muy cotilla que sea, se dio cuenta de que Greta Shipley no estaba bien la semana pasada e intentó que Lane hiciera algo. Él, por supuesto, no le encontró nada; estaba equivocado y ella tenía razón. ¿Sabes por qué quería interrogarla la policía?

—No lo sé.

—¡Pues averígualo! —soltó, y añadió en voz más baja—: Estoy preocupada por Maggie Holloway. Es una chica maravillosa. Hoy en día los jóvenes son indiferentes e impacientes con los viejos fósiles como yo; pero ella no. Todos rezamos para que la encuentren.

—Lo sé; yo también rezo.

—Muy bien, ve abajo a enterarte de las últimas noticias. Empieza con Ángela, que no se pierde nada.

Neil había llamado al doctor Lane desde el teléfono del coche de su padre para decirle que pasaría por allí para hablar con él sobre la solicitud de los Van Hilleary para residir en Latham Manor. El médico le respondió con tono indiferente que lo recibiría.

Los recibió la misma empleada atractiva que la vez anterior.

Neil recordó que se llamaba Ángela. Cuando llegaron, Ángela hablaba con una elegante mujer de más de sesenta años.

—Le avisaré al doctor Lane que ya están aquí —dijo en voz baja, y, mientras se dirigía al intercomunicador, la otra mujer se acercó a ellos.

—No quisiera parecer curiosa, pero ¿son ustedes policías? —preguntó.

—No —respondió Robert Stephens—. ¿Por qué lo pregunta? ¿Hay algún problema?

—No. Bueno, espero que no. Me llamo Sarah Cushing. Mi madre, Letitia Bainbridge, reside aquí. Se encariñó mucho con una joven llamada Maggie Holloway que al parecer ha desaparecido. Mi madre está ansiosa por tener noticias de ella.

—Nosotros también le tenemos mucho cariño —dijo Neil, que sentía otra vez el nudo en la garganta que amenazaba con hacerle perder la compostura—. ¿Podríamos hablar con su madre después de ver al doctor Lane?

Como notó cierta vacilación en Sarah Cushing, se sintió en la obligación de explicarle algo más.

—Estamos intentando averiguar si Maggie dijo algo a alguien que nos ayude a encontrarla... —Se mordió el labio, incapaz de continuar.

Sarah Cushing lo estudió y percibió su alteración. Sus glaciales ojos azules se ablandaron.

—Muy bien. Pueden ir a ver a mi madre —dijo con énfasis—. Los esperaré en la biblioteca y subiré con ustedes.

La empleada había regresado.

—El doctor Lane los espera.

Por segunda vez, Neil y Robert Stephens siguieron a la chica hasta el despacho de Lane. Neil se recordó que, para el doctor Lane, había ido a hablar de los Van Hilleary. Se obligó a repetir las preguntas que iba a hacerle en nombre de éstos. ¿Latham Manor era propiedad de Residencias Prestigio y estaba gestionada por ésta, o era una concesión? Necesitaba confirmar que había suficiente capital no hipotecable. ¿Había algún descuento si los Van Hilleary decoraban y amueblaban la suite por su cuenta?

Padre e hijo se quedaron perplejos cuando llegaron al despacho del doctor. El hombre que se encontraron sentado al escritorio estaba tan cambiado que parecía otro. El amable y atento director que habían conocido la semana anterior se había esfumado.

Lane parecía enfermo y abatido. Tenía un color grisáceo y los ojos hundidos. Los invitó a sentarse con apatía y les dijo:

—Creo que quieren hacerme algunas preguntas. No tengo inconveniente en responderlas, pero el próximo fin de semana, cuando vengan sus clientes, los recibirá el nuevo director.

Lo han despedido, pensó Neil. ¿Por qué? Y decidió lanzarse.

—Verá, no sé lo que está pasando aquí, y evidentemente no le pido que me explique por qué se marcha. —Se detuvo—. Pero estoy al tanto de que la contable ha filtrado información financiera confidencial. Ésa es una de mis preocupaciones.

—Sí, acabamos de enterarnos del problema y estoy seguro de que no volverá a suceder en esta casa —dijo Lane.

—Lo comprendo —continuó Neil—. En el negocio financiero, desgraciadamente, a menudo nos topamos con el uso indebido de información privilegiada.

Vio que su padre lo miraba con curiosidad, pero tenía que tratar de averiguar si ésa era la razón del despido de Lane. Lo dudaba y sospechaba que tenía que ver con la súbita muerte de algunos huéspedes.

—Conozco el problema —dijo Lane—. Antes de que me dieran este puesto, mi esposa trabajaba en una empresa financiera de Boston, Randolph y Marshall. Desde luego hay gente deshonesta en todas partes. En fin, intentaré responder a todas sus preguntas. Latham Manor es una residencia maravillosa y puedo asegurarle que nuestros huéspedes están muy satisfechos.

Al cabo de quince minutos, cuando salieron del despacho, Robert Stephens comentó:

—Neil, este tipo está muerto de miedo.

—Ya. Y no sólo por su empleo.

Estoy perdiendo el tiempo en este lugar, pensó. Había mencionado el nombre de Maggie y la única reacción de Lane había sido una cortés preocupación por su bienestar.

—Papá, creo que no vale la pena que hablemos con más gente —dijo cuando llegaban al vestíbulo de entrada—. Voy a forzar la puerta de la casa de Maggie. Si la registramos, quizá encontremos alguna pista de adónde fue anoche.

Sin embargo, Sarah Cushing los esperaba.

—He llamado a mi madre. Tiene muchas ganas de hablar con usted.

Neil estaba a punto de disculparse, pero vio la mirada de advertencia de su padre.

—¿Neil, por qué no vas a ver a la señora un momento? —dijo Robert Stephens—. Yo voy a hacer unas llamadas desde el coche. Iba a decirte que tengo una llave de la nueva cerradura de la casa de Maggie. Ella misma me la dio, por si alguna vez se olvidaba la suya. Voy a llamar a tu madre para que nos la lleve a la casa, y también al detective Haggerty.

Su madre tardaría media hora en llegar a casa de Maggie, calculó Neil.

—Me encantaría conocer a su madre, señora Cushing —accedió.

Mientras subía a la habitación de Letitia Bainbridge, decidió preguntarle por la conflictiva conferencia de Earl Bateman en Latham Manor.

Bateman era la última persona que había visto a Maggie el día anterior, razonó Neil. Después había hablado con el detective Haggerty, pero nadie recordaba haberla visto.

¿Alguien había pensado en ello?, se preguntó. ¿Alguien había comprobado si Bateman, después del museo, se había ido directamente a Providence?

—Éste es el apartamento de mi madre —dijo Sarah Cushing. Golpeó, esperó que la invitaran a pasar y abrió la puerta.

La señora Letitia Bainbridge, completamente vestida, estaba sentada en un sillón de orejas. Invitó a entrar a Neil con un ademán y le señaló la silla de al lado.

—Por lo que Sarah me ha dicho, parece que es usted el pretendiente de Maggie. Debe de estar muy preocupado. Todos lo estamos. ¿Cómo podemos ayudar?

Calculando que Sarah Cushing tendría casi setenta años, Neil estimó que esa mujer de ojos brillantes y voz clara debía de tener noventa o más. Parecía como si no se le escapara nada. Que me diga algo que nos ayude, rogó.

—Señora Bainbridge, espero que no le moleste que sea absolutamente franco con usted. Por razones que aún desconozco, Maggie empezó a tener graves sospechas sobre algunas muertes recientes en esta residencia. Sabemos que ayer por la mañana pidió los obituarios de seis mujeres, cinco de las cuales residían aquí y murieron hace poco. Las cinco murieron mientras dormían, sin ningún tipo de atención. Ninguna de ellas tenía parientes cercanos.

—¡Dios mío! —exclamó asombrada Sarah Cushing.

Letitia Bainbridge no se inmutó.

—¿Está hablando de negligencia o de asesinato? —preguntó.

—No lo sé. Sólo sé que Maggie empezó una investigación al menos sobre dos de las fallecidas y ha desaparecido. Y acabo de enterarme que han despedido al doctor Lane.

—Yo también acabo de enterarme, madre —dijo Sarah Cushing—. Pero todo el mundo piensa que es por lo de la contable.

—¿Y qué pasa con la enfermera Markey? —le preguntó la señora Bainbridge a su hija—. ¿La policía la ha interrogado por eso? Por lo de las muertes, digo.

—Nadie lo sabe, pero está muy alterada. Y, por supuesto, la señora Lane también. Me han dicho que las dos se han encerrado en el despacho de la enfermera.

—Ah, esas dos siempre andan cuchicheando —dijo Letitia Bainbridge con desdén—. No sé de qué pueden hablar. Markey puede ser muy desagradable, pero al menos tiene cerebro. La otra es una cabeza hueca allí donde las haya.

Esto no me llevará a ninguna parte, pensó Neil.

—Señora Bainbridge, no tengo mucho tiempo. Me gustaría preguntarle una cosa más. ¿Asistió usted a la conferencia del profesor Bateman, la que causó tanto alboroto ?

—No. —La señora Bainbridge fulminó a su hija con la mirada—. Esa fue otra de las veces en que Sarah insistió que descansara, así que me perdí toda la acción. Pero Sarah si estuvo.

—Te aseguro, madre, que no habrías disfrutado con una de esas campanillas en la mano y alguien diciéndote que imaginaras que te habían enterrado viva —replicó la hija—. Voy a contarle exactamente lo que pasó, señor Stephens.

Bateman tiene que estar loco, pensó Neil mientras la mujer le explicaba su versión de los hechos.

—Estaba tan enfadada que le dije de todo a ese hombre y casi le arrojo a la cabeza la caja de esas espantosas campanillas —continuó Sarah—. Al principio parecía avergonzado y arrepentido, pero después puso una cara que me asustó. Ha de ser una persona con un carácter aterrador. Y, naturalmente, ¡la enfermera Markey tuvo el descaro de defenderlo! Después hablé con ella y se mostró insolente. Me dijo que el profesor Bateman estaba tan alterado que creía que ya no podría volver a ver esas campanillas que le habían costado una fortuna.

—Todavía lamento no haber asistido —intervino la señora Bainbridge—. Y en cuanto a la enfermera Markey —continuó, con tono reflexivo—, para ser justa, muchos huéspedes la consideran una excelente profesional. Para mí es molesta, prepotente y entrometida, y prefiero tenerla lo más lejos posible. —Hizo una pausa y añadió—: Señor Stephens, quizá sea ridículo, pero creo que el doctor Lane, a pesar de sus errores y defectos, es un hombre bondadoso. Y tengo muy buen ojo para juzgar a las personas.

Al cabo de media hora, Neil y su padre se dirigían a casa de Maggie. Dolores Stephens ya estaba allí cuando llegaron. Miró a su hijo y le cogió la cara entre las manos.

—La encontraremos le dijo con determinación.

Neil, incapaz de hablar, asintió.

—¿Dónde está la llave, Dolores? —preguntó Robert Stephens.

—Aquí.

La llave abrió la cerradura nueva de la puerta de atrás y, mientras entraba en la cocina, Neil pensó que todo había empezado en ese lugar, con el asesinato de la madrastra de Maggie.

La cocina estaba ordenada. No había platos en el fregadero. Neil abrió el secaplatos y vio un par de tazas y tres o cuatro platos pequeños.

—Me pregunto si anoche cenó fuera —dijo.

—A lo mejor se preparó un bocadillo —sugirió la madre. Había abierto la nevera y vio un poco de embutido cortado. Señaló unos cuchillos en la canasta para escurrir cubiertos.

—No hay ningún bloc de notas junto al teléfono —comentó Robert Stephens—. Sabíamos que estaba preocupada por algo. Estoy enfadado conmigo mismo —soltó—. Ayer, cuando vine, tendría que haberla obligado a quedarse en nuestra casa.

La sala y el comedor también estaban en orden. Neil estudió el jarrón con rosas que había en la mesa de centro y se preguntó quién se las habría mandado. Probablemente Liam Payne, pensó. Maggie lo había mencionado en la cena. Neil lo había visto un par de veces y no lo conocía mucho, pero podía ser el sujeto que había visto salir de casa de Maggie el viernes por la noche.

En la habitación pequeña de arriba, estaban los efectos personales de la madrastra que Maggie había embalado: bolsas pulcramente etiquetadas con ropa, bolsos, lencería y zapatos. Maggie aún seguía en el mismo cuarto que el día que habían arreglado los pestillos de las ventanas.

Después entraron en la habitación principal.

—Parece que anoche pensaba dormir aquí —dijo Robert Stephens señalando la cama hecha.

Neil, sin responder, se dirigió al taller del segundo piso. La luz que había visto la noche anterior, mientras esperaba en el coche a que Maggie volviese, seguía encendida, enfocando una foto sujeta a un tablero. Neil recordó que la fotografía no estaba allí el domingo por la tarde.

Empezó a cruzar la habitación y se paró en seco. Un escalofrío le recorrió la espalda: en la mesa de trabajo, bajo la luz de un foco, había dos campanillas de metal. Supo, con absoluta certeza, que esas dos eran parte del lote que había usado Earl Bateman en la conferencia de Latham Manor y que había apartado para no volver a ver jamás.

85

Le dolía la mano y la tenía cubierta de tierra. No había dejado de mover el cordel con la esperanza de mantener el tubo abierto, pero ahora ya no caía más tierra y el agua había parado de filtrarse.

Tampoco oía el repiqueteo de la lluvia. ¿Hacía más frío o era sólo la humedad helada del ataúd?, se preguntó. Aunque en realidad empezaba a sentir calor, demasiado calor. Tengo fiebre, pensó adormilada. La cabeza le daba vueltas. El tubo está obstruido, se dijo. No queda mucho aire.

—Uno... dos... tres... cuatro... —susurraba para obligarse a mantenerse despierta; pediría ayuda otra vez al llegar al quinientos.

¿Qué importaba si él volvía y la oía? ¿Qué más podía hacerle?

Seguía moviendo la mano.

—Muévela —se ordenaba en voz alta—. Muy bien, otra vez.

Lo mismo que le decían de pequeña las enfermeras cuando le sacaban sangre. «Muy bien, Maggie, ahora te pondrás mejor.»

Cuando Nuala había ido a vivir con ellos, Maggie dejó de tener miedo de las agujas. «Primero nos quitaremos esto de encima, y después nos iremos al cine», solía decirle.

Maggie pensó en su equipo fotográfico. ¿Qué habría hecho él con las cámaras? Sus cámaras, sus amigas. Tenía pensado sacar muchas fotos con ellas. Tenía tantas ideas que quería probar, tantas cosas que quería retratar...

—Ciento cincuenta... ciento cincuenta y uno...

Sabía que aquel día en el cine Neil estaba sentado detrás. Había tosido un par de veces, y ella había reconocido esa inconfundible tosecilla seca. Estaba segura de que él la había visto, que había visto su tristeza. Fue una prueba: si me amas, te darás cuenta de que te necesito. Deseaba que él oyera el mensaje y obrara en consecuencia. Pero cuando terminó la película y se encendieron las luces, se había marchado.

—Te daré una segunda oportunidad, Neil —dijo en voz alta—. Si me amas, sabrás que te necesito y me encontraras.

Empezó a pedir ayuda de nuevo. Esta vez gritó hasta quedarse ronca. Era inútil protegerse de la afonía. Se acababa el tiempo.

Aun así, empezó a contar otra vez.

—Uno... dos... tres... —La mano se movía al ritmo de los números.

Se esforzó con todo su ser para no quedarse dormida. Sabía que si se dormía, no volvería a despertar.

86

Cuando su padre bajaba para llamar a la comisaría, Neil vaciló un instante y se detuvo a examinar la foto del tablero.

La inscripción al dorso rezaba: «Aniversario del nacimiento de Squire Moore, 20 de septiembre. Earl Moore Bateman, Nuala Moore, Liam Moore Payne». Neil estudió el rostro de Bateman. La cara de un mentiroso, pensó. El último que vio a Maggie con vida.

Horrorizado por lo que pudiera decirle su subconsciente, dejó la foto junto a las campanillas y se apresuró a reunirse con su padre.

—El comisario Brower está al teléfono —dijo Robert Stephens—. Quiere hablar contigo. Le conté lo de las campanillas.

Brower fue al grano.

—Si esas dos campanillas forman parte del lote que Bateman afirma tener guardado en el almacén del museo, podemos traerlo a la comisaría para interrogarlo. El problema es que puede negarse a responder y llamar a un abogado, lo que demoraría bastante las cosas. Lo mejor es ir a verlo con las campanillas y esperar que diga algo que lo delate. Esta mañana, cuando hablamos con él sobre el tema, se puso hecho una furia.

—Quiero estar presente cuando hable con él —dijo Neil.

—Tengo un coche patrulla vigilando el museo desde el aparcamiento de la funeraria. Si Bateman sale, lo seguirán.

—Ahora mismo vamos para allá —dijo Neil, y añadió—: Una cosa más, comisario. Sé que han interrogado a unos chicos, ¿han averiguado algo?

Notó que el comisario dudaba antes de responder.

—Algo que no sé si creer o no. Ya se lo explicaré después.

—No, dígamelo ahora —replicó Neil con brusquedad.

—Entonces tenga en cuenta que no necesariamente damos por cierta esa historia. Uno de los chicos admitió que anoche estaba cerca del museo, concretamente en la acera de enfrente, y que a eso de las diez vio dos vehículos, un coche fúnebre y detrás una berlina, que salían del aparcamiento del museo.

—¿Qué tipo de berlina? —preguntó Neil con ansiedad.

—El chico no está seguro de la marca, pero jura que era negra.

87

—Tómatelo con calma, Earl —le dijo Liam Moore Payne por décima vez en una hora.

—No, no pienso tomármelo con calma. Sé cómo se ha burlado toda la familia de los Bateman, y especialmente de mí.

—Nadie se ha burlado de ti, Earl —dijo Liam con tono tranquilizador.

Estaban sentados en la oficina del museo. Eran casi las cinco y la araña antigua del techo iluminaba la habitación con un tenue resplandor.

—Creo que necesitas una copa —dijo Liam.

—Querrás decir que la necesitas tú.

Liam, sin responder, se levantó y fue al armario que había sobre el fregadero. Sacó una botella de whisky y dos vasos, una cubitera y limón de la nevera.

—Un whisky doble con hielo con un chorrito de limón para los dos.

Earl, aplacado, esperó a que le sirviera la copa.

—Me alegro de que hayas venido, Liam.

—Cuando llamaste, me di cuenta de que estabas muy alterado. Yo, naturalmente, estoy más que alterado por la desaparición de Maggie. —Hizo una pausa—. Earl, nos hemos estado viendo este último año sin grandes compromisos. Cuando iba a Nueva York, la llamaba y salíamos a cenar. Pero esa noche en el Four Seasons, cuando me di cuenta de que se había marchado sin decirme nada, algo pasó.

—Lo que pasó es que no le hacías caso porque no parabas de saludar a todo el mundo en la fiesta.

—No; fue que me di cuenta de que había sido un gilipollas, y que si ella me hubiera mandado a paseo, le habría pedido disculpas de rodillas. Pero además tomé conciencia de lo importante que Maggie era para mí. Lo que pasó esa noche me da esperanzas de que quizá ella esté bien.

—¿A qué te refieres?

—Al hecho de que no estaba a gusto y se fue sin decir nada. Dios sabe que, desde que llegó a Newport, ha tenido muchas razones para no sentirse bien. A lo mejor sólo necesitaba alejarse un poco.

—Pero te olvidas de que encontraron su coche abandonado.

—Es posible que se fuera en tren o en avión, dejara el coche aparcado y se lo robaran unos gamberros para irse de juerga.

—No me hables de gamberros —dijo Earl—. Mi teoría es que el robo de anoche es obra de ese mismo tipo de delincuentes juveniles.

El agudo sonido del timbre los sobresaltó.

—No espero a nadie —respondió Earl Bateman a la pregunta muda de su primo, y añadió con una sonrisa—: Bueno, a lo mejor es la policía que viene a decirme que han encontrado el ataúd.

Neil y su padre se encontraron con Brower en el aparcamiento del museo funerario. El comisario advirtió a Neil que tuviera cuidado con lo que decía y que dejara el interrogatorio en manos de la policía. El detective Haggerty llevaba discretamente debajo del brazo una caja de zapatos con las campanillas encontradas en casa de Maggie.

Earl los llevó a la oficina del museo y Neil se asombró de ver a Liam Payne allí sentado. Repentinamente incómodo por la presencia de su rival, lo saludó con formal cortesía, pero se tranquilizó al ver que ni él ni Earl estaban al tanto de su relación con Maggie. La policía los presentó, a él y a su padre, sencillamente como dos amigos de Maggie de Nueva York, preocupados por ella.

Bateman y Payne fueron a buscar sillas para los demás a la sala de enfrente, en la que se exponía la representación de un velatorio. Cuando regresaron, la irritación de Bateman era patente.

—Liam, tienes los zapatos embarrados y ésta es una alfombra muy cara. Antes de irme tendré que pasar la aspiradora por toda la sala. —Con gesto brusco, se volvió hacia los detectives—. ¿Alguna novedad sobre el ataúd?

—Todavía no, profesor Bateman —respondió Brower—, pero sí sobre otros objetos que creemos le pertenecen.

—Eso es ridículo. No falta nada más, salvo el catafalco. Lo he comprobado. Lo que quiero son noticias del ataúd, es muy importante para mí. Pensaba exponerlo en la muestra al aire libre de la que le hablé. Hasta había encargado caballos de cera con plumas negras y una réplica de un carruaje funerario de la época victoriana. Será una exposición impresionante.

—Earl, tranquilízate —trató de calmarlo Liam Payne. Se volvió hacia Brower—. Comisario, ¿hay alguna novedad sobre Maggie Holloway?

—No, desgraciadamente no.

—¿Han considerado mi sugerencia de que Maggie quizá quisiera sencillamente alejarse de la terrible tensión de la última semana y media?

Neil miró a Liam con desdén.

—No conoces a Maggie —dijo—. No es una persona que escape de los problemas, los enfrenta.

Brower ignoró a los dos hombres y se dirigió a Bateman.

—Profesor, por el momento nos limitaremos a aclarar algunas cuestiones. No está obligado a responder nuestras preguntas. ¿Comprende?

—¿Por qué no voy a responder sus preguntas? No tengo nada que ocultar.

—De acuerdo. Por lo que sabemos, las campanillas que mandó forjar para la conferencia sobre las personas que temían ser enterradas vivas en la época victoriana están guardadas, ¿no es cierto?

El enfado de Earl Bateman era visible.

—No pienso volver a ese incidente de Latham Manor —repuso bruscamente—. Ya se lo he dicho.

—Comprendo. Pero puede contestar la pregunta, por favor.

—Sí, guardé las campanillas. Sí.

Brower hizo una seña a Haggerty, que abrió la caja de zapatos.

—Profesor, el señor Stephens encontró estas campanillas en casa de Maggie Holloway. ¿Son parecidas a las suyas ?

Bateman palideció. Cogió una y la examinó minuciosamente.

—¡Esa mujer es una ladrona! —estalló—. Seguro que anoche volvió y las robó.

Se puso de pie de un brinco y echó a correr escaleras arriba; los demás lo siguieron. Abrió de golpe la puerta del almacén del segundo piso, se abalanzó sobre un estante de la derecha y sacó una caja que estaba metida entre otras dos.

—Está demasiado ligera —murmuró—, sin duda faltan algunas.

Metió la mano en la caja y rebuscó entre el material de embalaje. Se volvió hacia los cinco hombres, con la cara roja y los ojos brillantes.

—¡Sólo hay cinco! ¡Faltan siete! Las ha robado esa mujer. No me extraña que ayer no haya parado de preguntar por las campanillas.

Neil sacudió la cabeza consternado. Este hombre está loco, pensó. De verdad cree lo que dice.

—Profesor Bateman, he de pedirle que me acompañe a la comisaría —dijo Brower con tono formal. Debo informarle que es usted sospechoso de la desaparición de Maggie Holloway. Tiene derecho a guardar silencio...

—¡No necesito que me lea mis derechos! —chilló Bateman—. Maggie Holloway se mete aquí, me roba las campanillas y quizá el ataúd, ¿y me echan la culpa a mí? ¡Es ridículo! Creo que debería estar buscando a su cómplice. No pudo hacerlo sola.

Neil cogió a Bateman de las solapas.

—¡Cállate! —gritó—. Sabes muy bien que Maggie no se ha llevado nada. No sé dónde encontró esas campanillas, pero significaban algo muy importante para ella. Y ahora contéstame una cosa. Unos chicos vieron a eso de las diez de anoche salir de aquí un coche fúnebre y el Volvo de Maggie. ¿Tú cuál conducías?

—Basta, Neil —ordenó Brower.

Neil vio el enfado en la cara del comisario mientras Robert Stephens lo apartaba de Earl Bateman.

Me importa un comino, pensó. No es momento de andarse con remilgos con este bastardo mentiroso.

—¿Se refiere a mi coche fúnebre? —replicó Bateman—. Es imposible. Está en el garaje.

Bateman se precipitó escaleras abajo y salió hacia el garaje. Tiró de la puerta y entró corriendo seguido por los otros hombres.

—Alguien lo ha usado —exclamó mientras miraba por las ventanillas—. Miren, hay barro en la alfombra.

Neil quería estrangularlo, sacarle la verdad a golpes. ¿ Cómo había hecho para que Maggie siguiera a ese coche fúnebre? ¿U otra persona conducía el Volvo?

Liam Payne cogió a su primo del brazo.

—Earl, no te preocupes. Te acompañaré a la comisaría y llamaré a un abogado.

Neil y su padre se negaron a irse a casa. Se sentaron en la sala de espera de la comisaría. De vez en cuando, el detective Haggerty se acercaba a ellos.

—No ha querido llamar a un abogado y está contestando a todo. Insiste en que anoche estaba en Providence y puede demostrarlo por las llamadas telefónicas que hizo desde su apartamento. No podemos seguir reteniéndolo.

—Pero sabemos que le ha hecho algo a Maggie —protesto Neil—. ¡Tiene que ayudarnos a encontrarla!

Haggerty sacudió la cabeza.

—Le preocupa más el ataúd y el barro del coche fúnebre que Maggie. Piensa que fue con alguien para robarle el ataúd y las campanas, alguien que se llevó el féretro en el coche fúnebre. La llave de contacto estaba a la vista en la oficina. Dentro de un rato el primo lo llevará de vuelta al museo para que recoja su coche.

—Pero no pueden dejarlo marchar —protestó Neil.

—No podemos retenerlo —repuso Haggerty. Vaciló, y añadió—: Voy a decirles algo que quizá les interese, porque de todas formas se enterarán. Como saben, también estamos investigando unas acusaciones de faltas en Latham Manor, gracias a la nota de suicidio de ese abogado que se mató. Mientras estábamos fuera, el comisario recibió un mensaje. Había encargado como prioridad averiguar quién era el auténtico propietario de Latham Manor. ¿Y adivinan quién es? Nada más y nada menos que el primo de Bateman, el señor Liam Moore Payne.

Haggerty miró con cautela alrededor, temeroso de que Payne apareciera por detrás.

—Creo que todavía está dentro. Insistió en acompañar a su primo durante el interrogatorio. Le preguntamos si era el dueño de Latham Manor y lo reconoció sin vacilar. Dice que es una inversión muy rentable, pero no quiere que se sepa que él es el propietario. Dice que si la gente se enterara, los huéspedes lo llamarían para quejarse o pedirle favores. Es lógico, ¿no creen?

Eran casi las ocho cuando Robert Stephens se volvió hacia su hijo.

—Vamos, Neil, es mejor que nos vayamos a casa —le insistió.

Tenían el coche aparcado enfrente de la comisaría. En cuanto Robert puso el coche en marcha, sonó el teléfono. Contestó Neil.

Era Dolores Stephens, que se había ido a casa cuando ellos salieron hacia el museo.

—¿Se sabe algo de Maggie? —preguntó con ansiedad.

—Nada, mamá. Ahora vamos para casa.

—Neil, acaba de llamar la señora Sarah Cushing. Me ha dicho que su madre, la señora Bainbridge, vive en Latham Manor y que tú has hablado con ella hoy.

—Así es. —Neil sintió que su interés aumentaba.

—La señora Bainbridge ha recordado algo que consideró importante y llamó a su hija. Dice que Maggie mencionó algo acerca de una campanilla que había encontrado en la tumba de su madrastra. Le preguntó si poner una campanilla era alguna costumbre. A la señora Bainbridge se le ocurrió que quizá era una de esas campanillas victorianas del profesor Bateman. No sé qué significa todo esto, pero quería que lo supieras. Nos vemos dentro de un rato.

Neil le explicó a su padre lo que le había contado Dolores Stephens.

—¿ Qué piensas de todo esto, Neil ? —preguntó Robert mientras ponía la primera.

—Espera un momento, papá, no arranques —dijo Neil con ansiedad—. ¿Qué pienso? Pues muchas cosas. Las campanillas que encontramos en el estudio de Maggie debió sacarlas de la tumba de su madrastra y de la de alguien más, probablemente de alguna mujer de la residencia. De lo contrario, ¿para qué iba a hacer esa pregunta? Si volvió anoche al museo, cosa que todavía dudo, fue para ver si faltaba alguna de las campanillas que Bateman afirmaba tener en esa caja.

—Aquí vienen —murmuró Robert Stephens mientras Bateman y Payne salían de la comisaría.

Los vieron entrar en el Jaguar de Payne y hablar animadamente durante unos minutos.

Había parado de llover y la luna llena iluminaba los aledaños de la comisaría.

—Payne habrá venido hoy de Boston por alguna pista de tierra —observó Robert—. Mira cómo están las ruedas. También tenía los zapatos bastante embarrados. ¿Has oído cómo le chilló Bateman por lo de la alfombra? También es una sorpresa que sea el dueño de esa residencia. Hay algo en ese tipo que no me gusta. ¿Maggie salía con él en serio?

—No lo creo —respondió Neil con voz apagada—. A mí tampoco me cae bien, pero evidentemente es un triunfador. Esa residencia cuesta una fortuna. He investigado sus operaciones financieras. Tiene su propia empresa y se llevó algunos de los mejores clientes de Randolph y Marshall. Obviamente es muy listo.

—Randolph y Marshall —repitió el padre—. ¿No trabajaba allí la mujer del doctor Lane?

—¿Qué has dicho?

—Lo que has oído, que la mujer de Lane trabajaba en Randolph y Marshall.

—¡Eso es! —exclamó Neil—. ¿No te das cuenta? Liam Payne está relacionado con todo. Es el propietario de la residencia, por lo tanto él habrá dado la última palabra para contratar a Lane. Doug Hansen, aunque muy poco tiempo, también trabajó en Randolph y Marshall, y además tiene alguna forma de que sus transacciones pasen por la cámara de compensaciones. Hoy dije que seguramente debía operar desde otra oficina, y que era demasiado estúpido para planear solo una estafa de ese calibre. Es sólo el testaferro. Alguien lo prepara. Pues bien, quizá ese alguien sea Liam Moore Payne.

—Pero hay algo que no cuadra —protestó Robert Stephens—. Si Payne era el propietario de la residencia, podía conseguir toda la información financiera que necesitaba sin tener que usar a Hansen ni a su tía Janice Norton.

—Pero es más seguro mantenerse al margen —señaló Neil—. Así, si algo sale mal, Hansen se convierte en el chivo expiatorio. ¿No te das cuenta, papá? Laura Arlington y Cora Gebhart sólo habían presentado solicitudes. Payne no les entregaba ningún apartamento. Estafaba a los que presentaban solicitudes cuando no había apartamentos libres. Es evidente que Payne es la caja de resonancia de Bateman. Si éste hubiera estado disgustado porque Maggie le había preguntado por el incidente de Latham Manor, ¿no se lo habría contado?

—Quizá, pero ¿qué quieres decir exactamente?

—Que Payne es la clave de todo esto. Es el dueño oculto de Latham Manor. Las mujeres de la residencia mueren en circunstancias aparentemente normales, pero cuando uno piensa en todas las que han muerto últimamente y tiene en cuenta las semejanzas (todas bastante solas y sin parientes cercanos que las atendieran) resulta muy sospechoso. ¿Y quién se beneficia de esas muertes? Latham Manor, que vende el apartamento vacío al siguiente de la lista.

—¿Quieres decir que Liam Payne mató a todas esas mujeres? —preguntó Robert Stephens con incredulidad.

—Todavía no lo sé —respondió su hijo—. La policía sospecha que el doctor Lane o la enfermera Markey quizá tengan algo que ver con esas muertes, pero cuando hablé con la señora Bainbridge, señaló que el doctor Lane era bondadoso y que Markey era buena enfermera. Tengo el presentimiento de que sabe lo que dice. Es una mujer aguda. No, no sé quién mató a esas mujeres, pero creo que Maggie había llegado a la misma conclusión sobre esas muertes y se estaba acercando peligrosamente al asesino.

—Pero ¿dónde encajan las campanillas? ¿Y Bateman? No lo comprendo —repuso Robert Stephens.

—¿Las campanillas? Quién sabe. Quizá es la forma que tiene el asesino de llevar la cuenta. Pero como Maggie las encontró en las tumbas y leyó los obituarios de las mujeres, existía la posibilidad de que descubriera lo que sucedía. Quizá las campanillas significaban que esas mujeres habían sido asesinadas. —Neil hizo una pausa— En cuanto a Bateman, es un bicho demasiado raro para algo tan calculado como esto. No; creo que Liam Moore Payne es nuestra conexión en todo esto. ¿No has oído la estupidez que dijo para explicar la desaparición de Maggie? —Resopló burlonamente—. Apuesto a que sabe lo que le ha pasado a Maggie y sólo está tratando de que no la busquen con tanto empeño.

Al ver que Payne ponía el coche en marcha, Robert Stephens se volvió hacia su hijo.

—Supongo que vamos a seguirlo —dijo.

—Sin duda. Quiero ver a dónde va —respondió Neil, y añadió en silencio: Por favor, que me lleve hasta Maggie.

88

El doctor William Lane cenó en Latham Manor con algunos antiguos huéspedes de la residencia. Disculpó la ausencia de Odile diciendo que tener que alejarse de sus queridos amigos la apenaba muchísimo. En cuanto a él, aunque lamentaba dejar la residencia, una experiencia tan agradable en su carrera profesional, asumía toda la responsabilidad de lo ocurrido.

—Tengan ustedes la tranquilidad de que semejante indiscreción no volverá a repetirse —prometió refiriéndose a la filtración de información privilegiada por parte de Janice Norton.

Letitia Bainbridge había aceptado la invitación a cenar en la mesa del doctor Lane.

—Tengo entendido que la enfermera Markey ha presentado una denuncia contra usted ante la comisión deontológica en la que afirma que usted dejaba morir a la gente.

—Sí, eso creo. Naturalmente no es verdad.

—¿Y qué piensa su mujer de eso? —insistió la señora Bainbridge.

—Está muy apenada. Consideraba a la enfermera Markey una auténtica amiga.

Y encima eso, Odile, añadió para sus adentros.

Su despedida fue elegante y escueta.

—A veces es conveniente dejar a otros las riendas. Siempre he intentado hacer las cosas lo mejor que podía. Si soy culpable de algo, es de haber confiado en una ladrona, pero no de negligencia grave.

No se qué va a pasar ahora, pero el próximo trabajo lo conseguiré por mi cuenta, pensó el doctor Lane durante la corta caminata entre la mansión y la casa anexa. Pasara lo que pasase, estaba decidido a no seguir ni un día más con Odile.

Cuando subió al primer piso, la puerta del cuarto estaba abierta y

Odile estaba hablando por teléfono, aparentemente gritándole a un contestador automático.

—¡No puedes hacerme esto! ¡No puedes abandonarme así! ¡Llámame! Tienes que ocuparte de mí. ¡Me lo prometiste! —Y colgó bruscamente.

—¿Con quién hablabas, querida? —preguntó Lane desde la puerta—. ¿Con el misterioso benefactor que hizo que me dieran este puesto? Quienquiera que sea, no lo molestes más por mí. A partir de ahora, pase lo que pase, ya no necesito tu ayuda.

Odile lo miró con ojos hinchados por el llanto.

—William, ¿no hablarás en serio?

—Sí, muy en serio. —La observó detenidamente—. Estás asustada, ¿no? Me pregunto por qué. Siempre sospeché que debajo de ese barniz de cabeza de chorlito, se ocultaba algo.

»No es que me interese —continuó mientras abría el armario y sacaba la maleta—, pero tengo cierta curiosidad. Anoche, tras mi pequeña recaída, estaba un poco confuso. Pero cuando me despejé, empecé a pensar e hice algunas llamadas. —Se volvió hacia su mujer—. Odile, anoche no te quedaste a la cena en Boston. No sé a dónde fuiste, pero volviste con los zapatos perdidos de fango, ¿no?

89

No podía seguir contando. Era inútil.

No abandones, Maggie, se ordenó tratando de mantener la mente alerta. Qué fácil sería dejarse llevar, cerrar los ojos y alejarse de lo que le estaba pasando.

La foto que le había regalado Earl... Había algo en la expresión de Liam: la sonrisa superficial, la sinceridad calculada, la simpatía ensayada...

Tendría que haber adivinado que había algo deshonesto en las repentinas atenciones de Liam. Le cuadraba más haberla abandonado en el cóctel de Nueva York.

Recordó la voz de la noche anterior, la voz de Odile Lane que discutía con Liam. Los había oído. Odile estaba asustada. «No puedo seguir haciéndolo —se había quejado—. ¡Estás loco! Me prometiste que venderías la residencia y nos iríamos. Te advertí que Maggie Holloway estaba haciendo demasiadas preguntas.»

Todo estaba perfectamente claro.

No podía seguir flexionando la mano. Había llegado el momento de gritar otra vez pidiendo ayuda. Pero su voz era apenas un susurro. Nadie la oiría.

«Mueve la mano... respira despacio», se recordó. Pero su mente volvía atrás, una y otra vez, a la oración que había aprendido de niña: «Jesusito de mi vida...».

90

—Al menos podías haberme dicho que eras el propietario de Latham Manor —le recriminó Earl Bateman a su primo—. Yo te lo cuento todo. ¿Por qué eres tan reservado?

—Es sólo una inversión, Earl —dijo Liam tranquilizador—, nada más. No me ocupo en absoluto del día a día de la residencia.

Entró en el aparcamiento del museo funerario y se detuvo al lado del coche de Earl.

—Vete a casa y duerme bien, que lo necesitas.

—¿Adónde vas?

—Vuelvo a Boston. ¿Por qué lo preguntas?

—¿Has venido precipitadamente de allí sólo para verme? —preguntó aún enfadado.

—Vine porque estabas muy alterado y porque estaba preocupado por Maggie Holloway. Ahora, como ya te he dicho, no estoy tan inquieto. Creo que aparecerá en cualquier momento.

Earl empezó a bajar del coche y se detuvo.

—Liam, tú sabías dónde guardaba la llave del museo y la del coche fúnebre, ¿no?

—¿Adónde quieres llegar?

—A ninguna parte, sólo quiero saber si se lo has dicho a alguien.

—No. Venga, Earl, estás cansado. Vete a casa.

Earl bajó del coche y cerró la puerta.

Liam Moore Payne salió del aparcamiento y enfiló la calle. Al girar a la derecha, no notó que un coche se ponía en marcha y lo seguía a distancia prudencial.

Todo empezaba a desenmarañarse, pensó apenado. Sabían que era el propietario de la residencia. Earl ya había empezado a sospechar que él había entrado en el museo la noche anterior. Iban a exhumar los cuerpos y descubrirían que las mujeres habían tomado medicación incorrecta. Con suerte, culparían al doctor Lane, pero Odile estaba a punto de derrumbarse. Le sacarían una confesión en un santiamén. ¿Y Hansen? Haría lo que fuera para salvar el pellejo.

Así que sólo quedo yo, pensó. ¡Todo ese trabajo para nada! El sueño de ser el segundo Squire Moore, rico y poderoso, se esfumaba. Después de todos los riesgos corridos —coger préstamos de las acciones de sus clientes, comprar la residencia con poquísimo dinero e invertir en ella, tratar de imaginarse lo que había hecho Squire para quedarse con dinero de otra gente—, no era más que otro Moore fracasado. Todo se le escurría entre los dedos.

Y Earl, ese payaso obsesivo, era rico, riquísimo.

Pero por muy payaso que fuera, no era estúpido. Pronto empezaría a sumar dos más dos y sabría dónde ir a buscar el ataúd.

Bueno, aunque lo comprendiera todo, no encontraría a Maggie Holloway con vida.

El tiempo para Maggie se había acabado, de eso estaba seguro.

91

El comisario Brower y el detective Haggerty estaban a punto de acabar la jornada cuando los llamó Earl Bateman.

—Todos me odian —dijo—. Les gusta burlarse del negocio de la familia Bateman y de mí por mis conferencias, pero la verdad es que están celosos porque somos ricos. ¡Somos ricos desde hace generaciones, desde mucho antes que Squire Moore hubiera visto su primer dólar robado!

—¿Por qué no va al grano, profesor? —repuso Brower—. ¿Qué quiere?

—Quiero que se reúnan conmigo en el solar donde tenía planeado organizar la exposición al aire libre. Creo que mi primo Liam y Maggie Holloway me han gastado lo que ellos consideran una broma. Apostaría a que se han llevado el ataúd y lo han metido en una de las tumbas abiertas de la exposición. Quiero que estén ustedes presentes cuando lo encuentre. Ahora mismo salgo para allá.

El comisario cogió una pluma.

—¿Dónde queda exactamente ese lugar, profesor? —Después de colgar, le dijo a Haggerty—: Creo que tiene una crisis nerviosa, pero quizá estemos a punto de encontrar el cuerpo de Maggie Holloway.

92

—¡Neil, mira eso!

Iban por una estrecha pista de tierra detrás del Jaguar. Al salir de la carretera principal, Neil había apagado las luces para que Liam Payne no se diera cuenta de que lo seguían. Pero ahora que el Jaguar giraba a la izquierda, los faros iluminaron por un instante un cartel que Robert Stephens se esforzó en distinguir.

—«Aquí se construirá el Museo Funerario Bateman al aire libre» —leyó—. De eso estaría hablando Bateman cuando dijo que el ataúd iba a ser parte de una importante exposición. ¿Será aquí?

Neil no contestó. Un miedo insoportable estalló dentro de él: ataúd, coche fúnebre, cementerio.

Si Liam Payne había ordenado que se asesinara a algunos huéspedes de Latham Manor y después había puesto campanillas simbólicas en sus tumbas, ¿qué no sería capaz de hacerle a alguien que lo había puesto en peligro?

¿Y si había ido al museo la noche anterior y había encontrado a Maggie allí? Él y alguien más, pensó Neil.

Tenía que haber dos personas para conducir el coche fúnebre y el Volvo de Maggie. ¿La habían matado y después sacado el cuerpo en ese ataúd?

¡Dios mío, no! ¡No, por favor!

—Neil, creo que nos ha visto. Está dando la vuelta.

Neil tomó la decisión en el acto.

—Síguelo y llama a la policía. Yo me quedo aquí.

Neil ya había saltado del coche antes de que su padre pudiera protestar.

El Jaguar pasó al lado de ellos a toda velocidad.

—¡Síguelo! —gritó Neil—. ¡Síguelo!

Robert Stephens realizó un cambio de sentido con torpeza y pisó el acelerador.

Neil echó a correr. Una sensación de urgencia en todo su cuerpo lo hizo correr hacia la zona en construcción.

La luna iluminaba el terreno embarrado y removido. Notó que habían talado árboles, quitado maleza, marcado los senderos y... cavado tumbas. Vio hoyos abiertos por todo el terreno, aparentemente sin orden, y, junto a algunos, grandes montículos de tierra.

La zona despejada parecía enorme y se extendía hasta donde le alcanzaba la vista. ¿Estaría Maggie en ese lugar? ¿Tan demente era Payne? ¿Había metido el ataúd con Maggie dentro en uno de esos hoyos y lo había cubierto de tierra?

Sí, evidentemente estaba loco.

Neil empezó a recorrer el terreno llamando a Maggie. Resbaló en una tumba abierta y cayó dentro. Perdió unos preciosos segundos para encontrar un punto de apoyo y salir a trompicones. Pero aun así no paró de gritar.

—¡Maggie! ¡Maggie!

¿Soñaba? Maggie se obligó a abrir los ojos. Le costaba tanto, y estaba tan cansada... Sólo quería dormir.

Ya no podía mover la mano. La tenía agarrotada e inflamada. Ya no podía gritar, pero daba igual. Nadie la oiría.

—¡Maggie! ¡Maggie!

Creyó oír su nombre. Parecía la voz de Neil. Pero era demasiado tarde.

Trató de gritar, pero no le salió sonido alguno de la garganta. Sólo podía hacer una cosa. Con doloroso esfuerzo se cogió la mano izquierda con la derecha y empezó a moverla arriba y abajo, arriba y abajo...

—¡Maggie! ¡Maggie!

Su nombre de nuevo, pero esta vez el sonido parecía más débil y lejano...

Neil sollozaba. ¡Maggie estaba allí! ¡Allí! ¡Lo sabía! Intuía su presencia. Pero ¿dónde? ¿Dónde? ¿Era demasiado tarde? Había recorrido casi toda la zona removida. Quizá estaba enterrada debajo de uno de aquellos montículos de tierra. Harían falta máquinas para cavar. Había tantos...

Se le acababa el tiempo, y a ella también. Lo percibía.

—¡Maggie! Maggie...

Se detuvo y miró alrededor con desesperación. De pronto notó algo. La noche estaba en calma. No había brisa ni para mover una brizna de hierba, pero en el otro extremo del terreno, casi oculto por los montículos de tierra, brillaba algo a la luz de la luna. ¡Y se movía!

¡Una campanilla! Una campanilla que subía y bajaba. Alguien trataba de avisar desde una tumba. ¡Maggie!

Neil corrió a trompicones sorteando fosas abiertas y llegó a la campana. Vio que estaba unida a un tubo casi completamente tapado de barro.

Empezó a cavar con las manos alrededor del tubo. Cavaba y sollozaba.

En ese momento la campana dejó de moverse.

El comisario Brower y el detective Haggerty estaban en el coche patrulla cuando les informaron de la llamada de Robert Stephens.

—Tenemos dos hombres detrás de ese Jaguar —dijo el operador—, pero Stephens cree que es posible que la mujer desaparecida esté enterrada en ese museo al aire libre.

—Estamos a punto de llegar —respondió Brower—. Mande una ambulancia y un equipo de urgencias inmediatamente. Con suerte, los necesitaremos. —Se inclinó hacia adelante—. Pon la sirena.

Cuando llegaron, se encontraron a Neil cavando y arañando la tierra húmeda. Al cabo de un instante, Brower y Haggerty también cavaban afanosamente con su manos.

La tierra, debajo de la superficie, era más blanda, menos apretada. Por fin llegaron a la madera lustrosa. Neil saltó dentro de la fosa y empezó a sacar la tierra de la tapa del ataúd. Al fin consiguió arrancar el tubo y quitó la tierra del orificio.

Se deslizó a un lado de la tumba, metió los dedos en el borde de la tapa y, con un esfuerzo sobrehumano, logró abrirla. La sostuvo con el hombro izquierdo mientras cogía el cuerpo inerte de Maggie y lo levantaba hacia las manos ansiosas que aguardaban arriba.

En el momento en que la cara de ella rozaba la suya, vio que movía los labios y oyó un débil susurro.

—Neil... Neil...

—Estoy aquí, amor, y nunca te dejaré.

DOMINGO 13 DE OCTUBRE

93

Al cabo de cinco días, Maggie y Neil fueron a Latham Manor a despedirse de la señora Bainbridge.

—Pasaremos el fin de semana de Acción de Gracias con los padres de Neil —dijo Maggie—, pero no quería irme sin verla.

Los ojos de Letitia Bainbridge brillaban.

—Ay, Maggie, no sabes cómo rezamos para que no te pasara nada.

—Estoy bien —la tranquilizó Maggie—. Y creo que usted contribuyó a salvarme la vida con su diligencia en contarle a Neil lo de la campanilla que había encontrado en la tumba de Nuala.

—Ése fue el elemento decisivo —coincidió Neil—, lo que me confirmó que Liam Payne tenía algo que ver. Si no lo hubiera seguido, habría sido demasiado tarde.

Maggie y él estaban sentados uno junto al otro en el apartamento de la señora Bainbridge. Neil la cogió de la mano. Necesitaba tenerla cerca; la pesadilla de la búsqueda aún no lo había abandonado.

—¿Cómo está la gente por aquí? —preguntó Maggie. —Bien, somos más fuertes de lo que imaginas. Creo que Prestigio ha decidido comprar la residencia.

—Liam Payne va a necesitar gran parte del dinero por el que mató para pagar a sus abogados, espero que no le sirvan de nada —dijo Neil—. Su amante también, aunque ella va a acabar con un abogado de oficio. Ninguno de los dos escapará de una sentencia de asesinato múltiple. Tengo entendido que Odile ha confesado que cambiaba los medicamentos porque se lo ordenaba Liam.

Maggie pensó en Nuala, en Greta Shipley y en las mujeres que no había conocido y cuyas vidas Liam y Odile habían truncado cruelmente. Por lo menos he contribuido a que no volvieran a matar, se consoló.

—Y no tienen que escapar —dijo la señora Bainbridge con severidad—. ¿Janice Norton y su sobrino Douglas tuvieron algo que ver con esas muertes?

—No —respondió Neil—. El comisario Brower cree que Hansen y la señora Norton sólo se dedicaban a estafar a las personas que entregaban solicitudes para vivir en la residencia. Ni siquiera Odile sabía lo que hacían. Y Janice Norton no tenía idea de que su sobrino trabajara en complicidad con Liam Payne. Han presentado cargos contra ellos por estafa, no por asesinato.

—Según el comisario Brower, Odile confesó sin dilaciones para lograr algún tipo de clemencia —dijo Maggie con seriedad—. Conoció a Liam, y se convirtieron en amantes, cuando trabajaban en una agencia financiera. En aquel momento él estaba comprando la residencia. Odile le contó lo que le había pasado al doctor Lane en el último geriátrico, él le propuso su plan y ella aceptó. El doctor Lane es un médico bastante malo, así que era la persona ideal para director. Zelda Markey es una mujer muy sola. Odile se hizo amiga de ella para mantenerse al margen y que no la relacionaran con las muertes.

—Se pasaba el día hablando con la enfermera Markey —dijo Letitia Bainbridge meneando la cabeza.

—Y sonsacándole información. Odile dejó la escuela de enfermería, pero no porque fuera mala alumna. Sabía exactamente qué medicamentos combinar para provocar un infarto. Aparentemente varias mujeres a las que Liam quería eliminar se salvaron sólo por la eficiencia de Markey. Odile afirma que le rogó a Liam que no la obligara a cambiarle los medicamentos a la señora Rhinelander, pero era demasiado codicioso, porque justo en aquel momento Nuala había decidido trasladarse a Latham Manor cuando tuvieran un apartamento de dos habitaciones.

—¿Fue la muerte de Connie Rhinelander lo que hizo sospechar a Nuala? —preguntó la señora Bainbridge con tristeza.

—Sí, y después, cuando encontró esa campanilla en su tumba, empezó a tener la certeza de que en la residencia sucedía algo terrible. Quizá le hizo algunas preguntas clave a la enfermera Markey, y ésta, con toda inocencia, se lo contó a Odile. Ésta le avisó a Liam... —explicó Maggie. Ay, Finnuala, pensó.

—El dios de Squire Moore era el dinero —comentó la señora Bainbridge con semblante rígido—. Recuerdo que mi padre decía que Moore se jactaba de que era más interesante ganar dinero engañando a alguien que honestamente. Es evidente que Liam Payne está cortado con la misma tijera.

—Así es —coincidió Neil—. Liam era un asesor financiero excelente para los clientes a los que no engañaba. Por suerte, tanto Cora Gebhart como Laura Arlington podrán recuperar su dinero cobrándose de los bienes personales de Payne.

—Otra cosa —añadió Maggie—. Odile se llevó el dibujo que habían hecho Nuala y la señora Shipley. Una asistenta lo había visto y bromeó sobre el asunto. Odile sabía que tal vez despertaba sospechas.

—Me alegro de que el doctor no haya tenido nada que ver en todo esto —suspiró Letitia Bainbridge—. Ah, tengo que deciros algo. Ayer llegó el nuevo director. Parece muy agradable y viene muy bien recomendado. No tiene el encanto del doctor Lane, pero no se puede tener todo, ¿verdad? Su mujer es un cambio reconfortante después de Odile, aunque tiene una risa de lo más chillona.

Era hora de marcharse. Irían juntos hasta Nueva York, pero cada uno en su coche.

—En noviembre, cuando volvamos, vendremos a visitarla —le prometió Maggie y se inclinó para besarla en la mejilla.

—Pues ya estoy esperando que llegue —dijo la señora Bainbridge animada—. Eres tan guapa, Maggie —suspiró—, tan agradable e inteligente... Eres la chica ideal con la que cualquier abuela desearía que se casara su nieto. —Miró a Neil—. Cuídala mucho.

—Me salvó la vida —sonrió Maggie—. Con eso ya ha ganado algunos puntos.

Al cabo de quince minutos estaban preparados para partir rumbo a Nueva York. El Volvo estaba aparcado en el camino y la casa estaba cerrada. Maggie se quedó un instante mirándola, mientras recordaba la noche de su llegada, hacía sólo dos semanas.

—Me alegra que podamos venir a pasar los fines de semana y las vacaciones —dijo.

Neil le pasó el brazo por el hombro.

—¿Estás segura de que no te traerá malos recuerdos?

—No. —Respiró hondo—. No, si tú estás a mi lado para sacarme del agujero cuando lo necesite. —Rió—. No me mires con esa cara. El humor negro me ha ayudado a superar momentos muy difíciles.

—De ahora en adelante, de eso me ocuparé yo. —Neil abrió la puerta del coche para que entrara—. No corras —le aconsejó—, y recuerda que yo voy detrás.

—Eres igual a tu padre —dijo Maggie—, y me parece muy bien —añadió.